窪島誠一郎

Kuboshima Seiichirō

「自傳」をあるく

白水社

「自傳」をあるく

装幀＝菊地信義

目次

大岡昇平『幼年』『少年』

大岡昇平の『幼年』『少年』をあるく。

『幼年』と『少年』というふうに、あいだに「と」を入れないのは、この二作品が共に付かず離れずの一卵性双生児的な関係にあるからで、『幼年』が『少年』を、『少年』が『幼年』をそれぞれ互いに補完しあっている作品だからである。

『幼年』は最初、「わが生涯を紀行する」という題名で一九七一（昭和四十六）年に雑誌「潮」（のちに「日本の将来」と改称）に連載され、『少年』はその約二年半後に、「少年―ある自伝の試み」という題名で季刊誌「文芸展望」に連載された。

『レイテ戦記』や『俘虜記』、あるいは『野火』や『武蔵野夫人』といった戦後日本文学の金字塔ともいわれる数多くの作品をのこし、一九八八（昭和六十三）年七十九歳で死去した大岡昇平に、自らの出自、幼少時代をテーマにしたものは割合少なく、一九五〇年代初めに書かれた『家』や『父』や『母』、一九五七年の『水』や一九六一年の『記憶』といった短編があるくらいで、著者自身がはっきりと「自伝（自叙伝）」とことわっているのは、この『幼年』『少年』の二作だけである。

読み出してわかるのは、この「自伝」の支柱が「私」（大岡昇平）という子供の成長記録、人格形成のみにあるのではなく、著者が生まれ育った土地——出生地である「東京市牛込区新小川町（現在の東京都新宿区新小川町)」、三歳から一年くらいすごした「麻布区笄《こうがい》町(現在の港区南青山)」、その後転居した「東京府豊多摩郡渋谷町(現在の渋谷)」など、つまり今のＪＲ渋谷駅を中心にした半径数キロメートルの圏内における風景、環境、習俗の変遷、もっというなら戦後日本の経済成長下で、渋谷という町がどう変わりどう変わらなかったかという、いわば渋谷の「地誌」としての側面をもっていることである。

知られる通り、大岡昇平は文壇一の「調べ魔」といわれ、事実の検証においては余人の追随を許さぬ「完全主義者」といわれた作家だったから、『幼年』『少年』においても、その執ようで緻密な調査力はとことん発揮されている。作品を書くにあたって、自分の幼い頃の記憶が正しいかどうか、思いちがいはないかどうかを確かめるため、あるいは過去に埋もれた新しい記憶を喚起させるために、その地域を再訪、再々訪し、現在と過去の正確な地籍、地番を照合するだけでなく、どこの路地からどっちの方向を見ると何が見えるだとか、昔はそれが見えたが今は見えないだとか、とにかくその調査はめん密をきわめる。

そこで読み手は、著者がひろげる著者自製の「渋谷地図」の上を、東へ西へと移動しながら成長してゆく昇平少年の姿を、さながら(著者が操る)「静止画」と「動画」にみちびかれるように追いかけるといった具合なのだ。

『幼年』の最初の章、「新小川町の家」の書き出しはこうである。

私の少年時代は主に渋谷ですごされた。生れたのは、牛込区新小川町三丁目であるが、三歳の時、赤十字病院前麻布区笄《こうがい》町(現、南青山七丁目)に引越した。ここは通り一つ隔てて渋谷町羽根沢

（現、広尾三丁目）に接している。それから大正十一年までの間に、渋谷の氷川神社付近、渋谷駅付近、宇田川町、松濤《しょうとう》へ、合計七度越している。渋谷区を東南の端れから、西北の端れまで移動したことになる。

そしてこうつづく。

大正年間に東京郊外で育った一人の少年が何を感じ、何を思ったかを書いて行けば、その間の渋谷の変遷が現われて来るはずである。「私は」「私の」と自己を主張するのは、元来私の趣味にない。渋谷という環境に埋没させつつ、自己を語るのが目的である。

昇平の両親は和歌山県の人で、昇平は一九〇九（明治四十二）年三月六日に、父貞三郎三十三歳、母つる二十五歳の長男として誕生した。つるは芸妓で、上に五歳ちがいの姉文子がいたが、昇平が生まれる前々年までは嫡子外入籍となっていた。和歌山市有本町に二十七町もの田地をもつ地主だった大岡家は、二人の結婚に反対し、母方のほうも反対だったのだが、すでに文子を産んでいたつるが、貞三郎との結婚を強く望み、昇平を妊《みご》もったことによって、正式に結婚入籍するに至ったのだという。大岡貞三郎は大岡家の三男で、早くから分家していたが、米相場や綿ネル相場で失敗して、父親の老後財産まで食いつぶしてしまったので、生家からは半分勘当されたようなものだったが、当時は兜町の株式仲買店徳田商店の外交員をしていた。「何か同県人の縁故があったと思われる」と昇平は推量する。

一九〇五（明治三十八）年御用商人として満州にわたり、軽度のマラリヤに罹っただけで帰ってきた貞三郎は、折からの東京の株式取引増加を機に、つる、文子を伴って上京するのだが、住居を新小川町にしたのは、近くにすぐ上の兄哲吉の家族が住んでいたからだという。哲吉も分家して、和歌山県で糸屋を営んでいたが、妻ゆきとのあいだに洋吉、信子、健二をもうけ、一九〇七（明治四十）年頃に上京、同じ兜町の仲買店福島商店につとめた。昇平が『幼年』を書きはじめた頃には、この時期の縁者はすべて死亡していたので、唯一存命していた信子の記憶に助けられることが多かったという。

新小川町三丁目から歩いて十五分のところにある飯田橋は元甲武鉄道（国鉄中央線）の起点であり、路面電車「外濠線」が通っていた。水道橋、お茶の水、神田橋、常盤橋を経て、呉服橋に至る。ここから日本橋を経て兜町までも徒歩十五分である。父も哲吉伯父も、通勤の便から、新小川町に家を借りたものらしい。

外濠線は当時は民間経営、市営の路面電車とは、軌道の規格も車体構造も違っていたらしい。呉服橋から先は鍛冶橋、数寄屋橋を経て、土橋に至る。そこから右折して、虎の門、溜池、赤坂見附、四谷見附、市ケ谷見附を通って飯田橋に戻って来る。皇城の外濠を一巡する路線なので、「外濠線」と呼ばれた。

新小川町から飯田橋、呉服橋、日本橋をへて、また飯田橋にもどってくる「外濠線」周辺の緻密な「静止画」のなかに、貞三郎、つる、文子、そして昇平という四人家族がつましい生活をはじめた情景がうかんでくるが、関心を惹くのは、昇平が告白する「新小川町の家」における唯一の記憶である。

私にはまったく記憶がない。突然外界が動き出す驚きに似た感覚を覚えているような気がするが、それは多分後の経験がこの時期に投射されたものだろう。新小川町の家で、私の唯一の記憶は――そしてそれは私の最初の記憶になるのだが――どこかの家の庭の植込を抜けて、座敷へ近づいて行く感覚である。障子を開け放った座敷の中には、一人の少女がいて、ピアノを弾いていた。

この記憶は後で七歳年長の従兄洋吉（前述のように伯父哲吉の長男）と話したことがあり、確かめてある。これは当時付近の津久戸前町二七番地に住んでいた遠縁の親類土岐嘉平の家であり、少女とは長女の嘉子さんだった。

その時の私の感情も思考についても何の記憶もない。しかし私の最初の記憶がこういう場面であったということは、後年、私がピアノに特別な愛着を持ったことに関連するかも知れない。中学生の時ピアノを習いたいといったが、許して貰えなかった。一九六二年、胃潰瘍をやって、三ヵ月、運動も執筆も禁止された時、私がピアノと作曲をやることとしたのは、少年の日の充たされなかった夢を、齢五十をすぎて、実現させたということだったかも知れない。

それらをみなこの最初の記憶のせいにするのは牽強附会にすぎようが、これはその後今日までの私の生活態度、或いは私の書いたものから抜けない、なにか上品で、女性的で、きれいなものに対する憧れ、要するにスノビスムと関連があるだろう。

たしかに、大岡昇平は「音楽」に対する造詣が深く、ごく初歩ではあったがピアノも弾けて作曲もたしなんだ。音楽に関するエッセイや評論もかなりの数のこし、一九八八（昭和六十三）年に死去した翌春三月には、生前著者自らが編んだという『音楽論集』（深夜叢書社）まで出版している。文中にあるように、一九六三（昭和三十七）年五十四歳のときに、胃潰瘍を患い、執筆もゴルフも禁じられた療養中にふと思い立って、近所に住む知り合いの作曲家の手ほどきでピアノを習いはじめたのである。

著者自身が牽強付会というように、そうした傾向の要因が、すべて幼い頃に見た「ピアノを弾く嘉子さん」にあったとは思えないけれど、その後の自らの生活態度にある「何か上品で、女性的で、きれいなものに憧れる」スノビズムと関連しているのかも知れない、という分析には興味がある。もちろんそれは、大岡昇平という作家が、少々女っぽかったとか、人一倍カッコつけたがり屋だったというのではなく、もっと深い意味での「教養主義」の素養を身につけていた人だったのではないかという想像である。そしてその「スノビズム」こそが、著者が晩年まで失わなかったあの知的好奇心、若い歌手のゴシップから（昇平はアイドル歌手南沙織の熱心なファンとしても知られた）、オペラやクラシックの批評、ピアノや作曲の習得、中学時代の級友富永次郎の兄だった詩人画家富永太郎や、イギリスの銅版画詩人ウィリアム・ブレイクをはじめとする画家や作品への傾倒、果てはゴルフや囲碁（段位をもっていた）にいたるまで、数多くの異分野に対する関心と情熱をそだてる水源になったのではないかと想像されるのである。

昇平が三歳のときに、大岡一家は渋谷町羽根沢（現在の渋谷区広尾三、四丁目）近辺に引っ越すが、それも先に同地に引っ越した伯父哲吉のあとを追ってのことだったらしい。

　赤十字病院の北側に沿って上る御太刀坂という坂道は、正門のある角で、首都高速三号線の下の道（もと青山六丁目と六本木をつなぐ路面電車線）から高樹町で曲り、広尾へ抜ける道にぶつかる。そこに病院の正門があるが当時の正門は敷地に沿って二〇メートルばかり西南にあった。古風な石柱があり、木の格子で閉鎖してある。その向い側を西へ向って幅四メートルばかりの細い道が入っている。

　この道はゆるく左へカーブしながらやがて国学院大学前から、氷川神社裏へ抜けるその頃の幹線道路で、元の麻布区、赤坂区と下渋谷（つまり旧東京市内と豊多摩郡渋谷町）との境界になっていた。わが家はその道を三〇メートルばかり行って、右側の路地の突当り、当時麻布区笄《こうがい》町一八〇番地（現、港区南青山七丁目一四番地）にあった。

　その路地の右側は、わが家の玄関までずっと空地で、その向い側、つまり赤十字の側にまた一つ路地が入っていた。この路地の突当りからまた右へ（つまり赤十字の側へ）細い路地があるが、その左側に、やはり哲吉伯父の家があった。

　ここで昇平は、第二の記憶と出会う、というか体験する。笄町一八〇番地の家の玄関の左に、すぐ隣りの家の円窓があって、そこに昇平より二つか三つ上の女の子がいた。開け放たれた円窓の額縁に、おかっぱ頭の女の子がおさまり、そのそばにはやはり小さな男の子（人形だった可能性もあるという）がいて、まだ小さかった昇平は、その窓を見上げるようにしてしきりと何かいっている。そして、その円窓の反対側の路地を入ったところにあった空地で、昇平は姉の文子と従姉の信子と遊んでいたのだが、そのときとつぜん雨が降ってきて、母親のつるが唐傘を持って出てきたので、広げたまま地面に置いたその傘の下に入って三人で遊びつづけた、という記憶である。

また、これは別の日だが、家の前で昇平が一人で遊んでいると、父方の祖母のゆうが路地から急に出てきて、遊んでいる昇平のほうをちょっと怖い顔でにらんだあと、そこで何かをして（路肩の溝に台所の水か何かを捨てにきたらしい）、また路地の奥にひっこんでいった、という短い記憶である。

どちらもジグソーパズルの断片のような、説明のつかないボンヤリした光景の記憶だが、だいたい、幼い頃の記憶はだれだってそんなものだろう。

こうした三、四歳頃における記憶のなかに、姉、従姉、祖母、母など、なぜか女しか登場していないことに、昇平は少しこだわるのだが、父貞三郎についての最初の記憶は、笄町の家の通りをへだてた向い側の低い屋根の上に、遠くそびえる煙突が黒くくっきりと見え、日によってそこからは盛んに煙が吐き出されることがあって、幼い昇平はその煙がこわくてこわくて仕方なかったのだが、そのたびに貞三郎が、

「ほら、昇平、煙突がまたけむ吐いてるぞ」

と、半ば昇平をおどすような言い方でいっていた、という記憶である。

これは当時、氷川神社前の渋谷川左岸の田子免あたりにあった火力発電所の煙突で、建設されるとすぐ煙害問題が起きたので、水力発電が不足したときにだけ、火を入れることになっていた。たまにしか煙を吐かなかったのは、そういう理由からだった。

「父はこの後も、大抵はこのように、私を叱るか、からかう存在として記憶される。このおどかす父と、煙を吐く煙突との間に、なにか性的な関連を考える人がいるかも知れないが、そういう分析は当事者である私には出来ない」と、わざわざ昇平はことわっているが、それは昇平一流の諧謔だろう。このくだりを読んで、そんなことなど考える人はめったにいまい。

それより問題なのは、昇平はつぎに書く『少年』のなかで、じつはこの「煙突の記憶」には大きな記憶の錯誤があって、笄町の家からは火力発電所は見えず、見えたとしたら、あの地域ならどこからだって見えたエビスビールの煙突ではないか、と笄町に近い高樹町十二番地に長く住んでいた幼な友だちから指摘され、たちまち自分の記憶に自信を失ってしまうことである。

この友だちは宮地豊秋といって、笄町一八〇番地にあった大岡家とは目と鼻の先の、赤十字病院から渋谷の氷川神社方面にむかった道ぞいの家に住んでおり、昇平は『少年』のなかで「宮地は高樹町十二番地で生れ、二十代までそこに住んでいる。その言葉に間違いはあり得ない」と書き、「もしこの記憶が誤りなら、私の幼年時、あるいはそれについて私の持ち続けた観念、大袈裟にいえば私の過去の流れのすべては、ひっくり返ってしまう」と書いている。エビスビールは、当時「省線」といっていたJR恵比寿駅の名称のモトとなった大工場で、広尾方面にゆく線路ぞいの高台にあったから、排煙口に風除けをつけ四本併立していたその特徴ある煙突は、どこからでもよく見えた。しかし、よくよく考えると、昇平の笄町の家と田子免の火力発電所のあいだには、吸江寺、氷川神社の森をはじめ遮蔽物がいくつもあって、とても「向いの屋根の上に黒くくっきり」と煙突が見えることなど、ありえないのだ。

大袈裟でも何でもなく、たしかにこの錯誤は、大岡昇平という作家の「過去」と「現在」に対する意識、認識に大いにかかわる事件だったろう。
これは『幼年』と『少年』とに跨がって提示されるテーマでもあるのだが、この「煙突の記憶」は、幼い頃の昇平と父貞三郎とのあいだにあった無意識的な確執というか、微妙な心理の交錯をさぐる重要なキーワードともなったのである。

昇平は幼い頃、父や母をどのように思っていたのか、というのは「自伝」を読む側の大きな関心事である。

たとえば、昇平が「煙突の記憶」のなかで父貞三郎を「いつも自分を叱るか、からかう存在」と認識していた事実は、大岡家が笄町から下渋谷五二一番地（今の渋谷東二丁目二十四番地）、同五四三番地に引っ越した頃の、「父がいた記憶はない。一度明るいうちに帰宅して、玄関の前の板を渡って来る姿を覚えている。父は依然兜町のあまり成績のあがらない外交員で、恐らく朝は私が寝ているうちに出勤し、夜はおそく帰るのが多かったからではないか」という記述や、「或る雨の降る夜、相場の思惑の金を借りに行って断られ、近道をしようとして、練兵場を横切って帰る途中、兵隊が掘った塹壕に落ちて、泥まみれになって帰って来たことがあった」等々といった記述とともに、漠然とした父の生活態度に対する不満、反感をあらわしたものだったろう。

ともかく当時の昇平の眼には、父貞三郎は兜町の株仲買店につとめながら、相場に手を出しては損ばかりしている才能のないサラリーマンで、おかげで家はいつも金に窮している貧乏暮らし（途中からいくらか楽になったが）だったから、そんな父親を尊敬する気分になどなれなかったにちがいない。父は何かにつけて昇平に手をあげ、しょっちゅう母をどなりつけている暴君だった。おまけに、煙突から煙が出ているのをみるたびに、こわがる昇平を尚更こわがらせるように、「ほら、けむが出てるぞ」とおどす残酷でイジワルな、ちょっとイヤな性格をもっているのである。これじゃあ、幼い昇平が父を好きになれなかったのも、ムリはない。

では、母のつるに対してはどうだったか。

これは笄町から下渋谷五二一番地の家にうつる少し前、ごく短期間住んだ宝泉寺ふきんの高台にあった家でのことだったが、こんな記憶を書いている。


冬の朝だった。さんさんたる日光の中で私はただ手が冷たく、痛かった。庭のようになったところの井戸端で、母が向うむきにしゃがんで洗濯していた。その背中へ向って、私は泣きながら近づいて行った。

私は成年に達するまでは、いわゆる凍傷症《しもやけしょう》で、両手の甲は冬の外気に触れるとすぐ紫色にはれた。そんな手を濡らしたか、霜どけの土の上に転んで、泥をつけたのか。痛む手の救済を母に求めて近づいて行ったのである。


多分、母は私の手を温湯に浸して痛みをとってくれたに違いない。これが笄町の家の前の空地へ傘を持って来てくれた母に続いて、二番目の母の記憶である。保護者、治療者としての母である。

この後も母はよく軽い傷を「なめて上げんしょ」と和歌山弁でいってなめてくれた。かすり傷、切り傷を持った指を、くわえてくれた記憶がある。

雨の日に母が番傘をもって出てきたときもそうだが、硬質で客観性にとんだ大岡昇平の文章のなかにあって、母つるが出てくる場面だけは、昇平の視線に仄かなゆるみのようなものが生じる。余分なことだが、筆者も幼い頃重度の凍傷でいつも泣いていた子どもだったので、寒い冬の朝、紫色にはれた手をなめてくれたというつるの口内の感触は、よけいリアルに感じられるのである。

だが（これは『少年』のほうでわかるのだが）、ここで昇平が重視するのは、宝泉寺近くの家での「母が手をなめてくれた」という記憶と、父が「ほら、またけむが出てるぞ」と昇平をおどしていた、あの「煙突の記憶」との連係である。

つまり、友人の宮地の証言によれば、『幼年』に書かれた「煙突の記憶」は、笄町の家で起こったことではなく、笄町から下渋谷に転居するまでのほんの短いあいだ暮らしていた家で起こったことらしい。笄町の家からは火力発電所の煙突は見えず、見えたとすれば「エビスビール」の煙突だった。昇平がこわがった「時々黒い煙をモクモク吐いていた」という発電所の煙突は、母親のつるに凍傷を手当てしてもらった宝泉寺近くの家から見えたというわけである。

この事実がもつ意味は大きい。

たぶんその頃四歳くらいだった昇平が、甲斐性もないくせにやたらと家族を怒鳴りちらしてばかりいた「家長」の貞三郎に、ボンヤリとした嫌悪感（恐怖感）をおぼえはじめた時期と、いつもやさしくしてくれる（といってもほとんど記憶らしい記憶はなかったのだが）母のつるに好意的な感情を抱きはじめた時期とが、ほとんど一致するということは、幼い昇平が心の内部で「イヤな父」と「好きな母」とを明瞭に対比し、区別しはじめた時期がこの頃であったと推定できるからである。

どう考えても、昇平は「女性派」であり「母親派」だった。「スノビスム」の箇所で（「ピアノを弾く嘉子さん」の記憶のところで）、昇平は自らにひそむ「なにか上品で、女性的で、きれいなものに対する憧れ」を告白しているが、『幼年』の真ん中あたりではこんなふうにものべている。

現在私は小説家という女性的職業に従事している。腕力はなく、中学に入ってから議論が好きになっただけで、けんかは嫌いである。胸毛とか筋肉を誇示する同性は嫌いである。フィリピンの山中で一人取り残された時、敵を殺すことを放棄してしまったのも、こういう私のおとなしい性質の結果だと思っている。

そして女の優しさ、美しさ、弱さを私は好きだった。

少なくとも、二十五歳で昇平を産んだ母親のつるは四十七歳で亡くなるまで、圧倒的に「弱い」存在でありつづけたのだ。

その理由は、何といってもつるが芸妓出身だったからだ。つるは和歌山の没落した裕福な旧家の出だったが、市内で芸妓(今の芸者にあたる)をしているときに、店に通っていた貞三郎に見染められ、姉の文子を産んで結婚している。

『幼年』でも『少年』でも、昇平はそのことに何どもふれているけれども、印象的な文章が『幼年』にある。

母が笑うのを見たことがなかったことを、私はいまこの文章を書きながら、思い出している。ほほえんだ顔はいくつか憶えている。しかし母が大口をあけて、心から楽しそうに笑う顔はどうしても思い出せないのだ。

むろん人間は笑わずには生きて行かれない、幾度か笑ったことがあったに違いないのだが、私の記憶には残っていないのである。母は昭和五年四月、私が二十二歳の時四十七歳で死んだ。笑ったことはないということはないにしても、二十年育てた長男に、その記憶がないなどということがあっていいだろうか。

芸妓であった母は、大岡の家へ押しかけるようにして来てしまったため、父はむろん、親類に対して気兼ねしながら暮していた、と私は思っている。家が裕福になってから、自然親類が集まる機会が多くなっても、母は腰が低かった。私も入って花札を引いたこともある。母はあまりうまくなく、打ち方について父に文句をつけられてばかりいた。たまにでき役を作っても、母は声を出して笑うことは絶えてなかった。少なくとも、私は憶えていないのだ。

この「笑うのをみたことがない母」への昇平の思慕は、『幼年』よりだいぶ前の一九五一（昭和二十六）年に発表された短編『母』の、こんな文章に凝縮されている。

私は母への愛慕の情から、自分が芸妓の子であることを誇っている。そしてその不条理な誇りの延長として、結婚という合法的売婬をしかるべく取り行った結果、良俗を主張するブルジョア社会に対して反感がある。

『母』における、この「良俗を主張するブルジョア社会に対して反感がある」という大岡昇平の宣言は、客観小説、私小説、ノンフィクションをひっくるめて、その後の大岡文学の遠いところでのライト・モチイフとなったと考えるのだが、何も最初から昇平は、そうした「悟り」の境地に至っていたわけではない。

これも『少年』からの引用だが、昇平は十一歳のときに、和歌山の生家のことをよく知っていた「保《やっ》ちゃん」という同郷人、同年齢の友だちから、母親のつるがつとめていた「明月」という店が「芸妓置屋」だったことをきき出す。それまで昇平は、漠然と父と母がそういったところで知り合ったという感覚をもっていたのだが、つるが「芸妓」だったということまでは知らなかった。いや、薄々感づいてはいても、どこかでそれを信じたくない思いをもっていたのだが、ついに「保ちゃん」を問いつめて真実をきき出すのである。

この時、私がどんな顔をしたか、自分ではわからない。顔がこわばるのを感じたが、涙は却って引っこんでしまった。保ちゃんがそれをいったのは、私の家の横手の要垣《かなめがき》の前で、門の方へ曲ろうとするところだった。保ちゃんは歩度をゆるめて、少し後に反るようにして私の顔をしげしげと見た。保ちゃんは私より少し丈が低く、円顔だった。団栗眼《どんぐりまなこ》をいっそう見開くようにして、なんともいえない表情で、さぐるような眼で見ている。本当のことを教えたことが私に与えた打撃がどの程度かを知ろうとする、保ちゃんの好意を私は感じたが、そのへんな表情に、私の歪んだ顔はうつっていたのである。

そして疑いが確定したことに、私はやはり打撃を受けていたのである。そのまま家へ入る気にならないので、門の前を通りすぎ、四つ辻を左へ曲って、宇田川に沿った裏道を歩いて行った。私は、母も芸妓だったんだろう、と追及した。保ちゃんは否定した。文子さんのように、ただの娘として三番丁の住居の方で育てられたのだといった。私はしかし姉は女学校へ通っているが、母は小学校だけだ、父と結婚するまで何をしていたのか、「明月」を手伝っていたんだろう、どうして父と知り合ったのか、と追及した。保ちゃんは知らない、知らない、と繰り返すだけだったが、私にはもう十分だった。ただの娘ならば、なぜ「明月」の商売を私に隠す必要があるのか。私の疑いのもとになった秘密の雰囲気がその事実を逆に指し示しているのだった。

保ちゃんからムリムリきき出した「母は芸妓だった」という事実に対する、幼い昇平の自我と自尊心の揺れ動きが、せつなく迫ってくるくだりだが、同時にこれは、昇平の将来の文学と人生に内包されることになる精神的な「自傷行為」とみとめることもできるだろう。昇平はすでにその頃、人間は自らの生を傷つけないかぎり、明日を生きられない生きものであることを知っていたのかもしれない。のちに昇平が書く『俘虜記』や『野火』にある、あの生き残り日本兵としての自らの自己責任(戦争責任)に対する並外れた矜持や潔《いさぎよ》さもまた、十一歳の昇平があえて「母は芸妓だった」事実を積極的に知ろうとし、それをこえて弱い母を愛そうとしていた幼時体験と重なるような気がするのである。

昇平は一九一五(大正四)年四月に、渋谷駅そばにあった渋谷第一尋常小学校に入学するが、その前年の秋に大岡家はその学校に近い中渋谷字並木前一八〇番地に引っ越している。『幼年』を書くために、昇平はそこを再訪する。

いまの渋谷駅南側を跨ぐ首都高速の下の道と、駅東側の通りとの交叉点の西南の角、歩道橋の降り口のところに渋谷川にかかった小さな橋がある。

これが稲荷橋で、橋を渡ると、右側の路地に屋台に毛の生えたような小さな飲食店が並んでいるだけで、道はまもなく東横線の高架の下をくぐり、国鉄用地にぶつかると、左右に分れるさびれた裏道となる。

駅付近の区画整理の残り屑の、見る影もない一画になっているが、渡って右手の飲食屋横丁はもと田中稲荷の境内の参道の名残りである。十年ぐらい前まで、本殿がその北二〇メートルにあったが、首都高速下のバイパスが出来る時、取払われた。

飲屋横丁の反対側に、同じくらいの幅の小路が、東横線の高架に沿って南へ入っている。渋谷川との間の狭い地面に、橋の袂は料理店、その次に二軒の町工場が並び、次は空地となって、車の置場になっている。ほぼこの空地の位置、いまの番地でいえば、渋谷三丁目一八番地が、もと私の家のあったところである。


今ならグーグルの地図閲覧で簡単なのだろうが、この昇平自身の「再訪」による渋谷駅付近（昔の家の近辺）の風景の変遷の記録には、昇平がすごした幼年時代の「時間」そのものを体感させる力があって惹きこまれる。じかに歩かなきゃ、こうした読み手までが、昇平といっしょに当時の渋谷を徘徊するようなレアリスムの効果は得られないだろう。

この稲荷橋近くの家に転じてから、昇平の生活にはある変化が訪れる。

この路地へ越して来てから、私の生活に起きた重要な変化は、父が私を打つようになったことである。私が成長して、ひたすら保護される幼児から、お仕置によって鍛える必要のある年頃にさしかかったためか。或いは父になんか兜町の店で意に満たぬことが多くなったためか。

川端稲荷付近は、私の通学に便利であるだけではなく、ひと跨ぎで市電の終点だから、父にとっても通勤が楽になったはずである。当時渋谷から青山通り、赤坂見附を経て三宅坂でお濠端へ出る線があった。そこで左折すれば半蔵門、九段、神田へ行く線であるが、右折して、日比谷、銀座尾張町（四丁目）、築地へ行く「築地行」があった。電車はそこで行先掲示を「両国行」にかえ、左折して新富町、八重洲橋を経て、茅場町に至るのである。乗換えなしで勤務先の兜町に着いてしまう。

或いはそのため、帰宅が早くなり、叱る機会が多くなったのかも知れない。父は私だけではなく、母にも当った。夕方、店から帰ると、一通り留守中の家内の不始末、家具の位置や障子の汚れなどに文句をつけた。それから、私をなぐった。

おかしいのは、昇平が父の暴力からのがれるべく取った行動で、つぎのようなものだった。

はっきり憶えているのは、二日間仏壇に祈ったことである。私の家には四畳半の茶の間に神棚があり、大神宮とお稲荷様が祭ってあった（多分氷川神社前の家にもあったのだが、この家から私が意識するようになった）。父はその磊落な性質に似合わず、不思議とこの二種の神を信心していて、夕食前手を洗い、神棚の下に坐って、長い間なにか口の中で唱えていた。

仏壇の方は奥の床の間の隅においてあった。私が仏壇に祈ったのは、多分神棚は父が祭っている神だから、私のいうことを聞いてくれない、と思ったからに違いない。ただし私の祈ったのは、父が私をなぐらないように、ということではなかった。「自分を女の子にかえて下さい」ということだった。

この奇妙な祈りについて、私はこれまで誰にもいったことはない。動機はたしかに父の懲罰から脱れるためであった。自分が女の子なら、こんなに叱られずにすむのではないか、という気がしたのである。


これまでにも、昇平はいくども「自分は女性的」と書き、「胸毛や筋肉はキライ」「美しくてきれいなものが好き」とも書いているから、べつにこの「祈り」の話をきいてもおどろかないのだが、六歳だった一人の少年が「男の子であること」をこれほどまでに疎《うと》むようになった原因を、たんに自身にそなわっていた「女性的」傾向だけにもとめるのはおかしい。

父大岡貞三郎が、昇平にとってたんなる「こわい存在」だっただけでなく、決定的に「否定すべき存在」として確定するのは、長弟の辰弥（七年めの子だった）が生まれた一九一六（大正五）年で、母つるは産後の肥立ちがわるく、生まれたばかりの弟をつれてどこかに入院するのだが、その留守中に家政を見に来ていた女性と、父は何かあったのではないかと昇平が疑うあたりからである。

ただ、この疑いは、その家政婦（色の白いきれいな人だった）が、その頃昇平が常習的に行っていた簞笥から小銭をくすねる現場を目撃したにもかかわらず、その悪事を父に知らせなかったことから、「もしかすると父とはそれほど親しくなかったのではないか」という推測が成り立って打ち消される。父と親密であれば、（少額ではあっても）情を交わす男の財産に手をつける油断のならない子であり、家政婦は父に「昇平ちゃんが時々お金を持ち出すんですよ」くらいの報告をしていいはずである。その家政婦は家計一切をまかされていたそうだから、昇平の盗みのために損金が生じれば、自分がその穴うめをしなければならなかった。父貞三郎とふつうの雇用関係にあった家政婦であれば、「お金さえもどればいい」「わざわざ雇い主に子どもの非行を伝える義務は自分にはない」と思ったにちがいない、という昇平の推理である。

しかし、その家政婦とはどうだったかわからぬが、その後貞三郎は株取引に大きく成功して、だんだん生活が裕福になるにしたがい、妾をつくったり、しばしば女中に手を出すようになって母のつるを苦しめた。

『幼年』のなかには、つるの悲嘆を語る文章がいくども出てくるが、とりわけ昇平が庭の築山の前で、おもちゃの瀬戸物の石碑のようなものを立てて遊んでいたとき（その頃そうした「箱庭」をつくる遊びが流行っていた）、病に伏していたつるがそれをみて、

「墓を建てて、お母さんを呪い殺そうっていうんですか」

怖い顔で昇平を叱りつけた場面が印象的である。

昇平はこう書く。

私はどぎもを抜かれてしまった。私は弁解したかった。これは墓なんかではない。母に対してそんなことをする理由は全然ない。呪い殺すなんてことを知りはしない。お金を貰う時、箱庭の道具を買うといってあるはずである。しかしこの時の母の異様な語調に押されて言葉は出て来なかった。私は、「はい」と答えて、その買ったばかりの箱庭の道具をまとめ、渋谷川へすてに行った。

こんな筋の通らない叱られ方をしたことはこれまでについぞなかった。その時は、母の病気がよ

ほど悪く、機嫌が悪いのだと思ったが、今日の私の小説的推理では、留守中家政を見に来た人と関係してくるのである。

その人は母が退院すると同時に、いなくなっていた。しかし母はその人と父との関係を疑っていて、病気の自分が余計者である、というような妄想に囚われていたのではないかと思う。何か母にそう思わすものがあったのだ、と私は思っている。

昇平はこのあと、母から叱られるときにはいつも「何か見栄がからんでいた」と書き、「これを母の芸妓という経歴が、条件づけたものと考えなければならないのは悲しい」とも書くのだが、この「呪い殺すのか」と怒ったときの母には、そうした「見栄を張る余裕がなかったのだ」ともふりかえっている。そして昇平は、いかに家族のなかにおいて「父親」というものが醜く身勝手な存在であるか、それに日常的に忍従させられていた母が、いかに「悲しく」「弱い」存在であるかを思い知るのである。

大岡家は大正五年に辰弥が誕生したため、稲荷前の路地の奥の三間《ま》の家では狭くなって、二年後、駒場通りの現在東急デパート本館になっている大向小学校の近くに引っ越す。まもなく、昇平はこの小学校に転校するのだが、さっきからいっているように、この頃から大岡家の生活は少しずつ裕福になってくる。第一次世界大戦の影響による好景気で、貞三郎のかかわる株の世界にも明るさがでてきて、貞三郎がそれに乗るように株取引で大儲けしたのである。

この辺は宮益橋の上《かみ》で渋谷川に合流する宇田川の流域である。横丁はだんだら下りになっているが、一つの小さな十字路を左に曲り、すぐ右にカーヴを描いて「大向橋」というコンクリートの橋で、宇田川を越している。その橋の手前右側、中渋谷八九六番地（現、宇田川町三〇番地）がそれである。

横丁は十字路を真直に下ってすぐ宇田川の岸に出てしまう。この三方を道に囲まれた川に面した地所に、同じような新築の借家が二軒あった。その右側はRという、父と同じ兜町の仲間だったので、多分その紹介で見付けた借家だったろう。

家は一間増えただけだったが、前庭が板塀で仕切られ、門があった。粗末な開き門で、斜めに三メートル入ると、すぐ玄関の格子戸になってしまうのだが、それまで氷川前の家、稲荷前の家と、道からすぐ玄関になる家に住んでいた私には、ひどく大きな家に入ったような気がした。

この頃からうちは少し豊かな感じになって来る。父が私を打つことも少なくなった。門構えの借家に入って、父もやっと家を持ったような気になったかどうか知らないが、それまで郷里の和歌山市郊外においてあった本籍（海草郡四箇郷村字有本三五四番地）をここへ移した。その日付は大正七年五月一日だが、実際に引越したのは一月か二月だったような気がする。

渋谷第一小学校へは、道玄坂下の繁華街を抜け、踏切を渡って通うことになるが、はじめは混み合う表通りを避け、川向うの裏道から、明治通り（その頃は練兵場通り）へ出る道を使っていた。

時代的にはだいぶあとだが、筆者も青春の一時期をこの界隈ですごしたので、「宇田川町」「道玄坂」「明治通り」（「練兵場通り」といったとは知らなかった）ときいただけで、胸さわぐような懐かしさをおぼえる。筆者は高校卒業後、昇平がランドセルを背負って往き来していたという道玄坂下の、韓国女性が経営する小さな服地店につとめていた。むろん昇平が通学していた頃とは、私の知る戦後、震災後の渋谷の風景はずいぶん異なるが、それにしても経済成長下の再開発やら区画整理やらで、今ではまったく別風景になってしまった。つい最近になって駅前のシンボル的存在であり、昇平が通っていた渋谷第一尋常小学校の位置にあった東急会館まで姿を消した。

ところで、昇平は大向橋の家に引っ越した頃から、「親の財布から小銭をくすねる」習癖に悩まされる。親が仕舞った財布の在りかをかぎつけ、こっそりそこから何個かの小銭を盗むのだ。もうやめよう、もうやめようと思うのだが、どうしてもやめられない。その「盗癖」は、大向橋にうつって家がしだいに裕福になるにつれて加速する。稲荷前の家で、箪笥の小抽出しから十銭玉を一つ盗んだところを、女中にみつけられたことはさっき書いたが、昇平はそれ以降いったん盗みをやめる。しかし、大向橋の家で暮らすようになってまた復活させるのである。

昇平は、『幼年』で書いている。

この悪癖は、私の良心にとって重荷だった。なぜこれが止められないのか、と私は悩んだ。しかし家の中に人がいず、目の前にたしかに金の入っている場所があると、私の手は自然に伸びて、その抽出しをあけて、いくらかの金を引き出してしまうのである。

「人が山に登るのは、山がそこにあるからだ」という理論によれば、金がなければ盗みはないことになる。すべては私の家に少し余裕ができ、家計の余りが、簡単に手の届くところにあるようになったせいになる。しかし事情がどうあれ、自分の欲望をこっそり行使することには、根本的な醜さがあって、処罰されなくても、いやな感じは抜けない。人間の性はやっぱり悪なのか。

もっとも、このテの習癖は（筆者自身も経験者だが）、幼少期かならず通る通過儀礼的な経験であって、何もそんなに傷つく問題ではないという考えもある。じっさい昇平は、「盗癖」は生涯の汚点だった、と苦しみながらも、島崎藤村が幼時の盗癖について告白している本を読んで慰められたり、またフィリピンに出征したときに、何かの拍子に戦友にそれを打ちあけると、「お袋の財布から小遣いをちょろまかすのは、どろぼうの中に入らない。おれもやったよ」と、こともなげにいわれてホッとしたりするのである。

しかし、昇平は一九二一（大正十）年に青山学院中学部に入学すると、キリスト教の信仰を決心する。神を信じ、その教えにそって、正しい生活を送ろうとした動機には、やはりこの「盗癖」があった。信仰への傾斜は、「自分の心の悪の自覚に基いていた」と昇平は書いている。

また、それは母つるがかかわるつぎのような出来ごととも関係してくる。

私は盗んだ金の使い残しを机の曳出しの奥に押し込んでおいたのだが、ある日、それが失くなっていた。箪笥の曳出しに手をかけてみると、鍵がかかっていた。私は発見されたと思い、厳しい叱責を覚悟した。母と顔を合わせるのを避けるためにそのまま外へ遊びに行き、なるべくおそく帰って来たのだが、不思議と母は何もいわなかった。夕食の時、父の前でそれをいわれ、叱られるのかと思ったが、そうでもなかった。母の私を見る眼が、なんとなく変であっただけで、何もいわれなかった。

なぜ叱られないのか、私はわからなかった。父はふだんから私をよく打ったので、盗みというような大罪がわかったなら、どんな目に会うかわからない。それが可哀そうだから、許してくれたのかと思ったが、そんなら「お父さんにいうのを勘弁してあげますが、なぜそんなことをするんですか」と私を叱ってもよい理屈である。躾けとしてもそうでなければならないところであろう。

母がそれをしなかったのは、長男の悪癖を知って、ただあわててしまい、どうしていいかわからなかったからだと思う。後になって、私の理解した母の立場を考え合せると事態は深刻である。

これは『少年』のほうからの引用である。

昇平は青山学院に進学した頃から、キリスト教への帰依を考えはじめるのだが、それは大向橋から現在の松濤二丁目一四にあたる中渋谷七一六番地に転じる一年前のことだった。稲荷橋から大向橋のときもそうだったが、昇平は家が引っ越すたびに新しい学校に入っている。

『幼年』は大向橋の家の章で終了し、それ以降の昇平の記憶（つまり十歳以降の記憶）、ならびに再訪したことにより明らかになった新しい事実は、つぎの『少年』にひきつがれ書かれることになる。冒頭でものべたように、『幼年』『少年』は一卵性双生児のような作品なので、『幼年』で提起した問題を、『少年』であらためて分析し、確認するという箇処がいくつもある。この「盗癖」についてもそうで、昇平は『幼年』で告白した恥ずかしい行いを、『少年』でもう一どみつめ直す。

『少年』によれば、けっきょく昇平の「盗癖」は、「小遣がそんな小額では間に合わなくなり、また贅沢な級友との交際の名目で、臨時費が請求できるようになる」成城高校に入る頃までつづいた。「盗み」が継続したのは、父貞三郎が聖書を買ってくれなかったからで、(それだけが理由ではなかったが)ほんの半年間ほどで信仰が挫折したためだった。約一年の休止をへて、昇平の「盗み」はぶり返す。青山学院は伝統的なミッション・スクールで、昇平は授業で「四福音書」や「使徒行伝」を読み、賛美歌も歌えるようになっていたのだが、父は「ヤソなんかよせ、日本は仏教で沢山だ」といって、新装の『新旧約合本聖書』を買ってくれなかったのである。

翌日、母のつるが昇平に五円札をくれ、

「これで聖書を買っておいで」

といってくれるのだが、昇平は無理解な父にむかって、

「お父さんが金を儲けるのは不当だ。お父さんが相場で儲ければ必ずそれだけ損をする人がいるんだから」

と詰《なじ》る。

貞三郎は、

「その不当な金で聖書を買えというのは矛盾している」

と反論する。

すると昇平は、「不当な金で買ったこんな大きな家に住んでいるのは不愉快だ、貧乏で小さい家にいた頃のほうがずっとよかった」と、さらに反抗するのである。

私は「幼な子の如くならざれば、神の国に入ることを得じ」という聖書の言葉を信じていた。そ

して氷川神社の近所の、両親と三人暮しの淋しい生活をなつかしむような気持になっていた。

そして現在の私は、この時の子供の論理を間違っている、と思っていないのである。その論理に従って生きる替りに、大人の論理に従って五十年を過してしまったことを悔む気持がある。中学一年生の私は実に単純だったが、私がこの時ほど明白な主張によって生きたことはその後ない。

これほど明白な主張をもった「信仰」が、あっけなく崩壊したもう一つの理由には、友だちにすすめられて読んだ夏目漱石の『こころ』がある。『こころ』を読めとすすめてくれたのは、清水辰夫という同級生で、高等小学校を卒業していたため、昇平より二歳上だった。一年の二学期のとき、清水が級長、昇平が副級長をやっていた。「眼が大きく、眉毛が少し釣上って、男らしい顔立」をした清水は、昇平の信仰の話をきき、漱石をすすめた。その『こころ』が昇平に大きな衝撃をあたえる。最後の「先生の遺書」のところでは、「蒲団をかぶって慟哭をこらえねばならなかった」ほどだった。『こころ』は、主人公の「先生」が、自らの結婚のために友人Kを裏切った罪を償い自殺するという小説だが、昇平には、その先生が「神様のような人に見えた」という。

昇平の青春の煩悩が、きわめて明確に痛々しくうかびあがってくる場面だが、この漱石の『こころ』に感動したことが、なぜ昇平の信仰への情熱を失わせたかについては、あまり丁寧に説明されていない。

この章の終りのほうで、「先生はその自殺という行為によって神様のような存在になった。しかし何度も読み返すうちに、少年に大人のエゴイズムの強さを教えることになった。先生の裏切りには、恋愛を神聖視すると共に、人間の弱さを是認させるものが潜んでいたからである」と昇平は書いているけれども、ということは、昇平は幼い自分が否定する「大人のエゴイズム」も、しょせん「人間の弱さ」の一つであると理解し、それはたとえ「信仰」を得たとしても救われるものではないと、漱石の『こころ』から教示されたのだろうか。

ともかくそこで昇平は信仰を捨て、ふたたび「盗み」に手をそめるのである。しかも、その盗みの動機が、小遣いに窮乏してというより、友だちと遊ぶ「メンコ」の「ナマリメンン」(鉛でつくった一段階高級なメンコ)を貯めるためだったことに、昇平は強烈な自己嫌悪におちいりながら、自らにひそむ一種の精神病理的なものをみる。

そして、やがてその盗みの対象が、他人の金ではなく家の金だったことに着目するのである。

それまで家が貧しく、何も貯めることが出来なかったから、精神の目醒めと共に、貯めるものを見付けたということかも知れない。(鉛のメンコは明らかに貨幣の代用品である)しかしもしこの頃、家が裕かになって、曳出しに五十銭札が溢れるようになっていなかったら、小さな偽善者になっていた私は、他人のものに手をかけたのではないか、との恐怖に囚われる。

ありがたいことにこの推理を否定する材料がある。それは、私がいくらでもある貯えのメンコではなく、毎日新しく買ったメンコを元手に勝負をはじめたことである。そこには少しのものから沢山を儲けるという快楽があったのだが、新しく元手を買うという要請が加わったのは、その前に盗みが要請されていたからかも知れない。私のしたいのは実は盗み自体だったかも知れないのである。つまり目標は他人のものではなく、家のものだった、ということになる。

半分くらいはわかるのだが、要するに昇平は、こうした自らの「盗癖」をめぐる分析のなかで、どうしても「裕福になった家」を愛せない（受け入れられない）自分を発見するのである。昇平は母つるに何ども「昔のほうがよかった」といって、つるをうろたえさせるのだが、そこには、「不当な収入で買った家に住むよりは、貧乏で小さい家にいた頃のほうが幸せだった」という、例の「明白な主張」を再確認する気持ちがあったといえるだろう。昇平の「盗癖」は、明らかに「大人のエゴイズム」に対する反抗行為の一つであることを、じつは昇平自身はちゃんと自覚していたのではないかと想像するのである。

それにしても、『幼年』『少年』を通して、漱石の『こころ』くらい、昇平少年の精神に影響をあたえた文学作品はない。

これまで、どういう理由もなく、昇平の幼少期の読書体験についてはあまりふれてこなかったが、それは『幼年』にはほとんど読書のことが書かれておらず、僅かに最終章に「立川文庫の愛読者であった」とあるのが、唯一幼い頃の（九歳頃までの）昇平の読書状況を伝えるものだったからだ。「立川文庫」とは、明治末から大正の半ばにかけて、大阪の立川文明堂から刊行されていた少年向けの講談文庫本ときくけれども、たぶん昇平もまた、当時の一般少年のように『猿飛佐助』や『霧隠才蔵』に胸おどらせていたのだろう。

読書についての記述が俄然多くなるのは、やはり『少年』にうつってからで、一九一八（大正七）年あたりから（大向橋の家あたりから）しだいに昇平の読書生活は充実しはじめる。昇平に読書の愉しみを教えてくれたのは、哲吉伯父の長男の洋吉で、小学四年生だった昇平に「ローマ字少年」を買ってくれた。これは大正七年から一年間出たいわゆる日本式ローマ字の普及雑誌で、今読むとどこか軍事思想を鼓吹しているふしのあるハイカラな雑誌だったが、当時の昇平は夢中になってローマ字にのめりこみ、綴り方の時間に、自分の名前をローマ字で書いて担任の先生に大目玉を食らったりする。

やがて、昇平は洋吉からその頃創刊された童話雑誌「赤い鳥」を教えてもらい、翌大正八年に洋吉とともに童謡を投稿して、それが同年七月号に載り、つぎに書いたのが十一月号にも掲載された。同誌に載っていた芥川龍之介の『蜘蛛の糸』を読んだのもこの頃で、鈴木三重吉や小川未明や北原白秋の童話にも没頭する。

「はずかしいけど、証拠物件として掲げておく」と、昇平自身ことわっているけれども、作家大岡昇平の活字デビューの記念碑的作品なので、「赤い鳥」に初めて載ったときの童謡「赤リボン」を紹介しておこう。

「リン〱リボン／赤リボン。／むかうのお山に雨が降る。／木になつた銀の鈴が／リン〱／リン〱リボン／赤リボン／姉さまのかけた／赤リボン」

白秋の評は「音楽的、姉さんのリボンをからかつて、笑つてゐるやうなところがある」だったが、昇平はこれは、従兄洋吉が書いた推薦作品（昇平の入選よりもワンランク上の賞）の「雨」を前もって見せてもらっていたので、同作品をおおいに模倣したものだった、と白状し嘆いている。

いずれにしても、貞三郎と同じ株式仲買店の勤め人でありながら、（貞三郎とはちがって）学問を尊敬し、子の教育にも人一倍熱心だった伯父哲吉の血をひいた洋吉は、大の文学好きで「本の虫」でもあったから（東大独文にすすみ六十一歳で死ぬまで独身だった）、昇平の「読書開眼」をうながすにはうってつけの指導者だったといえるだろう。

同じような読書体験者もいるだろうが、昇平の読書にいっそう拍車がかかるのは、ちょうどその頃原因不明の熱と腹痛と下痢におそわれ、伯母さんの従弟が医者をしていた芝区白金台の伝染病研究所附属病院に入院したためで、その入院中にむさぼるように本を読みはじめるのである。

二ヵ月半、入院していたのだから、かなりの大病だったわけである。伝研を選んだのは、所員の三田村篤志郎博士がゆき伯母さんの従弟に当るからだった。一人部屋に入り、附添看護婦が付いたのを、私は少し意外に思い、うちは少しお金持になったのだな、と実感することができた。

家の外で一人で寝るのははじめてだし、しみの出た病室の天井がこわかった。母は毎日見舞ってくれた。父のいないところで、外出着を着た母と長々と話すのは、生れてはじめてのことだった。私はむやみと本を読む子供になっていたので、母に毎日本を買って来てくれとせがんだ。童話雑誌には「赤い鳥」のほかに「おとぎの世界」「金の船」が出ていたが、忽ち読み尽した。たしか富山《ふざん》房《ぼう》から出ていた『ロビンソン・クルーソー』『ガリヴァ旅行記』『アラビヤンナイト』の小学上級用の厚い絵入りダイジェストを読んだ。子供の本が種切れになると、押川春浪『海底軍艦』『武俠艦隊』や涙香《るいこう》の訳述『噫《ああ》無情』『幽霊塔』を読んだ。速記講談の四冊本の『太閤記《たいこうき》』と『塩原多助』を読んだ。子供の読む本ではないとされていた「講談倶楽部《クラブ》」「講談雑誌」、それからその頃創刊された「譚海」という読物雑誌を母は買って来てくれた。

プンとオキシドールの匂いがただよい、静寂のなかを白衣の人が行き交う「病院」という異空間は、昇平の読書欲をさぞかし亢進させたことだろう。

そのときの病名は、ついに最後まではっきりせぬまま（小児結核かツベルクリン陽転のひどいのではなかったかというのが昇平の推測だが）、二ヵ月余入院治療して退院するのだが、何かにつけて「良き指導者」だった従兄の洋吉が、その頃新設された松山高等学校（旧制）に入学し、昇平がよく遊びに行った麻布市兵衛町の家に帰ってこなくなったことのほうが、昇平にとっては病気以上の事件だったかもしれない。

そして、ここでふれておきたいのは、昇平の幼少期の「キタ・セクスアリス」、いわゆる性の目覚めに文学がどうかかわっていたかについてである。

昇平の人格形成上の最大事といえば、一つが先にのべた「盗癖」であり、一つがこれからのべる「性への関心」である。昇平は「盗癖」からのがれるために、キリスト教への帰依をもとめ、最後には漱石の『こころ』によって精神を自浄してゆくわけだが、性の目覚めにもいくつかの文学が寄与している。

読み返してみて気付いたのだが、昇平が「性への関心」をふかめてゆく記述は、圧倒的に『幼年』のほうに多く、のちの『少年』ではそれに補足を加え解説をほどこす程度である。「性への関心」の経験が、『幼年』期に偏るのは当然といえば当然だろう。

ただ、『幼年』に書かれている幼い「性経験」は、ごくふつうの経験である。氷川神社の近くの駄菓子屋にあった便所へ、昇平と同じ年頃（五歳ぐらい）の女の子が、突然前をまくって入って行ったとき、その前がのっぺらぼうで何もないのを見て、変な気持ちになったとか、稲荷橋の近所のお転婆な子が、ある日学校の器械体操で「尻上り」をしたとき、着物の裾がめくれて下半身がむき出しになり（その頃の女の子はパンツをはいていなかった）、びっくりして帰ってきてしまったとか、母親と銭湯に行ったとき、十六、七歳の親切なお姉さんに身体を洗ってもらい、ドギマギしたとか、その年頃の男児だったらだれでも経験しそうなことである。

『幼年』のなかで印象にのこるのは、幼い頃昇平が座敷で寝ていると、近くの染物屋の一つか二つ上の女の子が起しにくるという場面である。

女の子はまだ学校に行っていなかったらしく、朝、寝ている私を起しに来ることがあった。枕元に坐った女の子に揺すられながら、だんだん目を覚まして行く、こういう快い感覚を私は生涯であまり味わったことがない。少なくともこの時のような甘い感覚を伴った経験はない。この女の子は私の最初の恋人だった。

或る日、その女の子と遊んで家へ帰った。母は手拭を姐さんかぶりにして台所仕事をしていた。私の家は前に書いたように玄関から入ると、すぐ三畳の茶の間が続き、その先が台所である。

母は仕事の手を休めず、下を向いたまま、

「××ちゃんと、××××してはいけませんよ」といった。

あとの方のばってんは、女陰をあらわす卑語である。私は母の口からこの言葉を聞いたのは、これが始めてで、また最後である。私はびっくりし、また気押されて、「はい」としか答えられなかった。しかし私はその女の子とその卑語で表わされるようないたずらをしたことはない。

母にこの言葉をいわせたのは、むろん私がそういういたずらをすると思われていたからである。

染物屋の女の子ではないが、同じ方角の家にそこを触らせる女の子がいた。私もそっちの方にいる年上の男の子にさそわれて、いたずらに参加した。染物屋の前あたりの、道の反対側の路地を入って行くと、間もなく氷川神社裏の原の崖にぶつかる。一面に笹の生えた斜面をななめに登る小径があって、めったに人が通らない。二、三人の男の子がそこへ女の子を連れて行って、みんなでかわりばんこに笹の枝を折ったのでそこをつついたのである。年上の男の子は、その行為を性交を意味する卑語で表現した。

いたずらはしかし一度か二度ですぐやんだ。その女の子が出て来なくなったからである。多分親が娘の局部に異常を認めたからである。いたずら犯人の男の子の家を歴訪して抗議したかも知れない。

その時、母がその言葉で私を注意したのは、抗議を受けていたせいだったろうと思う。しかしそれは詰問もお仕置も伴わない、変な叱り方だった。私が「はい」と答えてそれきりになったのは、むろん母は問題をそれ以上追求するのがいやだったからに違いない。

母は心配する必要はなかった。私は染物屋の女の子とはそんなことはしなかった。私にそんな度胸がなかっただけではなく、女の子は私のほんとうの恋人だったので、そんないたずらをすることなんか思いも及ばないことだった。揺り起されながら、だんだん目を醒ましていく快感だけで私には沢山だった。

この回想に、昇平は次作の『少年』で、もう一つこんな告白も付け加えている。

私たちのやった「女飛び」には少しインチキなところがあった。縄に接触しないで飛ぶのが原則だが、先にあげた足の爪先を縄に引っかけ、それを低くしておいてから、もう一方の足を越えさせる。だから、裾が自然に乱れる。その頃、男の子は振りちん、女の子は白のさらしの腰巻をしているだけだから、女の子は縄の向う側にこっち向きに着地する段階で、必ず前屈みになって、膝をすぼめ、両手で膝頭を押えねばならない。その恰好がなんとなく好もしく、これも私がこの遊びに加わった理由の一つだった。

松濤橋の前で、中西が近所の女の子と縄飛びをしていることがあった。私も入れて貰う。放課後は袴をはいていないから、飛ぶ恰好はいっそう色っぽくなる。

中西という子は早熟で少しばかり少女的コケットリイを持っていたようである。縄を飛ぶ時の平らに長く延びた脚の形が眼に残っている。共組（筆者註・男女組）は体格検査をいっしょに受けるのだが、男の子が先にすませる。私は級長だったので、一番あとで検査をすませ、着物を着ているところへ、腰巻だけになった中西が入って来たことがある。その乳房が少しふくらんでいるのを見て、どきっとした記憶がある。

級長の特権は僥倖だったというしかないけれども、何やら昇平少年の「縄飛び」は確信犯的でもある。

「中西」は「中西しず子」といって、『少年』の第二章にひんぱんに登場する同級生の女の子である。順位をつければ、『幼年』の頃「寝ている私を起しに来た」という染物屋の女の子が昇平の（心の）恋人第一号で、第二号はこの「中西しず子」だったのではないかと推するのだが、『少年』にそれ以上のことは書かれていない。ただ、ずっとあとになって（昇平が作家となり『少年』の連載をはじめた頃になって）、当時中西しず子の同級生（つまり昇平の同級生）だった牛尾（旧姓有富）という女性から、「縄飛びの遊び友達中西しず子が二十八歳で死んだ」と聞かされる。「難産で手術中、医師が血液型を間違えて輸血したためだったという。『美人薄命ね』と牛尾さんはいった」——とだけ『少年』には書かれている。

そして、そうした『幼年』時代から『少年』時代にかけて（大向橋から松濤の家にうつった頃が両作の境目である）、昇平の「性への関心」はいよいよ深まってゆくわけだが、そこには従兄洋吉から教示された、「文学」が大きな影響をおよぼす。

昇平は入院生活から帰ってくると、憧れの洋吉が出た府立一中（現・日比谷高校）をめざして、本格的に受験勉強に入らねばならない時期だったのだが、とうとう二学期は全休して本に読み耽る日々をすごす。その頃になると、シャーロック・ホームズからアルセーヌ・ルパン、エドガー・アラン・ポーなど、翻訳モノの推理小説（当時は探偵小説といった）が大半を占めたが、黒岩涙香や押川春浪も書棚にならんだ。その推理小説趣味は、やがて作家大岡昇平が後年になってその分野でも卓《すぐ》れた作品を発表することにもつながるのだが、そんな読書三昧が災いして、予想通り（？）一中の入試に失敗、昇平は第二次志望の青山学院にすすむことになる。「母のつるが芸妓だった」事実を知るのもこの頃だったから、昇平にとっては人生の哀苦を味わうその年の春だったろう。

ところで、「性の目覚め」と文学のほうだが、昇平に初めての手淫、射精の経験をあたえたのは、シェーンというドイツ人作家が書いた『人肉の市』という小説だった。

受験日の前夜、息ぬきに道玄坂へ散歩に出て、渋谷に二軒あるうちの一軒の書店「成蹊堂」で（もう一軒は「大盛堂」だった）、雑誌類を立ち読みしていると、そのなかの一つに眼がとまる。当時の売れっ子挿画家高畠華宵《かしよう》の絵で、それはそれまで昇平が見たことない大胆な図柄だった。「一人の裸女がベッドの上に横坐りに坐り、シーツで胸を覆って、おびえた表情でうしろを向こうとしている。背景に開け放たれたドアがあり、ズボンを穿いた男の脚が、逆光線に照し出されている。部屋の中に二本の脚の影が伸びている。美女は不意の闖入者におそわれたのである。シーツは胸を覆うに十分でなく、乳房がのぞいている」――。

前後の文章を読んでみると、これは翻訳小説で、一人の少女が外国で有利な職業を世話するという広告に応募する。港町のホテルの窓のない部屋へ案内され、バスを取るようにすすめられる。部屋に戻ると、衣服がなくなっている。止むを得ず、裸のままベッドに入っていると、見知らぬ男が入って来る。（それが挿画のシーンだった）少女は抵抗し男を追い返す。すると世話をした男たちが入って来る。彼女はベッドに腹這いにさせられ鞭打たれる。半ば失神していると、さきの男が再び入って来る。彼女は抵抗する気力がなかった。

少女は結局トルコへ女奴隷として売られるらしかった。しかしあまり長く読んでいるのははずかしいので、いい加減で雑誌を棚において出て来たが、それまでに読んだところで私は十分衝撃を受けていた。

家へ帰っても、高畠華宵の挿画が目に浮んで来て、勉強ができなかった。諦めて寝床へ入っても、おびえた裸女の腕と乳房を思い出し、彼女が鞭打たれ、犯される場面の文章を反芻していた。明くる日ぼうっとした頭で、日比谷の試験場へ向う電車の中まで、それらの映像はついて廻った。

これで一中の受験を失敗しちゃったわけだから（昇平はそれは言い訳にならないといっているが）、このエロ小説をどれだけ恨んでも恨みきれないわけだけれども、よくよく読むと、昇平がイカレてしまったのは、本の内容よりも高畠華宵の挿画のほうが先だった気配がある。

じつは、高畠華宵の絵には、昇平は過去にも一ど大興奮させられていた。それは白金台の病院に寝ていたときの読書で、母親が買ってくれた「講談倶楽部」のなかの、前田曙山《しよざん》という作家が書いた大衆小説にそえられていた、やはり「カショウ」が描いた絵にドキッとさせられたのである。

『講談倶楽部』新年号の巻頭小説の、お侠《きやん》な下町娘を描いたものを覚えている――というよりも挿絵を覚えているというべきか。娘が町の若衆にからかわれ、道の真中に仰向けに転がされる、すると「見たけりゃ、とっくり拝むがいいや」といって、はだけた前を一層ひろげる場面である。高畠華宵かなんかの挿画は、その拡げた裾を描いてあるのだが、中にはなんにも描いてない。足のない人間になっているのだが、私はまたもやその白い何もない部分から眼が離せなかった。

高畠華宵かなんか、と書かれているが、まちがいなく華宵だったろう。

高畠華宵は、蕗谷虹児や竹久夢二とならんで、大正期の少年少女雑誌界を席巻していた人気画家で、月刊雑誌の表紙や挿画にその名のないときはなかった。「講談倶楽部」だけでなく、のちに出る「少年倶楽部」や「面白倶楽部」、大人の読む「婦人倶楽部」や「婦人世界」や「現代」でも活躍した。ちょっぴりアール・ヌーヴォー的な香りをただよわせた、妖艶で美麗なエロティスムは、とりわけ全国の多感な少年族を熱狂、陶酔させていたから、一触即発の昇平を悩殺するなんてかんたんだったろう。

それから昇平がしばしば夢精し、手淫をおぼえ、やがて射精を経験するのにさほど時間を要さなかった。『少年』には、昇平が毎晩のように『人肉の市』の残虐場面を空想し、手淫にふけり、ある日とつぜん「体中に異常な快感が漲り」射精するまでの肉体的、心理的な経過がつぶさに語られている。「それは体が分解してしまうような快感だった。むろん私はそれまでにそんな快感を経験したことはなかった。そして私の体も心もその快感を受け入れる状態から遠かった。こんな快感が人間にあってよいものか、という恐怖があった」という述懐には、同じ男子が読んでも迫真性がある。

ともあれこれで、昇平は「幼年」から「少年」へと、着実に人並みの脱皮をとげたわけだが、自らの射精が『人肉の市』の「裸女が鞭打たれる」シーンから誘発されたことについて、昇平はこう書く。

私は現実ではサディストではないが、一九五四年のパリで、その頃から完全な形で出版され始めたサドの著作に惹かれたのは潜在的サディスムの証拠であろう。もっとも今日の性学者なら少年期の多方向性欲の現われとして片付けてくれるかも知れない。性的に未熟であるために、夢が残酷になるのである。誰かいい忠告者がいれば、私の悩みは解消したかも知れなかった（イメージの喚起が抑制されたかどうかは保証の限りではないが）。しかしそんな人は周囲にいず、私は人に打明ける度胸はなかった。ひたすら善良であるはずの自分が、そういう白昼夢に苦しめられるのに悩んでいた。

サディスムが母親憎悪に繋がることを今日の私は知っている。ところが私の母への愛著は、これまでに繰返し書いたように、かなり深い。幼い頃から女の子が好きで、女になりたいと思ったことがあるくらい心優しい私が、なぜこんな残酷な幻想に悩ませられるのか、私はひどく悪い人間なのかというのが、少年の怖れであった。

心理学に疎《うと》いので、「サディスムが母親憎悪に繋がる」という論理には可とも不可ともいえないのだが、昇平が子どもの頃から「女の子になりたい」と仏壇に祈り、「女の優しさ、美しさ、弱さ」が好きな子だったことは承知している。『幼年』には、「子供の時から腰を割り、股をひろげて腰かけるのは嫌いである。あぐらもうまくかけない。『とんび坐り』といって、両足首を腿の外側に出して坐る女の子の坐り方のほうが楽で、また好きだった」と書いているくらいで、たしかに昇平は「心優しい」少年だったのである。

そんな昇平が、なぜ「裸女が鞭打たれる」シーンに発情し、射精にいたったのか。不条理といえばこれほど不条理なことはないのだが、『幼年』で昇平が、己が「盗癖」について「人間の性はやっぱり悪なのか」と嘆いていたのを思い出す。これは性善説とか、性悪説とかいうのともちがう、人間という生きモノの底にひそむ一種の背徳願望というべき感情なのではないのか、というのが、現在における筆者の精いっぱいの理解である。

どっちにしても、ここは昇平が『少年』でいっている、つぎのような言葉で締めくくるしかないだろう。

私は自己を分析するのはここまでにする。私がこれまでに無意識に文章にしたものの中には、考え直してみなければならないものがあるかも知れないが、私はその面倒を放棄する。自分を分析して間違った思考に迷い込むのを避けるためにそうするのである。

しかし、今ふと思い出したのだが、青山学院中等部の二学年の春休みに、昇平が母と末弟の保（辰弥のつぎに生まれた弟で病弱のため十三歳で夭折した）といっしょに、保の保養をかねた一週間ほどの修善寺旅行に行ったとき、持参した漱石の『草枕』を電車内で読み、そこに出てくる有名な浴場のシーン――那美さんという女性が湯気のなかに裸の立姿で現われ、「ホヽヽ」という嬌声をのこして立ち去るという描写に、『人肉の市』いらいの昂奮をおぼえたという文章がある。

昇平は、たちまち持ち前の空想力を発揮し、たまたま同じ電車に乗っていた若い夫婦の奥さんの裸体を想像するのである。

私ははっとして眼をあげた。車内はすいていて、われわれのほかには、座席中央ぐらいのところに、若い夫婦が乗っているだけだった。亭主は髪の濃い眼鏡をかけた三十歳くらいの洋服を着た紳士で、洋髪の奥さんはその向い側にいた。丸顔の切れ長の眼をした人で、真白に化粧していた。（私がよその女のお白粉を気にするのは、母が薄化粧だったかららしい）当時、これくらいの若さで二等車へ乗るのは、新婚旅行ときまっていたから、私は勝手にそうきめていたわけだが、『草枕』の深夜浴場の場を読み、その奥さんの裸体を空想したらしい。

私はそれまでに、女の裸体は母のそれと小さい時銭湯へ連れられて行った時の近所のお内儀《かみ》さんのそれより見たことはなかった。小学五年生頃から女湯へは行かなくなっていたし、漱石が那美さんの裸体を描いたような感覚で女体を眺めたことはなかった。その奥さんは母より少し丈が低く足は短いが、より白くやわらかな感じに空想された。むろん私はすぐその空想を打ち切ったが、その後、読書に疲れると、眼を挙げて、その奥さんを見ないではいられなかった。


昇平の空想はおくとして、ここでおもしろいのは、昇平に『人肉の市』いらいの昂奮をあたえた小説が、漱石の『草枕』だったことである。

かつて信仰に悩んでいたとき、昇平は漱石の『こころ』から少なからぬ啓示をうける。作中の「先生」が、自分の結婚のために親友を裏切ったことを苦に自殺するところでは、蒲団をかぶって慟哭したほどだ。だが、こんどは同じ漱石の『草枕』を読んでにわかに発情、電車に乗っている人妻の裸体を空想し、あんまりシツコクみつめるので、その奥さんの夫からにらまれたりしている。「今日、漱石の作品の教科書的解説者が、『草枕』のエロ本的効果を除けて論ずるのは、同時代的反応を正しく見ていない」と昇平は書いているが、何だか負け惜しみみたいにきこえる。

だが、『草枕』はけっしてエロ本的効果だけを昇平にもたらしたのではなかった。「草枕」は漱石が、「俗念を放棄して、しばらくでも塵界を離れた心持ちになれる」、いわば一切の「人情」を排する自然観照の旅に出た一人の画工《えかき》を通して、芸術界においていかにその「非人情」が万物の美を捉えるか、という奥義を説いている小説である。随所に「小説論」や「音楽論」がまぶされているし、若冲やミケルアンゼ《ママ》ロやターナーの名まで出てくる「美術論」でもある。冒頭の「山路を登りながら、かう考へた。智に働けば角が立つ。情に棹させば流される。意地を通せば窮屈だ。兎角に人の世は住みにくい」という有名な書き出しは、筆者でさえスラスラいえる。

昇平は『こころ』を信仰上の啓示としたように、『草枕』からは人間の可能性としての想像力《イマジネーション》や幻想力《イリュージョン》の存在を見出していたのではないかと考える。浴場場面ばかりでなく、『草枕』に出てくる小僧と画工との機智的なやりとりや、温泉宿の娘である那美さんが、画工が描こうとする死顔のモデルにはなりえないと知る箇処などからは、昇平はこれまで味わったことのない新しい知的世界を享受したにちがいなかった。

昇平はそのあたりのことをこう書く。

女体はこの頃から、私の信仰とは関係なく、或いは禁欲的な信仰のために一層、私の関心の的となっていたらしい。『人肉の市』の鞭打ち場面の空想的な白人の娘の裸体は雲の上にあって、手が届かなかったし、現実の女性の裸体を見る機会を予想することはできなかったが、着衣の女体に対する関心は強くなっていたらしい。

要するに、ここにきてようやく昇平は、人並みに「着衣の女性」から「裸体」を想像するという、当りまえの極意にたどりつくわけである。禁欲的な信仰というとムッカシイが、これまではカショウの煽情的な挿画の助けをかりなければ手に入らなかった「女の裸体」を、昇平は『草枕』によって、より容易に手に入れる方法を教えられたのである。

昇平は最初、漱石は『坊っちゃん』だけしか読んでいなかったのだが、中学二年になってからは『行人』や『坑夫』や『野分』や『吾輩は猫である』などを、ほとんど読破していた。姉の文子が入学祝いで『漱石全集』を買ってもらったので（それは昇平が両親にすすめたのだが）、そこから引っぱり出してきて読んだのだが、一学年のときの校友会雑誌には、『吾輩は猫である』をパクった「吾輩は犬である」という作文まで書いている。芥川龍之介も、佐藤春夫も、谷崎潤一郎も読んでいたけれど、昇平をもっと悩み多き方向、その悩みを克服すべき方向にみちびいていったのは、やはり漱石だったといっていいのだろう。

『こころ』にしても『草枕』にしても、十二歳ちょっとだった昇平少年の読み解きはさすがである。因みに、夏目漱石『草枕』の那美さんの裸描写の部分を紹介すると、

頸筋《くびすぢ》を輕《かろ》く内輪《うちわ》に、雙方《さうはう》から責《せ》めて、苦《く》もなく肩《かた》の方《はう》へなだれ落《お》ちた線《せん》が、豐《ゆた》かに、丸《まる》く折《を》れて、流《なが》るゝ末《すゑ》は五本《ほん》の指《ゆび》と分《わか》れるのであらう。ふつくらと浮《う》く二《ふた》つの乳《ちゝ》の下《した》には、しばし引《ひ》く波《なみ》が、又《また》滑《なめ》らかに盛《も》り返《かへ》して下腹《したはら》の張《は》りを安《やす》らかに見《み》せる。張《は》る勢《いきほひ》を後《うし》ろへ拔《ぬ》いて、勢《いきほひ》の盡《つ》くるあたりから、分《わか》れた肉《にく》が平衡《へいかう》を保《たも》つ爲めに少《すこ》しく前《まへ》に傾《かたむ》く。逆《ぎやく》に受《う》くる膝頭《ひざがしら》のこのたびは、立《た》て直して、長《なが》きうねりの踵《かゝと》につく頃《ころ》、平《ひら》たき足《あし》が、凡《すべ》ての葛藤《かつとう》を、二枚《まい》の蹠《あしのうら》に安々《やすく》と始末《しまつ》する。世《よ》の中《なか》に是程錯雜《これほどさくざつ》した配合《はいがふ》はない、是程統一《これほどとういつ》のある配合《はいがふ》もない。是程自然《これほどしぜん》で、是程柔《これほどやは》らかで、是程抵抗《これほどていかう》の少《すくな》い、是程《これほど》苦《く》にならぬ輪廓《りんくわく》は決《けつ》して見出《みいだ》せぬ。

といった具合である。

昇平がこの文章のどこに昂奮したかわからないけれど、ちょうど母弟と修善寺の温泉に浸《つ》かる旅行の途中でもあったので、よけいに湯けむりのなかの裸女のイメージはふくらんだのだろう。

ただ、ここで一つ疑問がわくのは、昇平がこの那美さんの入浴シーンの数行前にある、漱石のこの文章をみのがしていることである。

　都會《とくわい》に藝妓《げいぎ》と云《い》ふものがある。色《いろ》を賣《う》りて、人《ひと》に媚《こ》びるを商賣《しやうばい》にして居《ゐ》る。彼等《かれら》は嫖客《へうかく》に對《たい》する時《とき》、わが容姿《ようし》の如何《いか》に相手《あひて》の瞳子《ひとみ》に映《えい》ずるかを顧慮《こりよ》するの外《ほか》、何等《なんら》の表情《へうじやう》をも發揮《はつき》し得《え》ぬ。年々《ねん〳〵》に見《み》るサロンの目録《もくろく》は此藝妓《このげいぎ》に似《に》たる裸體美人《らたいびじん》を以《もつ》て充滿《じゆうまん》して居《ゐ》る。彼等《かれら》は一秒時《べうじ》も、わが裸體《らたい》なるを忘《わす》るゝ能《あた》はざるのみならず、全身《ぜんしん》の筋肉《きんにく》をむずつかして、わが裸體《らたい》なるを觀者《くわんじや》に示《しめ》さんと力《つと》めて居《ゐ》る。

青山学院中学部の二年の春といえば、ほんの半年前の大正九年の秋に、昇平は保ちゃん（清水保次郎）から「母のつるが芸妓だった」とききショックをうけていた。それまでぼんやりと想像していたことだったが、いざ保ちゃんからそれをはっきり告げられると、やはり動揺したのだ。

だから、漱石が『草枕』で「都會に藝妓と云ふものがある。色を賣りて、人に媚びるを商賣にして居る」「わが容姿の如何に相手の瞳子に映ずるかを顧慮するの外、何等の表情をも發揮し得ぬ」と書いている部分を、昇平がうっかり読みおとしていたとは考えられないのである。「町には芸妓という職業があり、色仕掛けで客に言い寄ることを商売にしている」「自分の容姿がどのように相手の眼にうつるかばかりを気にする以外、ほかの何の表情ももっていない女たちである」という、「芸妓」という生業を持つ女に対する、軽蔑とも侮辱ともつかぬ漱石の言いつのりを、昇平はどう読んだのか。イヤ、何かの拍子に（つぎの入浴シーンに急ぐあまり）そこだけぽんと飛ばして読んだのか。

昇平はかつて『母』という短編で、「私は母の職業を見抜いていて、何の衝撃も受けなかった。むしろそれを誇りとする心を育てていた」と書き、「私は母への愛慕の情から、自分が芸妓の子であることを誇っている」とも書いている。あとの『少年』のなかで、「この辺のいきさつを書くのがあまり辛いので、私小説の特権を利用して、話をちょっと劇的にしてごまかした」と打ち明けているのだが、それは『母』では保ちゃんのほうから一方的に「母の秘密」を知らされたとなっているが、じつはあれは「自分から保ちゃんを問いつめて聞き出したこと」だったと訂正しているだけであって、結果的に昇平が「芸妓の子であることに誇りを持っている」という心情には変わりない。

その「母の誇り」を、昇平は漱石の文章で傷つけられなかったのだろうか。

それとも（簡単には信じられないけれど）、昇平は半年のあいだに精神的に成熟して、もはや母の生業を何と言われようとビクともしないくらい人間的な成長をとげていたのだろうか、そこのところはわからない。


いづれにせよ、昇平は漱石を自らの「信仰」や「性」の諸問題解決の手びきとしたわけだけれども、そうした昇平の幼少期の読書体験を支えた指導者といえば、何といっても従兄の洋吉だった。洋吉がときどき松山から帰ってくると、その頃日本女子大に入って文学少女になっていた姉の文子は、大学の寮からよく麻布市兵衛町の家に遊びにゆき、洋吉の書棚からたくさん本を借りてきていた。まだ十二、三歳だった昇平は、その本を横取りして読んだ。『漱石全集』は姉の部屋にあったのを借りて読んだのだが、芥川龍之介や志賀直哉、(谷崎潤一郎や里見弴などは、ぜんぶ洋吉から借りた本だった。

もう一人、昇平の読書を助けた恩人は、昇平に衝撃をあたえた漱石の『こころ』をすすめてくれた清水辰夫である。青山学院に入ったときの同級生だった。

筆者が個人的に好きな場面であり、また描かれている場所が、筆者も若い頃よくあるいた土地カンのある地区でもあるので引用するのだが、これはある日、昇平が清水を送っていったときの文章である。


清水を送って、幡ケ谷の家まで行ったことがある。三田用水に沿った今日の山手通りを、左手の東大農学部に沿って、東北沢の駅を経て幡ケ谷に出るのが、当時の本道で、(無論小田急電鉄はまだなく、この辺の中心は京王帝都線「池の上」駅の方へ曲る道が、三田用水を渡る「三角橋」であった。今日の上原三丁目二十六番地対面の位置である) そこから先は左側に工場の塀が長く続き、右側は代々幡火葬場のある雑木林の淋しい通りになる。やがて道と林の間に別の上水が現われて、進行方向に流れる。清水の家はその先の雑木林が切れたところの、空地の二階建の長屋の一つにあった。

彼の部屋に上って、私はその貧しさに驚いた。私の記憶に間違いがなければ、外側も隣家との仕切りも壁ではなく、板張りだった。清水の部屋は二階にあった。朝三時に起きて、新聞配達をしているという。しかし何よりも私を驚かしたのは、京王線幡ケ谷駅がすぐそこなのに、電車を使わずに一時間以上歩いて通学する彼の意志の力である。私の家まで三キロ、青山学院までは四キロある。日曜に私の方から訪ねて行ったこともある。火葬場のある雑木林(冬だったから葉はない)沿いの道を、一人で歩く淋しい気持を覚えている。私は何かを求めていたらしい。あるいは夢精を経験して、信仰について新しい問題をかかえていたかも知れない。その時の気持は『坑夫』のはじめの、松原を一人で歩く若い主人公のそれと似ているようでもあり、『こころ』読後の淋しい気持の続きのようでもあった。

昇平が同級生清水の「貧しい生活」と、大向橋の家からさらに大きい中渋谷七一六番地の家に住むようになっていた自分の暮しの「豊かさ」を、心のなかで対比し、むしろそれが昇平を淋しい心理にさせたのである。それは「生活」の対比ではなく、昇平が裡《うち》にかかえていた「何か」との対比だったのだろう。『こころ』読後の淋しい気持ちの続き、といっているけれども、たとえばそれは、昇平が漱石の小説に発見していた「人生の価値」とか、「自我の意識」とかいったものを、もう一ど問い直しはじめていた兆《きざ》しだったのかもしれない。

因みに『坑夫』について、昇平は作品のなかで主人公が出会う年長の忠告者は、「私には清水のような人間に見えた」という感想を書いている。

筆者が昇平と清水の心の交流に惹かれるのは、そこに「文学」と「人生」のおだやかな結合をみる思いがするからである。この当時の昇平にとって、清水辰夫はたんに読書をすすめてくれる先輩（二つ上だった）であっただけでなく、昇平とともに深く悩み、深く思索する同胞でもあった。大人になることへの怯えとためらいを、一冊の書物によって分かち合うという無垢な青春の時間。二人の少年がこんなふうに生きられるふんいきが、まだ昭和の喧騒には遠い、あの大正半ばの時代にはあったような気がする。

当然ながら、現在の東北沢駅から幡ヶ谷にいたるまでの風景には、清水辰夫と大岡昇平があるいた頃の面影はまったくない。関東大震災、山の手大空襲、戦後のめまぐるしい都市計画や区画整理をへて、東京山の手あたりの風景も激変した。東大農学部から「三角橋」にかけての一帯は、山手通りの周域にひろがる代々木上原の住宅街、甲州街道方面に通じる小路、東京オリンピック前後に急増したマンション、小田急線の線路にむかう坂道の両側にならぶ商店街などに様《さま》変わりしている。昭和三、四十年頃、幡ヶ谷とは三駅隣りの明大前に住んでいた筆者が、代田橋から幡ヶ谷にむかう大山通り沿いにあった級友の家に遊びに行っていた頃には、とうに昇平たちがあるいた雑木林や工場の塀といった風景は姿を消していた。

姿を消したのは、そうした風景だけではない。

昇平は『幼年』の冒頭において、「渋谷という環境に埋没させつつ、書く」といっているが、『少年』においては、「同じことを続ける」としながらも、「この回想では少し『私』が出しゃばることになるかも知れない」とも語っている。シベリア出兵や米騒動があった一九一八（大正七）年、昇平が九歳から十歳になるあたりから、昇平の内部に「自己」と「社会」の対峙がしだいに意識化されてくるわけだが、それは同時に昇平が読書という営みを通して、「文学」の影響をうけはじめる道程であったともいえるだろう。

幡ヶ谷、山手通りの「静止画」に埋没する幼い昇平たちの影を追ってゆくと、今ではすっかり姿を消した「文学」そのものの影を追うような思いにとらわれる。

一九二三（大正十二）年九月一日の関東大震災のとき、昇平は十四歳五ヶ月だった。

『少年』によると、前月末近く昇平一家は家族して逗子に遊びに行っていた。両親と姉と弟、女中一人、哲吉伯父、信子（洋吉の妹）、健二（洋吉の弟で、軽い精神障害のある子だった）の大人数での海水浴旅行で、最初は一週間ぐらい滞在する予定だったのだが、姉の具合が悪くなったので急きょ一日に帰京、一家が中渋谷七一六番地の家に着いて三十分後の、午前十一時五十八分に震災がおそう。関東地方一帯にマグニチュード7・9の大激震がおこり、火災、津波が加わって死者・行方不明者十万五千余、全壊、焼失家屋三十一万という大惨事になった。逗子で泊まっていた旅館「養神亭」は全壊したから、一家にとっては間一髪といったところだった。

多くの人が地震によるショックよりは、震災に伴う社会情勢の変化、極限状態における人間性崩壊の認識が大きかったといっている。地震そのものよりも火事による家屋人員の方の被害が大きかったのだが、被害地区は主に下町で、渋谷は焼けなかった。殊に私の家は高台にあったから、被害は屋根瓦と壁の一部が落ちただけだった。瓦の一つが末弟保の子守り子の頭に当って小さな瘤を出したほかに、怪我をした者はなかった。前章に書いたように、一家揃って逗子から帰った三十分後に地震が来たのが、稀な幸運だったのである。

という通り、大震災は東京下町、都心をほぼ壊滅状態にしたが、それ以上に市民を混乱におちいらせたのは、真偽不明の流言飛語だった。

夜が明けて、余震が少し間遠くなってくると、しばらくして都内各所に発生した火事や湘南地方の惨憺たる倒壊被害が伝わってきて、なかには出所のはっきりしないうわさもまじっていた。

昼すぎに、横浜の朝鮮人たちが暴動をおこし、群れをなして東京に上ってくるといううわさが伝わってきた。先頭はもう、二子玉川あたりまできているという。昇平が屋根瓦と壁の一部が落ちた以外には無傷だった家の縁側から見ていると、騎馬の兵隊が家の前の坂をのぼってゆく。ラジオもない頃だったので、何がどうなっているのかわからなかったが、もう少し北の富ヶ谷方面では、騎兵が「朝鮮人がくるから警戒せよ」とふれ廻っているという。

こんにちでは、そうした朝鮮人襲来はまったくのデマで、横浜でおこった集団火事場泥棒を朝鮮人の仕ワザにした流言だったことはよく知られているが、そういうデマが、その後の官憲による治安維持——「朝鮮人虐殺」を生んだのだから想像するだにおそろしい。

昇平はここで、「朝鮮人の虐殺とともにショックをうけたのは、憲兵大尉の甘粕《あまかす》正彦が大杉栄とその愛人伊藤野枝を、甥の子どもとともに虐殺したことだった」と告白している。香川県生まれの若き社会活動家大杉栄は、そのリベラルな発言で当時の文学青年に人気があり、昇平が敬愛する従兄の洋吉もファンだった。「軍人とは何というひどいことをするのだろうと思った。それらはそれまで読んだ、どんな小説にも書いていないことだった」と昇平は憤慨するのである。

しかもその年の十二月に下った判決が、甘粕大尉に懲役十年、下士官に懲役三年だったのに、二度驚いた。軍人とその下っ端には何をするかわからない人間がいるだけではなく、軍隊とはその悪事をかばう組織である、ということがわかったのである。このいやな感じはその後、満州事変、日中戦争と続く間に強くなる一方だった。甘粕は三年で釈放され、満州国の要職についていると報道されたので、いやな感じは一層強くなった。

しかし全体としてみれば、大震災後の半年ばかりは、中学三年生にとっては、休暇の延長みたいなものだった。大人は災害から立ち直ることに忙しく、子供にかまう暇はなかった。後でラディゲの『憑かれて』の中の「戦争は私にとって長い休暇にほかならなかった」という句をすぐ理解できたのは、この時の経験からだった。

私が新聞を隅から隅まで読むようになったのは、震災がきっかけだった。そして評論家や文士が「天罰だ」というのを見て、なんてばかなことをいうのだろう、と思った。「天」なんてものはないのは、十四歳の私だって知ってることなのに、いつももっともらしいことをいっている彼等が、いざとなるとあわてるので、大正の文士への軽蔑が増した。

しかし大人は実に早く「帝都」を「復興」させた。これも子供が二度目にびっくりしたことだった。

十四歳になった昇平の、「軍人批判」「大正文士への軽蔑」は手きびしいが、ここには当時の昇平少年の社会に対する観察眼と、自伝『少年』を著わした六十四歳時の作家大岡昇平の感想とが、少なからず混在していることを忘れてはならない。

前段の甘粕大尉の裁判に対する「いやな感じ」は、十四歳の昇平が得た素朴な感覚からの表現だったろうが、評論家や文士の「天罰」発言に、「天なんてものはないのはだれでも知ってる」と当時の自分に言わせているのは、昭和に入ってもいっこうに変わることのない、言論人たちの怠慢をいさめる作家大岡昇平の言葉だったとうけとれる。

『幼年』『少年』を通読して、あらためて感じるのは、この「自伝」にはそうした「子供の眼」と「大人の眼」の、いわば「複眼的」な視点があることだ。幼い昇平が体験したこと、見聞したことが、成人後の昇平の知識や感想によって補足され、再構築され、解説される。遠い少年の日の記憶が、今ここに新たな現実として再提示される。それはこの二つの「自伝」が、つねに「過去」に「現在」を投射し、「現在」に「過去」を投射させている作品であることを意味するのである。

十四歳少年が「新聞を隅から隅まで読むようになった」とは、今のスマホ族に聞かせたいような言葉だが、昇平が軽蔑していた「大人」たちが、またたくまに廃墟の東京を復興させた事実に「二度目にびっくりした」のは、大岡昇平が「現在」から「過去」にむけて放った一種の暗喩だったと思う。いづれにせよ、昇平は十四歳五ヶ月で震災を経験し、そのときの社会の騒乱、軍人や知識人の言動に関心をふかめてゆくわけだが、それはとりもなおさず、中渋谷七一六の家が震災の被害をほとんどうけなかったために確保された、「傍観者」(「批評者」)の立場からの発言にちがいなかった。

着実に上昇を続けるのは、渋谷駅付近だけだった。大正十二年九月十四日調査の震災による都心よりの流入人口は約四万五千名であった。大正十四年国勢調査時の渋谷町の人口は二三四、八五〇である。前期大正九年の二一三、五三三に比べると二一、三一七の増加である(ただしこれは幡ケ谷、千駄ケ谷を含む今日の渋谷区の数字で、当時の「渋谷町」の人口は約十万である。従って増加人口も約一万と見なされる)。流入人口は約半数が二年の間に定着したことになる。ほぼそれだけの人数が渋谷駅前の通過人口に加わったのだから、駅前が混雑するのは当然だった。中村パンが駅前広場の市電終点に面し裏側の渋谷館前の通りまでぶっ通した店を建てた。店内を通り抜けられるようにして、乗降客についでに物を買わせる商法を取った。この一劃まで全部取り払ったのが、今日のハチ公広場である。

前にものべたように、時代にだいぶズレはあっても、この界隈は筆者が十九、二十歳頃、すなわち昭和三十五、六年頃に働いていた場所であり（勤め先の服地店が道玄坂下にあって、夜のアルバイト先だった民間放送局の印刷部のある日比谷には、駅前から水天宮浜町ゆき市電〈その頃は都電だったが〉に乗って通っていた）、渋谷という町全体が高度経済成長のもと、刻々と変化していった状況が手にとれてみえる。

『少年』は最終章の「美しい家」で終る。

一九二四（大正十三）年春、遠縁にあたる土岐嘉平一家が、昇平の家のすぐそばに引っ越してくる。嘉平は父貞三郎と同じ和歌山出身の内務官僚で、その後高知県知事、石川県知事を歴任した人。「昇平」という名を付けてくれた人でもあり、昇平が新小川町三丁目に生まれた頃は近くの津久土前町に住んでいた。『幼年』の初めに登場する昇平の初めての記憶——ピアノを弾く嘉子さんは土岐嘉平の一人娘だった。

嘉子さんは二十五歳の若妻になっていて、昇平はその印象がずいぶん「記憶」とちがう（当り前だが）のにおどろくのだが、関心はむしろ、自分の名の「昇平」が「泰平」のシノニム（同義語）だったことのほうにむけられた。自分の名がそんなふうに付けられ、しかも大人たちがだれもその由来を自分に教えてくれなかったことについて、昇平は不平タラタラである。

私の「昇平」という名をつけてくれたのが嘉平さんだったことを知ったのも、土岐家がここに越して来てからだった。そしてそれが「泰平」のシノニムであることも。――父は私に教えることを忘れていたのである。これは機縁によって過去が姿を現わした例である。もし土岐家とこのような形で、交際が生じなかったら、私は自分の名付親を知らなかったかも知れない。そして大人たちは昇平の意味を教える必要を感じなかったのである。

「嘉平」の「平」を貫ってることは、何となく見下げられたように私は感じた。しかしこれは私の無智からのひがみで、ずっと後で人に聞いたところでは、血縁の者には上の字を、他人には下の字を与えるのは正しい名付け方であるという。これも知識によって、過去の意味が明らかになった例である。

ここにも、この「自伝」に通底する昇平の「記憶の反復力」のようなものが働いている。大人が必要と感じないことであっても、子がのちに何かの機会にそのことを知れば、その「体験」は子自身が大人になったときに、あらためて一つの新しい「知識」として消化されるという循環。『幼年』『少年』をつらぬき、「成人」(老境をふくめて)にいたるまで一貫していた、大岡昇平の「知識」と「体験」とを擦り合わせてゆく文学手法である。

そして、そういう昇平の幼年期の「体験」に、大きくかかわっていたのはやはり「読書」だった。従兄の洋吉とならんで、昇平の読書生活の新たな指南役《ナビゲーター》として登場したのが、土岐嘉平の婿養子である銀次郎という人物で、昇平はこの銀次郎からもたくさんの良書を推せんされる。

嘉平さん、銀次郎さん、父と連れ立って、道玄坂へ散歩に行くことがあった。銀次郎さんは私が文学に凝っているのを知り、徳富蘇峰の『近世日本国民史』を読め、とすすめてくれた。その頃までに出ていた「織豊時代」のたしか三巻を貸してくれた。褐色の粗末な表紙の民友社版で、明治書院版のように振仮名はなかった。私は読むのに苦労したが、その甲斐はあった。私は講談の『太閤《たいこう》記《き》』が、実際に起ったことについて、何も書いてないも同然であることを知ったのである。

『近世日本国民史』はその後、断続して関ケ原役まで読んだ。江戸時代に入って徳川幕府の組織の説明になると、退屈して読まなくなったが、とにかくこれは私に初めて歴史というものを教えてくれた本だった。この本を教えてくれた銀次郎さんに私は感謝している。

これは二つのことを告げている。この後も私の読書を指導してくれたのは従兄の洋吉さんだったが、彼の読書の範囲には西田幾多郎、有島武郎はあっても蘇峰はなかった。土岐家の書棚には、小説は漱石しかなく、西田幾多郎はなかったが、蘇峰があった（多分羯南《かつなん》、雪嶺《せつれい》もあったろう）。銀次郎さんは洋吉さんより七つぐらい年上だが、世代の違いだけではあるまい。その頃から官吏、実業家などいわゆる実務家と、大学生の読書の範囲は全然別だったのである。

徳富蘇峰は、大正から昭和半ばにかけて政治評論家、評論家として活躍した「啓蒙活動家」とでもいうべき人で、弟の徳冨蘆花が『不如帰』や『自然と人生』を著した小説家であることは知られているが、何より蘇峰は時代に対する卓《すぐ》れた先見性をもち、時の指導者板垣退助や中江兆民らに大きな影響をあたえたジャーナリストでもあった。その蘇峰を有島武郎や西田幾多郎と対峙させてみせた（著作の種類を分類してみせた）のは、逆にいえば有島や西田の著作には、蘇峰のような「史論家」としての視点が欠けていた、という指摘だったのだろう。とくに、蘇峰の『近世日本国民史』で、かつて入院中に夢中になって読んだ講談本の『太閤記』が、ほとんど絵空ゴトに近いものだったということを知ったのは、昇平にとってかなりショックだった。

ということは、『太閤記』だけでなく、それまで昇平が読んでいた『塩原多助』や『大久保彦左衛門』などの信用度もいっぺんに落ちたわけで、このときの「歴史」への懐疑心が、のちに文壇きっての「検証主義者」といわれた大岡文学の萌芽となった可能性はじゅうぶんあるだろう。ことによると、晩年大岡昇平が好んで口にした「事実に歌わせる」（筆者は何ども直接うかがった）という箴言も、この少年時に読んだ蘇峰の「史論」との出会いから生まれた必然だったのでは、と想像したりもする。

それにつけても、幼少期における「読書」の指導者の存在が、いかに大きなものであるかをこの体験は示している。

大向橋にいた頃、昇平にホームズ、ルパンの単行本を貸してくれた二級上の石井太郎もその一人で、石井の影響で昇平はエドガー・アラン・ポーの『渦に呑まれて』やドイルの短編『赤毛クラブ』や『鵞鳥《がちょう》』や『楡の木屋敷』などを片っぱしから読破する。また、石井太郎は「百人一首かるた」の遊び方も昇平に教えてくれた。幼い頃から正月にはきまって洋吉の家にあつまって、母や信子をまじえて歌かるたを取った。いつのまにか昇平はこの記憶力と耳と手の素早い結合を必要とする競技にのめりこみ、いつからかそこに加わりはじめた女組の同級生M・Hという女の子と四人グループを結成して、『金色夜叉』にあるように、かるたを取る瞬間に昇平の手が先に入ったM・Hの手を押さえつけたりするとき、M・Hが子供らしい媚態でそれに応じるといったとても娯しいひとときをすごすのである。

「美しい家」の終尾近くを彩るのは、昇平とこのM・Hとの淡い恋物語である。

恋物語といっても、昇平はM・Hのことを「ジュニヤー小説的恋人」とよび、そのためにわざわざ彼女の名だけをローマ字で書いているのだが、といって二人のあいだに、これといった新しいドラマが展開したというわけではない。正月にかるた取りに興じたとき、「勝負が白熱して来て頭が前へ出るようになると、額を合わせて押し付けて来るような、少女の媚態を持っていた」と昇平は書き、「その額の感触、髪の匂いが、新しい色合をもって思い出された」とも書くのだが、それ以上に何かがあったわけではなかった。

何かあったとすれば、昇平はけっきょくこのM・Hを、同級生でイケメンだった古川真治に獲《と》られてしまったことである。獲《と》られたといっても、どうも昇平の観察では、M・Hは昇平よりも古川のほうに最初から気があるらしいことがわかったのである。ある日昇平は、新しいワンピースを着たM・Hの写真を撮って古川に得意気に見せびらかすのだが、M・Hはそれよりももっといい出来の写真を古川にあげていたことを知って絶望する。いくらかるた取りのときに額をくっつけてくれても、それは昇平がいないとかるた取りの人数が揃わないからで、そのことはちっとも昇平に好意をもっている証拠にはならないことを悟るのだ。

「これは私の生涯のはじめに当っての大きな挫折だった」と昇平は書く。


自尊心の傷みは一年の後、M・Hに道玄坂の夜店でばったり会って、次の日曜日に大山園（これは宇田川上流の、今の東北沢付近の公園である）へ遊びに行こう、と誘われるまで癒されなかった。しかしその時は、私のリビドは真直ぐに彼女に向って流れていなかったので、あまり大きなよろこびはなかった。

私に女を愛するよりも、愛されたいという傾向があるのは、この時の挫折のせいかも知れない。この辺の感情の消長をもっと詳しく書くべきかも知れないが、それは自伝の形では書きにくい。それでなくても、この自己対象化を目的とする自伝は、私が成長して、私の内部に蓄積されるものが増えるに従って、すべてを書くというわけには行かなくなっているのである。それらは自伝よりも、むしろ小説に書くのにふさわしいだろう。

はからずもここで、昇平は「自伝」の限界と「小説」の可能性について語っている。

昇平は「女性を愛する」よりも「愛されたい」と願う自らの性向の推移、感情の変化を、「自伝」では書けないといっているのだが、それは「自己」を掘りさげればさげるほど、「自伝」という表層的な書き方だけでは表現しきれないことが多くなるという意味なのだろう。それはむしろ、「自己」を「他者」として捉える「小説」という方法で書いたほうがいいのではないかといっているのである。

筆者なりに解するなら、それは「自伝」という手法が、あくまでも「自分は……であった」という自己肯定の積み重ねの上に成立するものであり、「じつは自分は……ではなかった」という自己否定を表現するには、あまり適していないという意見だったかもしれない。「M・Hを級友に獲《と》られた」という事実は「自伝」に書けても、その結果として昇平が「もう女は愛したくない」という心境にいたり、やがて「愛するよりも愛される側でいたい」という願望をもつにいたる感情の跳躍についての論及は、どちらかといえば小説のほうにむいていると判断したのである。

最後に、大切なことを書きもらしていたのだが、『幼年』『少年』には、小説家大岡昇平の代表作である『野火』『俘虜記』『レイテ戦記』にある戦争体験や抑留体験のことはほとんど語られていない。誕生から十六歳頃までの幼少期の自己形成を綴った「自叙伝」だから、一九四四（昭和十九）年三十五歳で召集をうけ、フィリピンに出征しミンドロ島で米軍に来襲され、レイテ島の収容所で終戦をむかえた昇平の捕虜体験が、ここに語られていないのは当然といえば当然だけれども、「過去」の体験を「現在」の知識の位置から照らすという、この「自伝」の一貫した執筆態度からみると少々意外といえなくもない。

筆者が気が付いたかぎりでは、昇平の戦地での体験は『幼年』に一箇処、『少年』に二、三箇処出てくる。

まず『幼年』。例の、昇平が染物屋の女の子に「朝揺すられて眼をさます」という場面は、じつは昇平がサンホセの駐屯地の暗闇の中で「最も楽しく思い出されたこと」の一つとして紹介されているのである。

その年の三月、私は予定通り召集され、やがてフィリピンに送られた。ミンドロ島サンホセの駐屯地で、夜、消灯後の暗闇の中で、自分の生涯の各瞬間を、私はあますところなく回想した。間近い死を控えて自分が何者であったか、何をしていたかを確認しなければならないような気がしたのだが、実際は回想の楽しみそれ自体が目的だったといえよう。

近く敵の上陸する公算が大きく、一個小隊の兵力では壊滅は必至だった。確実な死が先に待っている人間とは、すでに死んだと同然である。想像上の死の裡にあって、生命は回想によって生きようとする。すでに生きたことによって確実に自分のものとなっている過去を生き直すほかはなかったといえる。

サンホセの駐屯地の暗闇の中で最も楽しく思い出されたのは、一人の女の子についてであった——。

そんなふうに染物屋の女の子が回想され、昇平は少女に揺すられながらだんだん眼を覚ましてゆく、という甘美な感覚を味わう。

『少年』のほうでは、原因不明の病気で白金台の伝染病研究所附属病院に入院したときや、青山学院時代にこれもまた何かの病気で膝に鈍痛が走ったときなどに、かつて戦地の俘虜病院でリョーマチと診断されたことなんかがちらりと出てくるのだが、一番関心がわくのは、昇平がキリスト教に帰依しながら、やがて色々な悪（たとえば親の財布から小銭をくすねるとか、手淫をするとか）を覚えて、その教えが遠い幻の日のことになりつつあると自覚したとき、ふたたびキリスト教との関係のなかで「フィリピン」での体験が語られているところだ。

こうして私のキリスト教は、少年の日の幻としてすぎ去ってしまう。私はむろん背教が最大の罪であることを知らなかったのだが、私の最初の自我の目醒めと超自我の形成がキリスト教によったということはさまざまの形で、私のその後の精神の傾斜を決定していると思われる。

その一つは、私がこの後、釣り、空気銃など、生きものを殺す遊びをする気にならなくなったことである。空気銃はずっとあとで、弟たちが持っていたので、一度射ったことがあるが、私はわざと、電線上の雀に当らないように射った。

従って私がフィリピンの戦場で、叢林中に一人取り残された時、敵を射つのを放棄したのは自然のことだった。そして私に向って歩いて来た米兵がよその方へそれた時、「これでどこかのアメリカの母親に感謝されてもいいわけだ」という感想がうかんだことも。

何を今更といわれそうだが、こうして読んでくると、やはり昇平の「幼年」「少年」期における最も重要な出来ごとは、「キリスト教」との出会いだったということになるだろう。それは昇平の自我や性への目覚めに多大な影響をあたえただけではなく、その後の昇平の人間形成の根もとに、いつも「キリスト教」の意識があったことでもわかる。

昇平が「スノビスム」と自嘲している「女性的で上品できれいなものに対する憧れ」もそうだし、「胸毛とか筋肉を誇示する同性への嫌悪感」もそうである。それらは昇平がもっていた生まれながらの「やさしさ」であったといえば、一言で片付くのだが、同時にそれは、昇平の精神の底につねにあった「キリスト教」なるものの発芽であったという見方もできる。

ついでにいえば、貧乏だった家が父親の株の儲けで裕福になったこと（昇平の成人後父貞三郎はふたたび相場に失敗し没落するのだが）への、何ともいえない後ろめたさから、父親に「株で儲けたら必ずそれだけ損する人がいる」と反ぱつしたことも、昇平自身が告白するように、「富める者の神の国に入るよりは、駱駝の針の穴を通るかた反《かえ》って易し」、あるいは「持てる物をことごとく売りて、我に従へ」という聖書の言葉を信じての一つの態度だった。

そして、そのごく自然な延長線上で、昇平は「フィリピンの戦場で、叢林中に一人取り残された時、敵を射つのを放棄したのは自然のことだった」という感懐にたどりつくのである。

あるけばあるくほど、まがりくねった小路にひきこまれてゆきそうな『幼年』『少年』だが、そんな「自伝」あるきにも、そろそろ紙数がきたようだ。

何ども繰り返すように、この「自伝」二部作には、筆者が多感な少、青年時代をおくった昭和四十年代初めの、あの喧騒と猥雑とがせめぎあっていた当時の渋谷の匂いが随所に埋めこまれていて、筆者にとってはその意味でも、ある郷愁と感傷をともなう作品である。とともに、大岡昇平という稀代の戦記作家が、その生の根源において筆者のような凡庸人にも心当る、両親との確執や、青春の懊悩、のがれがたい美意識や自己への懐疑心、性の目覚めといった人格形成をたどった人であったことにも、ひそかに感動する。そこには、まだ中原中也とも富永次郎とも小林秀雄とも青山二郎とも出会わぬ頃の、おっそろしくプリミティヴで、いたいけない、どこか憂うつそうにこちらをみている半ズボン姿の昇平少年がいる。

生前、「事実に歌わせる」をモットーとしていた実証主義者大岡昇平は、さながら移ろいゆく渋谷の沿革図に己が歌声をかぶせるように、『少年』の終章「美しい家」の最後尾に、つぎのような「渋谷との別れ」をつづっている。

それをひいて、筆者の大岡昇平『幼年』『少年』あるきの終わりとしよう。

私と渋谷との関係は、震災後、家に自転車があるようになり、家の前の道をバスが通るようになってから、著しく変った。七一六番地の家からの散歩の範囲は、渋谷駅方面のほかには、鍋島公園、農学部運動場、弘法湯あたりまでである。ところが自転車に乗れば、鍋島家が開発した宅地の北限、富ケ谷の先まで行く。新しくできた放射状の商店街に、新開地の触手の先を感じて帰って来る。農学部の奥の牧場と、古ぼけた教室の間を走り廻って、農大生が、秋の運動会に張りぼての人形を樹間にかけるほかに仕事を持っていることを知る。弘法湯の先の松見坂下から、陰気な川沿いの家の群れを見ながら、大橋まで出たこともある。

バスの回数が増え、五分おきぐらいに家が揺れるようになった。震災で根太がゆるんだ家は上下に揺れた。父は土台を打ち直し、ついでに敷地の東側と裏手の土手を大谷石で積んで、敷地を拡げることを思いついた。

そうして拡げた敷地の東北の隅に、私の部屋から鉤の手に洋館の書斎を建て増してくれた。しかし出入りのたたき大工の施工だったから、玄関わきの「応接間」の古くさい設計を模倣しただけのものだった。その頃から谷の向い側の松濤分譲地に建ち出した洒落れた邸宅とは比較にならない不細工な「洋館」だった。念のために向い側の斜面へ行って眺めると、たった六畳の室に、寄棟の瓦屋根を乗っけたので、なんともいえない頭でっかちの不恰好な形をしている。あんな部屋に住むのはいやだった。

父はこの頃、下北沢の淡島森巌寺の裏手の寺の地所を広く借りて、盆栽店と別宅を建てていた。やがて隣接した松林の中に家を建て、私たちは昭和五年の二月、渋谷を離れる。

室生犀星『性に眼覺める頃』

室生犀星『性に眼覚める頃』をあるく。

正直、昔から犀星はあまり好きではなかった。

何となく暗くて、ジメジメした文章もイヤだったし、書かれていることもどこか内省的、感傷的すぎて、半分くらい読むと憂うつな気分になって本をとじた。今考えると、それは犀星の詩や小説の向こう側にあった、犀星の生まれ育った犀川のほとり、加賀の風土、空気や気象などもだいぶ影響していたように思うのだが、とにかく犀星の「ふるさとは遠きにありて思ふもの」で有名な『小景異情』を読んでも、世評の高かった『あにいもうと』を読んでも、『杏っ子』や『かげろふの日記遺文』を読んでも、今一つすっと心のなかに入ってこなかったのである。

ただ、「あまり好きではなかった」とか、「文章もイヤだった」とかいっているのは、裏返せばそれだけ、筆者は犀星の本を読んでいたわけで（無意識に意識していたわけで）、読んでいなければそんな感想ももたなかったにちがいない。

その典型例が、犀星が初期に書いた自伝的小説『性に眼覚める頃』である。

この小説は、それまで詩作一すじだった室生犀星が、一九一九（大正八）年、二十九歳で初めて書いた小説『抒情詩時代』（「文章世界」五月号に掲載された）、その続編として書かれた『幼年時代』や

『或る少女の死まで』とともに「中央公論」に発表した作品で、翌年四作は一括して『性に眼覚める頃』という題名で新潮社から出版された。

筆者は中学時代に所属していた「読書クラブ」の顧問だった下沢勝井先生から奨められて、それを読んだ。長野県松川村出身の下沢先生は、のちに農民文学賞を受賞する作家になった人だが、中学時代から晩年の今日にいたるまで、筆者のよき文学アドヴァイザーをつとめて下さっている恩師である。その下沢先生から「犀星のこれはいいぞ」と推奨されたのが、『性に眼覚める頃』だった。

なぜ下沢先生がこの小説を自分に奨めてくれたのか、後年になって考えるのだが、それは下沢先生が中学生の筆者に抱いていた、ある印象に関係しているように思う。

下沢先生がその頃の筆者に抱いていた印象とは、つぎのようなものだった。

　教育実践には右も左もない。あるのは子どもたちの目の輝きを、どこまで受け止められているかどうかが勝負のはずだ。（略）そんな生徒たちの中に、（略）けったいな中学生・窪島誠一郎君が、暗い眼をして、こちらを睨みつけてもいた。（下沢勝井著『吾郎の東京地図』）

これは信州から出てきた若き下沢先生が、大学卒業後大志にもえて教師の道にとびこみ、初めて奉職した世田谷区立梅丘中学校で、筆者のクラスの担任になったときの、筆者に対する印象である。下沢先生はどうも、その当時の筆者の「暗い眼」をみて、犀星の『性に眼覚める頃』を読ませたいと思ったようなのである。

そういえば、たしかに犀星は「暗い眼」をもつ作家である。

おそらく、筆者が「あまり好きではない」「文章がイヤだ」といいながら、どこかで無意識的に受容しているのは、室生犀星にある「暗い眼」、どこかウツとした暗い眼差しのようなものなのだろう。わが恩師は、そうした犀星の幼少期の「暗い眼」と共通するものを、同じ少年期の筆者のなかにも見出して、それで「これを読んでみたら」と、犀星の小説を奨めてくれたのかもしれない。もっとも下沢先生には、筆者がちょうど梅丘中学校に通っていた頃から、養父母に対して本当の親ではないという疑いをもちはじめたこと（後年になって筆者は自分には別の生みの親がいると知るのだが）や、貧しい靴修理職人夫婦の家庭に、心がまがるほどのコンプレックスと不満を抱いていたこと等々、一ども口にしたことはなかったのだが。

で、犀星の「暗い眼」の萌芽を感じるのは、たとえば『幼年時代』ではつぎのような場面である。

母は小柄なきりつとした、色白なといふより幾分蒼白い顔をしてゐた。私は貰はれて行つた家の母より、實の母がやはり嚴しかつたけれど、樂な氣がして話されるのであつた。

「お前おとなしくしておゐでかね。そんな一日に二度も來ちやいけませんよ。」

「だつて來たけりや仕様がないぢやないの。」

「二日に一ぺん位におしよ。さうしないとあたしがお前を可愛がりすぎるやうに思はれるし、お前のうちのお母さんにすまないぢやないかね。え。判つて――。」

「そりや判つてゐる。ぢや、一日に一ぺんづつ來ちや惡いの。」

「二日に一ぺんよ。」

私は母とあふごとに、こんな話をしてゐたが、實家と一町と離れてゐなかつたせゐもあるが、約束はいつも破られるのであつた。

私は母の顔をみると、すぐに腹のなかで「これが本當のお母さん。自分を生んだおつかさん。」と心のそこでいつも呟いた。

「おつかさんは何故僕を今のおうちにやつたの。」

「お約束したからさ。まだそんなことを判らなくてもいいの。」

と、母はいつも答へてゐたが、私は、なぜ私を母があれほど愛してゐるに關はらず他家へやつたのか、なぜ自分で育てなかつたかといふことを疑つてゐた。それに私がたつた一粒種だつたことも私には母の心が解らなかつた。


私はよく母の膝に凭れて眠ることがあつた。

「お前ねむつてはいかん。おうちで心配するから早くおかへり。」

と父がよく言つた。

「しばらく眠らせませうね。かあいさうにねむいんですよ。」

と、母のいふ言葉を私はゆめうつつに、うつとりと遠いところに聞いて、幾時間かをぐつすりと睡り込むことがあつた。さういふとき、ふと眼をさますと、はづか暫らく睡つてゐた間に、十日も二十日も經つてしまふやうな氣がするのであつた。何も彼も忘れ洗ひざらした甘美な一瞬の樂しさ、その幽遠さは、あだかも午前に遊んだ友達が、十日もさきのことのやうに思はれるのであつた。

母は私のかへるときは、いつも養家の母の氣を氣にして、襟元や帯をしめなほしたり、顔のよごれや手足の泥などをきれいに拭きとつて、

「さあ、道草をしないでおかへり。そして此處へ來たつて言ふんぢやありませんよ。」

「え。」

「おとなしくしてね。」

「え。おつかさん。さよなら。」

と私はいつも感じるやうな一種の胸のせまるやうな氣で、わざとそれを心で紛らすために玄關を馳け出すのであつた。母は、いつも永く門のところに佇つて見送つてゐた。


室生犀星は一八八九（明治二十二）年八月一日に、石川県金沢市裏千日町三十一番地で小畠弥左衛門吉種、はるの子として生まれたが、一週間ほどして同市千日町二番地に住む赤井ハツに渡され、照道と命名された後同女の私生児として届けられた。

犀星を産んだはるについては、生前犀星研究の一人者で石川近代文学館の館長だった故・新保千代子氏が著書『室生犀星　ききがき抄』のなかで、吉種の家に女中として仕えた本名佐部ステという女ではないかといい、犀星の長女である故・室生朝子氏は『父犀星の秘密』において、父親の生母は女中はるではなく、その頃吉種と懇《ねんご》ろだった別人の林ちか（当時は山崎ちか）であったと推論している。要するに犀星は、当時すでに六十三歳を数え、加賀藩足軽組頭百五十石を家督相続し、維新後も剣術の師範として道場をひらいていて、二年前に妻まさを失なっていた父吉種と、かなり歳下と想像される某女とのあいだに生まれ、その生母とはついに出会うことなく生涯を終えたのだった。


したがって、この『幼年時代』に書かれている母子の会話シーンはフィクションということになる。

だいたい、別れた母親が貰われ先の家とほんの一町も離れていないところに住み、子が毎日のようにそこに通っているなんて妙な話だなと思ったのだが、犀星はあえてそうした設定にすることによって、いつも自分が内心で繰り返している生母への問いかけを、実際そこにいる母親にむかって語りかけている光景にしたのだろう。

僭越ながら、筆者も犀星（当時は照道）と似かよった出自をもつ人間なのでわかるのだが（筆者の場合は離別後三十余年経ってから生父母と再会しているが）、幼く生母と別れた子にとって、最大の関心事は「母はなぜ自分を手放したのか」である。「なぜ手元に置いて育ててくれようとしなかったのか」。寝ても醒めても、何をしていても、そのことが頭を離れることはない。文豪室生犀星だって人の子、みなし児のだれもがそうであるように、幼い頃は生みの母にむかって「なぜ」「なぜ」を繰り返していたようである。

そんな犀星の孤独を慰めたのは、一年ほど嫁いで家にもどっていた姉のテヱだった。もちろん姉といったって、犀星がくる以前から赤井ハツに育てられていた二人の貰い子のうちの一人で、間にはもう一人、五つちがう兄の真道がいた。ハツはその頃、千日町一番地にある千日山雨宝院の住職室生真乗と内縁関係にあり、自伝『作家の手記』など読むと、昼間から大酒を飲み、役者狂いをし、理由もなく子たちを殴りつけるめちゃくちゃな女だったという。どういうわけかあちこちから血縁のない子をひきとり、犀星が六歳になったときには、もう一人きんという幼い養女をむかえていた。たぶん赤児には、生家から相応の養育料が支払われ、盆暮れや節季には付届けもとどいたろうから、それが目当てでもあったのだろう。血のつながりのない兄妹四人は、そんな「馬方ハツ」とまで渾名《あだな》された猛女に育てられたわけだが、そうした異形の家庭環境のなかにあって、犀星はすぐ上の姉のテヱとはとくべつ仲が良かったようである。

姉は嫁入さきから戻つてゐた。そして一人でいつも寂しさうに針仕事をしてゐた。私は机の前に坐つて默つておさらひをしてゐた。

「姉さん。これをおあがり。」

と私はふところから杏をとり出した。美しい果實はまだ青い葉をつけたまま其處邊《そこら》に幾つも轉がつて出た。

「まあ。おさとから採つていらしつたの。」

「ええ。たいへん甘いの。」

「では母さんには祕密ね。」

「さう。いまおさとへ行つたつて叱られちやつたところさ。」

姉はだまつて一つ食べた。姉は一日何も言はないでゐた。はづか一年も嫁入つて歸つて來た彼女は、生れかはつたやうに、陰氣な、考へ深い人になつてゐた。

「ねえさんはお嫁に行つてひどい目に會つたんでせう。きつと。」

「なんでもないのよ。」

姉はあとは默つてゐた。私達は杏の種をそつと窓から隣の寺の境内にすてた。

どうしたはずみだつたか、姉の名あての手紙の束を見たことがあつた。

「それ何《なあ》に。おてがみ！　見せて下さい。」

と、私は何心なく奪ふやうにして取らうとすると、姉は慌ててそれを背後に隱して、そして赧い顔をした。

「何んでもないものですよ。あなたに見せても讀めはしないものよ。」

私は姉が赤くなつたので、見てはわるいものだといふことを感じた。きつと、姉の友達から來たので、私どもに知らしてはならないことを書いてあるのだと思つて、私は二度それを見ようとはしなかつた。

「かあさんにね。ねえさんが手紙をもつてゐるつていふことを言はないでせうね。」

と、姉は心配さうに言つた。

「言はないとも。」

「きつと。」

「きつとだ。」

私は小さな誓ひのために指切りをした。姉はお嫁前とは瘠せてゐたが、それでもよく肥えてがつしりした手をしてゐた。私はさういふ風に、だんだん姉と深い親しみをもつてきた。

晩は姉とならんで寝た。

「姉さん。はひつていい？」

などと私はよく姉と一しよの床にはひつて寝るのであつた。姉はいろいろな話をした。

これを読むと、十二歳も上だったテヱと犀星が、まるで幼い恋人同士のように仲良かったことがわかり、何やら稚児サンめいていても想像される犀星なのだが、学校では案外ワルだったようである。

『幼年時代』には、犀星はその頃飛礫《つぶて》を打つ（小石を投げる）のがめっぽう上手で、頭上の梢にある杏や林檎、すももの実にはっしと命中させ、遊び仲間から相当尊敬をあつめていたと書かれている。子どもが庭の果実を荒らしても、大人がにこにこ微笑《わら》ってみていた悠長な頃の話で、そういう遊びを子どもたちは「ガリマ」とよんでいた。時としてその「ガリマ」の掠奪戦をめぐって喧嘩が起こるのだが、そこでも犀星少年の飛礫打ちの腕は相手に一目置かれていたという。

私はいつも敵の頭を越す位ゐに打った。一個《ひとつ》から二個《ふたつ》、三個といふ順序に、矢つぎ早に打つのが得意でそれが敵をして一番恐怖《こは》がらせるのであった。私はたいがい脅かしにやってゐたが、飛礫打ちの名人として、私が隊にゐると敵はいいかげんにして引上げるのであった。

飛礫打ちのつぎに得意だったのは唱歌で、作文や図画はどうも苦手だったという。成績全体はまあまあというところだったが、いつも喧嘩の先頭に立っているという印象だったので、先生の評価は良くなかった。他の生徒は読み方を一つや二つまちがえても放免されるのに、犀星が一つでもまちがえると、たちまち先生から「おのこり」の命令が下されるのである。

澤山の生徒の前で、
「お前は居残りだ。」
と先生から宣言されると、澤山の生徒らにたいして私はわざと「居残りなんぞは決して恐くない。」といふことを示すために、いつも寂しく微笑した。心はあの禁足的な絶望に蓋せられてゐるに關わらず、私はいつも微笑せずにはゐられなかつた。

「なにがをかしいのだ。馬鹿。」

と、私はよく怒鳴られた。そんなとき、私は私自らの心がどれだけ酷く搖れ悲しんだかといふことを知つてゐた。をさない私の心にあの酷い荒れやうが、ひびの入つた甕《かめ》のやうに深く刻まれてゐた。私はときどき、あの先生は私のやうに子供の時代《とき》がなかつたのか、あの先生のいまの心と、私のをさな心とがどうして合ふものかとさへ思つた。

「なぜ先生の言ひつけ通りをしないのだ。」

このとき、私は横顔を撲《は》られた。私は左の頰がしびれたやうな氣がした。それでも私は默つてゐた。私はここで殺されてもものを言ふまいといふ深い懸命な忍耐と努力とのために、私は私の脣を嚙んだ。私はこの全世界のうちで一番不幸者で、一番ひどい苦しみを負つてゐるもののやうに感じた。

「よし貴樣が默つてゐるなら、いつまでも其處に立つて居れ。」

かう彼は言つて荒荒しく教室を出て行つた。私はやつと顔をあげると、いままで耐へてゐたものが一度に胸をかき上つた。顔が火のやうに逆上した。私は痛い頰に手をやつて見て、そこが腫れてゐることに氣がついた。私は撲《は》られたとき、もうすこしで先生に組附くところであつた。けれども耐へた。

「居残り」といったかどうか忘れたが、筆者の時代にも、こんなふうなお仕置きがあったのを思い出す。宿題を忘れたり、授業中にさわいでいたりすると、先生から「廊下に出て立っていろ」という指導が出た。

ただ、筆者の場合は犀星ほど先生に対する反抗心はわかなかったようで、「立っていろ」といわれればいつまでもそこに立っていたし、説教されると殊勝にうなだれて洟をすすっていたから、頬をぶたれるなんてことはなかった。かといって、いつも先生の言いつけを守っている優等生だったわけでもない。要領がいいというのか、気弱というのか、芯から相手の言いぶんに承服しているわけではないのに、従順なそぶりにだけは長《た》けていたのかもしれない。

しかし、『幼年時代』に書かれているつぎのような場面——これは犀星が先生の命令を守らず、「居残り」を途中でぬけ出して帰宅してしまった翌日、ふたたび先生に大目玉を食うシーンなのだが、ここに犀星の「暗い眼」が登場するのである。


「何故昨日許しもしないのに帰つたのだ。きさまぐらゐ強情な奴はない。」と言つた。

私は「また何故が初まつた。」と心でつぶやいた。

「何とか言はないか。言はんか。」

私はその聲の大きなのにびつくりして目をあげた。私は極度の怨恨と屈辱とにならされた目をしてゐたにちがひない。

「何故先生を睨むのだ。」

私は怒りのやり場がなくなつてゐた。私はカバンの底にしまつてあるナイフがちらと頭の中に浮んだ。

カバンの底にナイフをしまってあった、というのはおだやかでないけれど、たぶんそれは、そのときの犀星の「怨恨」と「屈辱」を最大限強調するための、一つの小説表現の小道具といえただろう。

このときの犀星の「先生を睨んだ」眼には、何となく心当るものがある。その眼はおそらく、犀星が「居残り」を命じた教師に対してだけ抱いた感情ではなく、当時八歳になったばかりの犀星を支配していた、遠い過去のどんよりした昏《くら》い霧のようなもの、自分の出自にからみついた重い澱のようなものへの怯えではなかったかと推測する。筆者の恩師下沢勝井先生が「暗い眼をして、こちらを睨みつけてもいた」と書いていた、あの中学生クボシマセイイチロウの「暗い眼」でもあるのである。

「暗い眼」は、たんに眼の前の事象や人物にむかってだけ見開かれているのではなく、生まれながらに背負いこんだ「他者への不信」がそんな眼差しにさせるのである。幼く母と離別した子は、この世にあるすべてのものから自分が拒否され、排除され、放擲されたと思いこんでいる。「自分なんか生まれてくる必要はなかったんだ」「だからイジメられるんだ」という被害妄想で頭をいっぱいにしている。先生は躾《しつけ》のために頬をぶったのかもしれないが、みなし児はそんなふうには受けとらない。相手を見上げる何ともいえない「暗い眼」は、そんなときに生じる。

だが、そういうときに犀星の心を鎮めたのは、やはり姉のテヱだった。

私は人氣のない寂然《しん》とした教室で、ひとりで涙をながしてゐた。

「ね。早くかへつていらつしやい。あなたさへ溫和しくして居りや先生だつてきつと居殘りはしなくなつてよ。あなたが惡いのよ。みな自分が惡いと思つて我慢するのよ。えらい人はみな然うなんだわ。」

と言つてくれた姉のことばが頻りに思ひ出されてゐた。私はしらずしらず教壇の方へ行つて、ボールドに姉さんといふ字をかいてゐた。私はその字をいくつも書いては消し、消しては書いてゐた。その文字が含む優しさはせめても私の慰めであつた。姉の室の内部が目に浮んだ。姉の寂しさうに坐つてゐる姿が目に入つた。私は泣いた。

「居残り」させられたときだけでなく。遊び仲間と喧嘩して帰ってきたときでも、犀星はテヱに慰められた。「學校の便所で昨日の仲間の一人に會つた。私は聲をもかけずに其上級生をうしろから撲《は》りつけておいて、漆喰の上へ投げ飛ばした」なんて武勇伝をおさめた日でも、犀星は帰るとテヱの優しい胸にとびこんだ。

私の然うした亂雜な、たえず復讐心に燃えた根強い一面は、多くの學友から危險がられてゐたのみならず、非常に怖れられてゐたので、親しい友達とてはなかつた。私はひとりでゐる時、外部から私を動かすもののゐない時、私は弱い感情的な少年になつて、いつも姉にまつはりついて居た。

「お前がまあ喧嘩なんかして強いの。をかしいわね。」

と姉は、よく近所の少年らの親元から、私にひどい目にあつた苦情を持ち込まれたときに、笑つて信じなかつた。姉の前では、優しい姉の性情の反射作用のやうに溫和しく、むしろ泣蟲の方であつた。私が學友から一人離れて歸途をいそぐときは、いつも姉の顏や言葉を求めながら家につくのであつた。姉なしに私の少年としての生活は續けられなかつたかもしれない。

一八九八（明治三十一）年雪のふる日、犀星が八歳半のときに父吉種が死んだ。七十三歳だった。「父は老衰で二三日の臥床で眠るやうに逝つた」とある。
父の死よりも、犀星にはその死に合わせたかのように、生みの母はるの姿が忽然と消えたことがショックだった。犀星には血縁のない三人の兄妹と養母のハツがいたが、やはりつねに心を占領していたのは（小説上では）近所に住んでいるはるだった。そのはるが、吉種の死後やってきた父の弟と入れ替わるように、ふいにどこかに姿を消したのだ。
犀星がその生母はるとの「永訣の別れ」を、幼な心にはっきりと認識し、それを己がみなし児の宿命と受けとめたのは、三年ほどした頃だったと書いている。

私の母が父の死後、なぜ慌しい追放のために行方不明になつたのか。しかも誰一人として其行方を知るものがなかつたのかと云ふことは、私には三年後にはもう解つてゐた。あの越中から越してきた父の弟なる人が、私の母が單に小間使であつたといふ理由から、殆んど一枚の着物も持ちものも與へずに追放してしまつたのであつた。この惨めな心でどうして私に會ふことができたらうか。彼女はもはや最愛の私にもあはないで、しかも誰人にも知らさずに、しかもその生死さへも解らなかつたのである。

犀星は行方を絶った生母はるに対しては甚だ好意的だった。どんなに淋しい思いをしても、けっして薄情な母親だとかいって恨んだり、呪ったりしようとはしなかった。はるが自分とも会うことなく去ったのは、吉種の弟と称する男から、突然家を追い出された惨めさのなかで、とても自分とは会う気持ちになれなかったのだろうと同情している。「最愛の私にも」と強調したところに、犀星の「自分だけの母親」に寄せる思いがある。

家のそばをながれる犀川に、犀星はよく鮎釣りに行った。

ある日、増水した犀川の磧《かわら》に蒼い水苔の生えた石の地蔵尊がながれついているのを発見した。犀星はそれを家の庭に運んできて、路傍の小石をあつめて台座をつくり鎮座させた。台座の周りに草花を植え、竹を切って花筒をつくったり、庭の果実を供えたりした。「まあお前は信心家ね」。姉のテヱもまた赤い布片《きれ》で衣を縫って、地蔵の肩に巻きつけたり、小さな頭巾を編んで石の頭にのせたりして、犀星の地蔵尊建立を手伝った。意外なことに、養母のハツまでが「しばらくなら誰でもやるものだが、あの子のやうに熱心にする子はない」といって、犀星が手製の地蔵尊に朝晩お詣りしているのをみて感心していた。

テヱにもハツにも黙っていたが、犀星の地蔵尊建立には、片時もわすれたことのない、行方不明になったはるの無事を祈るという目的があった。

私は母を求めた。私があの小さな寺院建立の實行や決心や仕事のひまひまには、いつも行方のしれない母のために、「どうか幸福でゐらつしやいますやうに。」と祈つたのであつた。この全世界にとつては宿のなかつたあの悲しい母の昨日にくらべて變り果てた姿は、どんなに苦しかつただらうと、私はぢつと空をみつめては泣いてゐた。私がもつと成人して全世界を向うに廻しても、私の母の悲しみ苦しみを弔ふためには、私は身を粉にしても關はないとさへ思つてゐた。

私は人のない庭や町中で、小聲で母の名を呼ぶことさへあつた。しかも永久に會ふことのできない母の名を——。
私は「然うだ。人間は決して二人の母を持つ理由はない。」と考へてゐた。そんなとき、現在の母を忌忌しく冷たく憎んだ。私は一方には濟まないと思ひながら、それらの思念に領されるとき、私は理由なく母に冷たい瞳を交したのであつた。

成長するにつれ、犀星は自分にあたえられた宿命を受け入れ、母の失踪についてもしだいに寛容な気持ちになってきたと思われたが、なかなか生母への慕情を断ち切ることはできなかったし、自らに科せられた「二人の母」をもつという不条理をかんたんに肯定できるものではなかった。

「一方に濟まないと思ひながら」、養母の存在をも疎《うと》む気持ちになったという点は、筆者も同じだった。赤井ハツがどうだったかはしらないが、筆者の場合は、養母（偶然筆者の養母もハツという同じ名だった！）が貰い子の筆者に同情し、何かにつけ深い愛情をそそいでくれればくれるほど、心の殻を固くとじた。やさしくしてくれれば、何かウラがあるのではないかと勘ぐり、やさしくされなければ、よけいネチネチと恨む。「他人への不信」の暗い眼は、かけがえのない自分の肉親に対しても、変わりなくそそがれたのである。

しかし、そんな母への祈りのために建立した犀川の地蔵尊が、のちの犀星の運命に大きな影響をおよぼすことになる。

日々姉とともに、庭のすみの小さな地蔵尊の世話をしている犀星の姿を、隣家の寺から垣根越しにみていたのが、毎日寺の庭掃除をしていた雨宝院の住職だった。住職の名は室生真乗、赤井ハツとは内縁関係にあった人。真乗は犀星の信心深さに心うたれ（ハツから地蔵尊の由来についてはきいていたのだろう）、自分の寺の養嗣子にならないかといってきた。イヤでないなら、和尚のほうでハツに話をつけるという。日頃から真乗和尚には親しみをもっていた犀星は、「坊さんにならなくてよいのなら、喜んで参ります」と返事をする。ここにも「お寺にゆけば何も彼も私は心から清い、そして、あの不幸な母のためにも心ひそかに祈れると思ったから」という述懐がある。

千日山雨宝院住職の養嗣子になり、室生姓を名のるようになったのは、年譜によっては一八九六（明治二十九）年二月十一日となっているが、定かではない。『幼年時代』を読むと、父吉種が亡くなったのが翌々年の三月、母のはるが家を出たのがそのすぐあとになっていて、犀星が犀川から地蔵尊を運んできたのもその頃の話になっている。小説に書かれているように、地蔵尊の建立がきっかけで雨宝院の養子にむかえられたのだとすれば、このあたりにも多少犀星の小説上のテクニックが働いているかもしれない。

いづれにしても、そうやって犀星の寺暮しははじまったわけだが、真乗住職の養嗣子になったからといって、そんなに生活が変わったわけではなかった。寺は檀家のいる檀那寺ではなく、賽銭だけが収入の祈願寺だったので、思ったほど裕福ではなかった。相変らず犀星をふくむ四人の貰い子たちは赤井ハツの庇護下にあり、殺伐とした家庭のなかで、犀星には姉のテヱだけが心の支えだった。犀星が雨宝院の子になってからも、隣に住むテヱとの交流はつづいていて、テヱは毎日のように寺に顔を出し、父の真乗をまじえて縁側で話をして帰ることもよくあった。

そうした二人をみて、寺に出入りしていたおばあさんが声をかけてくる。

おばあさんが、

「御姉弟ですね。たいへんよく似てゐらつしやる。」

と言った。父は、

「さうです。」

と言つた。私は姉と顔を見合せて微笑した。實際は私は姉とは似てゐなかつた。別別な母をもつてゐる二人は、似てゐる道理はなかつた。私はこんなとき、いつも人知れず寂しい心になるのであつた。普通の姉弟よりも仲の睦じい私どもにも異つた血が流れてゐるかと思ふと、姉との間を斷ち切られたやうな氣がするのであつた。

おばあさん等もかへつたあとで、私は一人で室にこもつて、ひどく陰氣になつてゐた。父は、

「顔のいろがよくないが、どうかしたのかな。」

「いいえ。何でもないんです。」

と、私はやはり「ほんとの姉弟でない。」ことを考へ込んでゐた。一つ一つ話の端にも、私はいつも心を刺されるものを感じる弱さを持つてゐたために、ときどき酷く滅入り込むのであつた。心はまたあの行方不明になつた母を捜りはじめた。「いつ會へるだらうか。」「とても會へないだらうか。」といふ心は、いつも「きつと會ふときがあるにちがひない。」といふはかない望みを持つやうになるのであつた。

何ともやるせない犀星の真情である。

犀星はテヱを慕い、テヱに甘えることによって、行方を絶った生母はるの面影をひきよせようとしているようにも思える。犀星のなかで、はるとテヱは同一なのだ。たぶん異父母姉テヱにそそがれる犀星の眼差しは、もはや会うこと叶わぬはるにそそぐ眼差しでもあったのだろう。

こんなに仲がよいのに、姉とは血がつながらず、血のつながっている母とはもう二どと会えない。自分は何という残酷な運命のもとに生まれたのか。そうした出生の闇がもたらす受苦が、どんなに幼い犀星の心を鬱くつさせ、ヒネクレさせていったかは容易に想像できる。

そのテヱに再婚話がもち上ったのは、犀星が雨宝院の子になって一年ほどした秋末のこと。犀星はうちのめされた。いつも二人で語らい、笑いあい、犀星がつくった地蔵尊に花を活けたり、水をやったり、朝晩はいっしょにお参りまでしてくれていた仲の良い姉が、ふたたび嫁にゆくというのである。ウソであってほしいと希《ねが》った。

ある日、本堂の階段に腰かけているときに、「あたしね、またおよめにゆくかもしれないの」とテヱは突然告白する。「あたし嫁《ゆ》きたくないんだけれども、お母さんがきめてしまったんで」。犀星は「いやだったらお母さんに断わったらいいでしょう?」とつめよるが、テヱは「しかたがないわ。みんな運命《うん》だわ」といってうつむく。

私は寺の廊下屋根越しにお神明さんの欅の森を眺めてゐた。姉が行つてしまつては、友だちのない私はどんなに話對手に不自由するのみではなく、どんなにがつかりして毎日鬱ぎ込んだ淋しい日を送らなければならないだらう。姉は私にとつて母であり父でもあつた。私の魂をなぐさめてくれる一人の肉身でもあつたのだ。

私はそつと姉の横顔をみた。ほつれ毛のなびいた白い頸――私が七つのころから毎日實の弟のやうに愛してくれたんだ。

「でもね。ときどきあなたには會ひにきてよ。」

「僕の方からだといけないかしら。」

「來たつていいわ。會へればいいでせう。きつと會へるわね。」

私は階段を下りて、庭へでた。姉は隣へかへつた。

四五日して姉の嫁くことが決定した。

その日の午後、姉は晴衣を着て母とともに二臺の俥にのつた。

私は玄關でぢつと姉の顔を見た。姉は濃い化粧のために見違へるほど美しかつた。そはそはと心も宙《ちう》にあるやうに昂奮してゐた。

「ちよいと來て――」

と姉は呼んだ。

私は車近くへ行つた。

「そのうちに會ひにきますから待つてゐてくださいな。それからおとなしくしてね。」

と姉は涙ぐんだ。

ただし（これも小説だからなのだろうが）、こうして涙にくれて別れたテヱの嫁ぎ先も、意外と犀星の住む雨宝院や、隣の養母赤井ハツの家の近くに設定されていて、その後もテヱとは時々会うことがあったようである。今は行方知れずになってしまったが、犀星と別れる前生母のはるも近所に住んでいて、犀星はちょくちょく会いに行っている。要するに、犀星の家族や愛する者たちはぜんぶ、「ご近所さん」なのだ。

一ど、犀星は犬のシロ（亡くなった実父吉種の愛犬で犀星やテヱにもなついていた）をつれて散歩しているとき、嫁いだテヱの家の前を通った。川べりの前栽に植込みのある、会社の役員でも住みそうなりっぱな家だった。犀星はわざとシロに吠えさせて、テヱが出てくるように仕向けた。出てきたテヱに、「僕は来てわるかったかしら」と犀星はいう。「いいえ。わるくないけど、お母さんから又つまらないことを言われるといけないから」とテヱ。「今度は姉さんがきっと行きますわ。誓ってよ」。二人は「ずっとむかし子供の時にやったように」そっと秘密めいた指切りをして別れる。

私はときどき隣の母の家へ行くと、きつと姉の室へ這入つて見なければ氣が濟まなかつた。いつも默つて、靜かにお針をしてゐる傍に寝そべつてゐた私自身の姿をも、其處では姉の姿と一しよに思ひ浮べることが出來るのであつた。その室には、いつも姉のそばへよると一種の匂ひがしたやうに、何かしら懷かしい溫かな姉のからだから沁みでるやうに匂ひが、姉のゐなくなつた此頃でも、室の中にふはりと花の香のやうに漂うてゐた。私は室ぢゆうを見廻したり、ときには、小箪笥の上にある色色な菓子折のからに收つてある布類《きれるゐ》や、香水のから罎などを取り出して眺めてゐた。何故かしれない不思議な、惡い事をしたときのやうな胸さわぎが、姉の文庫の中を捜つたりするときに、ドキドキとしてくるのであつた。

姉はさんごの玉や、かんざしや、耳かき、こはれたピンなどを入れておいた箱を忘れて行つたのが、これだけがちやんと置いてあつた。私はさういふ姉の使用物をみるごとに、姉戀ひしさを募らせた。

ここまでくると、姉のテヱに寄せるある種偏執的（？）ともいえる犀星の「恋心」には、ちょっとついてゆけない気持ちにもなるのだが（こういうところがジメジメと湿っていてどうも好きになれない）、けっきょく『幼年時代』に書かれているのは、犀星のこうした幼少体験のなかで、知らず知らず醸成されていった「信仰」と「自我」の芽ばえである。犀川の磧からひろってきた地蔵尊の建立に、なぜあれほど熱心にテヱは協力したのか。それはとりもなおさず、幼い犀星が心身にやどしていたか弱い自我を、テヱはそうすることによって（犀星といっしょに地蔵尊を参拝することによって）、ひそかに分かち合おうとしていたからにちがいない。考えてみれば、身よりのない孤児という点ではテヱも犀星も同じだった。二人して地蔵尊にぬかづけば、自分たちはぜったいに一人にはならない、といった信仰への信頼が、犀星にもテヱにもあったのである。

だが、「どんなにがっかりして毎日鬱ぎ込んだ淋しい日を送らなければならないだろう」と案じていた通り、テヱが嫁に行ってしまうと、がらんとした雨宝院には父親の真乗と犀星だけがのこされた。

『幼年時代』はつぎのような文章で終っている。

父はよく言つた。

「姉さんがゐなくなつてから、お前はたいへん寂しさうにしてゐるね。」

「ええ。」

父はよく私の心を見ぬいたやうに、そんなときは一層やさしく撫でるやうに慰めてくれるのであつた。

「さあ、休みなさい。かなり遅いから。」

と、いつも床へつかすのであつた。

私は佗しい行燈のしたで、姉のことを考へたり、母のことを思ひ出したりしながら、いつまでも大きな目をあけてゐることがあつた。うしろの川の瀬の音と夜風とが、しづかに私の枕のそばまで聞えた。

私の十三の冬はもう暮れかかつてゐた。

前述したように、室生犀星の『性に眼覚める頃』におさめられた『幼年時代』は、一九一九（大正八）年の八月に「中央公論」に発表された作品で、犀星はそれより三ヶ月前の同年五月に『抒情詩時代』を「文章世界」に掲載している。つまり、発表順序としては『幼年時代』より『抒情詩時代』のほうがほんの少し先だった。そして同年の十、十一月に『性に眼覚める頃』、『或る少女の死まで』がつづけて発表されるわけだが、犀星はこの四作に、『ある山の話』と『一冊のバイブル』と『郷国記』という掌編三つを加え、『性に眼覚める頃』として新潮社から刊行する。そのときに、順序を入れ替え、初めに『幼年時代』、二番めに『抒情詩時代』という構成にしたのである。

『幼年時代』が犀星の誕生から十三歳頃にいたるまでの、犀星の自我の確立や異性への憧れ、人格形成をめぐっての物語であるとすれば、『抒情詩時代』は幼い犀星がどんなふうに文学と出会い、どんなふうに詩人、小説家の道をあるきはじめたかという、いってみれば文学者室生犀星の出発をつづった手記であるといえるだろう。

それと、この自伝あるきでは最初から犀星、犀星とよんでいるけれども、周知のように、犀星の幼名は「照道《てるみち》」だった。いったい、いつから犀星は「犀星」になったのか。いくつかの年譜に照らすと、犀星は金沢市立野町尋常小学校卒業時には戸籍上、室生姓になっていたが、当時学校関係の書類などはまだ「赤井照道」のままだった。

犀星は野町尋常小学校を卒業後、金沢高等小学校にすすむが、一年間通学せず（理由ははっきりしないが）、一九〇二（明治三十五）年五月には退学（退学児童台帳には家事都合とある）している。退学後、義兄の真道がつとめていた金沢地方裁判所に給仕として雇われるが、庶務課、会計課、検事局、登記所などを転々、勤務ぶりはあまり感心したものではなかったという。

『抒情詩時代』によると、その頃から犀星は俳句をつくりはじめた。


私は十五ぐらゐの時代から俳句を作つてゐた。初めは舊派の宗匠にならつてゐたが、後には紫影先生に見てもらつてゐた。私は俳句を愛してゐた。まだ少年であつた私にとつて、あの単純と簡素との世界が私の斷片的情操を盛る上に極めて便利でもあり、またその制作の卽興的なる理由もあつたが、私はいつも見たままのものを書き綴つてゐた。

總ての美しくして愛すべき存在が、必ず生きた精神の洗練や彫琢に據つて、その再現の光輝を磨くべきものであると云ふことが、いまから考へるとやはり私の心の底に漂うてゐたことが實際であつた。私は寫實を主としてゐた。あるがままな情景、經驗、さういふものが私の俳句の精神を深徹してゐた。

私はいつも俳句の世界に、私の總ての情操や自然が詠みつくされることを信じてゐた。毎月俳句會があるごとに、その會費を父などをあざむいて取って出席した、公然とはさういふ會合や、俳句を作ることを禁ぜられたからであつた。

犀星の「俳句論」は、筆者には少々難解だけれども、いづれにしても犀星が十五歳にして俳句という創作に眼覚めたことはたしかだったろう。

犀星の俳句は一九〇四（明治三十七）年十月、「室生照文」の名で初めて地元紙「北国新聞」にのった。その後、同紙にはたてつづけに六句が掲載され、犀星はおおいに自信をふかめる。犀星の文学への第一歩は、こうして俳句からスタートしたのだ。もともと金沢は俳句の盛んな土地で、周りにはたくさんの愛好家がいた。年少だった犀星はそうした先輩らに教えを乞う。後年犀星が書いた『魚眠洞発句集』の序文によれば、十五歳のときに芭蕉庵十逸という町内に住む宗匠に添削を受け、また、勤務先の裁判所の上司で、すでに俳句界では声価を得ていた河越風骨や、「北国新聞」の俳句選者だった藤井紫影らに自作を送って指導をあおいだという。

犀星はまもなく、詩や散文を書きはじめる。うちにたぎる創作への情熱が、もはや「俳句」の枠におさまりきれなくなったのかもしれない。横瀬夜雨や薄田泣菫やトルストイを読み、文学への志は高まるいっぽうだった。一九〇六（明治三十九）年十六歳のときに、「政教新聞」に手離撫身生という凝《こ》った筆名で詩五篇を投稿し、つぎに照文生の筆名でやはり詩『別離』を投稿する。そして初めて室生犀星の名で書いたのが詩『血あり涙ある人に』だった。金沢出身の国府犀東にならって、犀川の西に住むので「犀西」、それに「犀星」の字をあてはめたのである。

『抒情詩時代』には、「俳句」から「詩」へ、やがて「詩」から「散文」へと跳躍をとげる犀星の、静かな昂奮がつづられている。

私はかたはら文章をもかいてゐた。小品といふものの形に於て、私は少年らしい情熱を寂しく物語ることを愛してゐた。

私はそのころ、もはや、田圃や田圃にある土手や、草花、林、森、桃の咲く村落の入口、または街の夕方、夜の街などを歩くことが、何よりも精神的な慰めのやうに思はれてゐた時代になつてゐた。

そのころ少年世界が私のふところに入つてゐた。私はこの雑誌の巻頭にかかれた季節の自然描寫が大變氣に入てゐた。「春草漸く遍く輝きたり、若し吾等野に出でて見んか。其處には菫たんぽぽれんげの類、あるひは鳥雀の喜喜たるあり、嗚呼奈何に自然の恵み多きことよ。」などと書いてあるのを、幾度も讀んで、しまひには諳誦したものであつた。さういふ季節には文字通りの春光は野や山や空を覆うてゐた。植物性の發散する芳ばしい匂ひは其處此處の草場や丘のあたりや、土手の重なり合つたところから漂うて來た。まるで少年等の私どもの、感じやすい五體のすみずみにのびのびした感覺と、また一面には物懷かしい、何かを抱き締めたいやうな、情慾的な惱ましさ戀ひしさを吹き込むもののやうであつた。

しかし、俳句から入って詩、散文へと文芸の道をひろげていった犀星だったが、日々の素行となると少々問題があった。

一つは喫煙だった。創作に没頭すればするほど、煙草を吹《ふか》したがった。鉛筆をはしらせながら、プカリプカリとやりたくなる。『抒情詩時代』には、「このあやしい煙料の刺戟と眩惑とは、幾分の慰めとなり、氣の重くなるやうな悩ましいものを發散させるに力あつたのである」と書き、悪童たちと巡査に追いかけられた話などが出てくる。仲間の一人が交番につれてゆかれ、罰金を払わされた上、学校も停学になったのをみて、さすがに喫煙はやめようということになったらしい。

もう一つ、犀星にあったのは、俗悪な大衆雑誌の口絵を美濃判紙で写すという、ひそかな娯《たの》しみだった。吉田御殿のヒロインや、お百の亭主ごろしや、名妓伝、美しい髷を結ったお小姓……今でいえば、グラビア雑誌の表紙や挿し絵のようなものを、丹念に薄い美濃判紙を使って写し取るのだ。


いつも私は女の顔などは、目を一番さきにかいたものであつた。涼しい目や、ケンをもつた凄艶な毒婦や、二重になつた瞼などを、心で生きてゐるやうに描いたものであつた。顔が出來あがると、いつもほつとして嬉しい氣がした。私は、本にあるとほりに、眼尻りや唇には紅い繪具を施した。自分でうつしてゐながら、自分もよく出來たと思つたときは自分に畫才があるやうな氣がしたのであつた。

私のこの祕密な快樂は、父に發見されてから嚴しく禁じられた。けれども、あのふつくりとした顔の肉線や、鼻の快い高まりや、涼しい美しい目などを、うすい美濃紙の下から、ぼんやりと浮んでくるのを寫し取ることの面白さ樂しさは忘られなかつた。晩などひとり室にこもつて、室の入口の方を笠で暗くしたランプの陰で、私は夜の更けることをも知らないで寫してゐた。美しく生生した女の顔は、まるで、その目を動かしてゐるやうな筆致によつて、幾つも描かれてゐた。

何やら気味わるい光景だが、ここにも犀星のきわめて偏執的で禁欲的な性向があらわれている。俗悪な大衆雑誌の口絵や表紙を、美濃判紙に写し取るという行為は、犀星がその俗悪なるものに無心に惹かれ埋没してゆくという、秘密めいた悦楽を得る最上の方法なのだった。というより、それは一種の自慰行為でもあった。少年犀星は、俳句や詩や散文といった文学に夢をつむぎながら、いっぽうで俗悪で猥雑なものにひっぱられてゆく、もう一人の自分を自覚していた。犀星は卑俗な女のポーズや、その媚態を克明に描き写しながら、自らがそうした世界にのたうつ同じ人間の性をもつことを自覚し、むしろその満足感に心をふるわせていたのである。

その犀星の女人憧景の本質を、端直に吐露しているのはつぎのくだりだろう。


私は、そのころ實際の女の人よりも、繪にある女の人が私の心に近いものであつた。實際の女に接近することも出來なかつたし、非常に恐れと羞《はに》かみをもつてゐた私は、烈しい情慾に顫へながら、さうした繪畫の女の腕や唇に、吸ひ入るやうな接吻をしたものであつた。私が私の室にゐることが、此上もなく幸福であつた。私はそこにいろいろな生きた女性を、自分の心持次第にかきあげて樂しんでゐたために、私の求めてゐたものはみな満足になつてゐた。

私は寫しつかれると、うつとりした疲れた目を窓外に煙る春雨にうつした。空は靜かに雨は若芽の伸びる力を刻刻に誘ひ出すやうに降つてゐた。――私は、かき損うた繪は、家のもののゐない臺所で燒き棄ててゐた。

こうした犀星の心底に巣喰う淫靡で不健康な趣味は、こともあろうに、貸本屋から借りてきたその、テの雑誌に、お好みの絵をみつけると、ひそかにナイフで切り取ってしまうという犯罪にまでエスカレートする。そういう妖しい絵をみると、それをずっとそばに置いておきたくなるのだ。そのうち酒井某という女形の役者に夢中になり、楽屋にまで出入りして交際するうち、酒井から借金を申しこまれて難儀するなんていう事件まで起こす。そのときの金はとうてい犀星に工面できる金額ではなく、ついに父親の財布に手をつけるという罪を犯すまでにいたるのだが、女形役者はその金を一銭も返さず、翌日一座をやめてどこかへドロンしてしまう。

これが父の真乗にバレて、こっぴどく叱られたために、犀星はようやく春本絵を写すことや芝居通いをしなくなるのだが、それを契機にこれまでの何倍も詩や散文の投稿に精を出すようになった。地元紙だけでなく、東京の新聞や文芸誌にも投句した。もっとも、これで少年の美しい娘に惹かれる病がおさまったかというと、そんなことはなくて、ある雑誌に投稿した詩が入賞して、褒美にハアト形のメダルを授与されるのだが、それを裏町に住むひさという娘にあっさりプレゼントしてしまうのもこの頃の話だ。

『抒情詩時代』は、またも父の大反対にあってひさと別れるところで終っている。

さて、『性に眼覚める頃』だが、この小説は『幼年時代』と『抒情詩時代』をもう一どなぞり直し、記憶の欠片をもう一ど拾い直すような、それまで書ききれなかった文章のスキマを埋めたふうな作品である。

冒頭の何頁かは、すでに七十近くになった父親の真乗と二人きりで暮す穏かな寺の日々をつづっているが、一九〇七（明治四十）年七月に、初めて東京の雑誌「新声」に『さくら石斑魚《うぐい》に添えて』という詩が採用された頃から、文章のすみずみに犀星の創作に対する自信がみなぎってくる。

私は私で學校をやめてから、いつも奥の院で自分のすきな書物を對手にくらしてゐた。學校は落第ばかり續いてゐたので、やさしい父は家にゐて勉强したつて同じだと言つてくれたのを幸ひにして、まるで若隱居のやうに、終日室にこもつてゐた。

そのころ私は詩の雜誌である「新聲」をとつてゐて、はじめて詩を投書すると、すぐに採られた。K・K氏の選であつた。私はよく發行の遲れるこの雜誌を毎日片町の本屋へ見に行つた。この「新聲」の詩壇に詩が載ることは、ことに私のやうに地方に居るものにとつては困難なことであつたし、實力以外では殆んど不可能なことであつた。そのかはりそこに掲載されれば、疑ひもなく一個の詩人としての存在が、わけても地方にあつては確實に獲得できるのであつた。

私はペエジを繰る手先が震へて、何度も同じペエジばかり繰つて居た。肝心の自分の詩のペエジを繰ることのできないほど慌ててゐた。やつと自分の詩のペエジに行きつくと、私はそこにこれまで見なかつた立派な世界に、いまここに居る私よりも別人のやうな偉さを見せて、しかも徹頭徹尾まるで鎧でも着て坐つてゐるやうに、私は私の姿を見た。東京の雜誌でなければ見られない四六二倍の大判の、しかも其中に自分の詩が出てゐるといふ事實は、まるで夢のやうに奇蹟的であつた。私は七月の太陽が白い街上に照りかへしてゐるのに眼を射られながら、どこからどう歩いてどの町へ出たか、誰に會つたか覺えてゐなかつた。私はまるで夢のやうに歩いて、いつの間にか寺の門の前に來てゐた。

読んでいるこちらにまで、犀星の舞い上りぶりが伝わってくる。

さっそく犀星は、買ってきた「新声」を父に見せにゆくのだが、反応は今一つだった。「一生懸命にやれば何んだつてやれるよ」。日頃作務の手伝いの合間をぬって、一心に机にむかっている犀星を知っている真乗はそういった。

ただ、これは努力とか修行とかから生まれた成果ではなく、自らに生来そなわっている何ものかがそれを実現したのだ、という確信が少年にはあった。「若隠居」とはいっても、垣根一つ越えた隣家からは、年がら年じゅうワメキちらす養母のハツの声がきこえてきたし、手が足りない日には境内の掃除や台所仕事もせねばならなかったから、寺の環境はけっして創作するのにベストコンディションであるとはいえなかった。だから、何日か前にとどいた「新声」の選者K・K氏（当時の先鋭的詩人児玉花外をさしたものだろう）からの手紙の、「君のやうな詩人は稀れだ。私は君に期待するから詩作を怠るな」という言葉が、どんなに犀星を励ましたことか。創作に自信をもってくると、ふしぎとハツの怒鳴り声も気にならなくなった。

ある日、犀星の詩を読んだ表悼影という男が寺を訪ねてきた。表は金沢の真ん中の西町というところに住んでいた。大柄なのに可愛らしい円い顔をして、あまり口数の多くない男である。自分も詩や歌を書いているが、君の詩に大変感動した、これから友人になってくれないかという。

西町の家に行ってみると、表は姉さんと母親の三人暮しで、机には「新声」や「文庫」などという文芸誌が置かれている。自分の作だといってみせてくれた短歌もなかなか良く、犀星も同じ十七歳だという表悼影に親近感をおぼえた。同じ文学を志し、しかも同年齢という友を持つのは初めてだった。二人はたちまち仲良くなった。

しかし、この表悼影は詩や歌の才能にも長けていたが、女に対するアプローチの仕方もじつに上手で、表からみれば犀星はまだヒヨコにもなっていなかった。

とにかく、表は女に対してマメというか労を惜しまないというか、絶えず女に手紙を出し、たえず相手の女から返事をもらっていた。「どうして君はそんなに女の人と近づく機会があるんだ」と訊くと、「女なんかすぐに友達になれるよ。君にも紹介してやるよ」という。二人して劇場に行ったときなど、二階席から一階の桝を見渡し、「あの女はちょいときれいだろう。今手紙を送ったんだ。あす返事があるよ」などといい、なるほど見ると、その女学生のような十七、八の桃割の、白い襟首をした娘がこちらを気にしてソワソワしている。今の時代でいえば、表悼影はかなりのプレイボーイだった。

> 表は女性にたいしては無雑作であるやうでいつも深い計畫の底まで見貫く力をもつてゐることは實際であつた。かれは決してきむすめ以外には手出しをしなかつたし、生娘なればたいがい大丈夫だとも言つて居た。
>
> 「駄目な時には初めつから駄目なんだ。向うが少しでもいやな顔をしたり、手を握らせなかつたりしたら、どんなに焦つても駄目さ。そんな奴はやめてしまふさ。それに成るべく美人の方がやりいいね。」

「なほ六つかしいぢやないか。」

と、私は問ひ返した。

「きれいな女は二三度引つかゝつてゐなけりや、子供の時分から人に可愛がられてゐるから馴れてゐてやりよいのさ。」

と表は眞面目な顏をした。

「そんなもんかなあ——僕はその反對だと思つてゐたんだ。」

私は表の言葉の中に、本當なところがあるやうな氣がした。

「だから美人はたいがい墮落する——僕の經驗から言つても、わるい女はきつと刎ねつけるやうだね。」


どちらかといえば、つねに女人に対して過剰なくらい自意識をかかえ、どんな相手にもどこかに引け目のようなものを感じながら接していた犀星には、この表悼影の女性観はカルチャーショックだった。女人にむける表の「思ひきつた大胆な微笑」は、ただ犀星をおどろかせ、いつも表が女に「柔らかい輪郭と優しい目とをもつてゐる」ことを思うと、犀星は心のなかで「益々ひどい寂しさ」を感じないわけにはゆかなかった。

それに、表は女にモテたばかりでなく、詩作についても犀星を圧倒する力をもっていた。そのことのほうが、犀星が表に一目も二目も置く理由だった。

それに一方嫉妬をかんじながらも、私は何かしら彼が懐かしかつた、別にかれが「女を紹介する。」と言つても、紹介しもしなかつたが、そのもの柔らかな言葉や、詩の話などが出るごとに、あの惡魔的な大膽な男が、よくもかうまで優しい情熱をもつてゐるかと思ふほど、初初しいところがあつた。それに詩作では全く天才肌で、何でもぐんぐん書いて行つた。（數年後私は上京したときK・K氏が表は全く驚異すべき天才をもつてゐたといふことを聞いた。）

かれは子供のときから印刷工場に勤めてゐたといはれてゐたが、私と知るやうになつてから、もう何處へも勤めに出てはゐなかつた。かれは私と同じやうに毎日机にむかつて、姉に保護されてゐた。

犀星の雨宝院での生活のほうもまた、相変らず読書と詩作にふける毎日だった。寺の仕事はほとんど真乗と下男でやっていたが、たまに下男がいないときなどは、犀星が境内の瓦斯燈に燈明をともす当番をうけもった。また、時々は境内の堂宇に祀られている地蔵尊にも参拝した。幼い頃犀川から運んできて庭に建立したあの地蔵尊である。地蔵尊に手を合わせると、犀星は嫁いだ姉を思い出した。姉はその後越中のほうに転じていて、永く会っていなかった。そして、そんなとき瞼にうかぶのは生母のはるである。はるについては、まだ生きているという人もあったが、死んでいるといううわさがもっぱらだった。父の真乗が位牌をつくり法名を書いてくれて、本堂の仏壇に納めてあった。法名を書いてもらった日を命日にして、犀星は月命日の参拝を欠かさなかった。

詩作に励んでいても、寺の手伝いをしていても、心はいつも生母はるのそばにあったようだ。はるへの慕情をたかまらせるのが、自らが建立した地蔵尊だったというのも、何だか象徴的である。

私は地藏尊のそばへゆくと、それらの果しない寂しい心になつて、いつも鬱ぎ込むのであつた。私は人の見ないとき、そつと川から拾ひ上げた地藏尊の前に立つて手を合せた。母を祈る心と自分の永い生涯を祈る心とをとりまぜていのることは、何故かしら川から拾つた地藏さんに通じるやうな變な迷信を私はもつてゐたのである。自分が拾ひあげたといふ一つのことが、地藏さんと親しみを分け合へるやうに、幼年の時代から考へた癖が今もなほ根を張つてゐるのであつた。

象徴的といったのは、十七歳の犀星の生そのものが、この「川で拾い上げた地蔵尊」「行方不明のままの生母」に象徴されはしまいかと思うからである。何どもいうように、『幼年時代』『抒情詩時代』、そして『性に眼覚める頃』は、いづれも多少のフィクションを織りまぜた自叙伝とみられるので（この地蔵尊だってフィクションの可能性がある）、犀星自身の生いたちは、もっと単純明快な不幸を背負っていたと考えられる。単純明快な不幸――たとえば犀星の生母はるは、小説にあるような「ご近所さん」ではなかったから、たぶん犀星はほとんど会話を交わすことなくはると離別したのだろう。生後一週間で預けられた赤井ハツの私生児として育った犀星が、すぐ隣の千日山雨宝院の養嗣子に出されたのは、年譜では七歳のときとされており、翌々年九歳のときに実父吉種が死んで、はるが追放されている。『幼年時代』にあったような、「おつかさんは何故…」なんて母に問うチャンスはなかったはずである。

経験者だから繰り返すのだが、この「何故」を直接母にむかって問うことができるのと、それができずに心のうちにかかえこんで生きるのとでは、天国と地獄ほど苦しみがちがう。まして筆者も犀星も「一粒種」、母親にしてみれば「目に入れても痛くない一人っ子」だったはず。そんな自分をどうして手放したのか。何をおいても、子はその疑問を母にぶつけてみたいのだ。おそらく犀星は、実際には離別後一ども会うことのできなかったはるを、小説のなかで近所に住まわせることで、仮想の「母への質問」を実現させたのだろう。たとえ小説上であっても、いくどもはるの家を訪れ、はると対話することによって、自分がたしかにはるの子であることを確認しようとしたのだろう。

ところで、『性に眼覚める頃』でふしぎな感銘をあたえられるのは、寺の参詣人のなかに賽銭を盗んでゆく母娘がいたという話である。いや、正確にいうと、母親が巧みに賽銭箱をあけて小銭を盗み出すのを横目でみながら、自分も実に巧妙な手つきで、板の間に落ちている銅貨を掠《かす》めてゆく美しい娘がいて、犀星がだんだんその娘に惹かれてゆくという話である。

この話は、たんに賽銭泥棒の娘に犀星が好意をもったというだけでなく、後半で犀星がとった思いがけない「ある行動」が、その頃の犀星を支配していたあの淫靡で仄暗い美意識を、きわめて明瞭にあぶりだしているので心をそそられる。

まさか、この美しい娘がわづかなものを掠めとるといふことも考へられなかつた。彼女はもう十九か二十歳に見えたほど大柄で、色の白い脂肪質な皮膚には、一種の光澤をもつてゐた。その澄んだ大きな目は、ときどき、不安な瞬きをしてゐた。

私はそのとき彼女の左の手が、まるく盛り上つた膝がしらへかけて弓なりになつた豐かな肉線の上を、しづかに、おづおづと次第に膝がしらに向つて辷つてゆくのを見た。指はみな肥り切つて、關節ごとに糸で括つたやうな美しさを見せてゐて、ことに、そのなまなましい色の白さが、まるで幾疋かの蠶が這うてゆくやうに氣味惡いまで、内陣の明りをうけて、だんだん膝がしらへ向つて行つた。彼女の手がその膝がしらと疊との二三寸の宙を這ふやうにしておろしかかつたとき、彼女は鋭い極度に不安な、掏摸のやうに烈しくあたりの參詣人の目をさぐつて、自分に注意してゐるものが居ないといふことを見極めると、五本の白い蛇のやうに宙に這うてゐた指は、その銅貨の上にそつと弱弱しく寧ろだらりと置かれた。と同時にその手はいきなり引かれて、觀音の内陣の明るい燭火に向つて合掌された。

　私はそれを見てゐて息が窒るやうな氣がした。心持からか、彼女はすこし蒼ざめたやうな頰をして、その合せた左の手が不自然な、柔らかい恰好をして握られると、いきなり袂の中へ飛び込んだ。なぜ、ああいふ美しい顔をしてゐるのに、小さな醜い根性が巣くつてゐるのかと、私はぢつと見てゐた。


要するに、つつましく正座して参拝していた娘の手が、膝がしらの前に落ちている銅貨にむかってソロリソロリとのび、銅貨を獲《と》った瞬間あっというまにその手が引かれ、ふたたび何食わぬ顔で合掌するという場面なのだが、何やら異性の肌を這い回るような艶かしい女の白い指の動きが、内陣の薄明りのなかに仄かにうかびあがり、それこそ男女の濡れ場のスローモーションでもみるようなドキドキ感をもって伝わってくる。この光景を、犀星はすべての参詣者の様子が眺められる記帳場の戸板の節穴からのぞいているわけだが、娘の「まるく盛り上った膝がしら」や「関節ごとに糸で括ったような指」にそそがれる視線は、娘の四肢を舐めつくすように這う視姦者のそれである。

　しかも、先にのべたように、この賽銭泥棒の娘に対して、犀星は思いがけない行動をもって接近する。

娘の盗みの頻度がしげくなってくると、さすがに賽銭係の年寄りたちがそれに気づきはじめた。最近は母娘ではやってこなくなったが、この頃一人でお参りにくるあの娘がどうも怪しい。あの娘がくる日には、きまって賽銭箱の金が少ないのだ。だが、見張り役の犀星に訊ねても、「何もしなかったようですよ。あんな女のひとが盗みをするなんてことはありません」の一点張りで、なぜか娘をかばうのである。

けれど、実際には犀星は娘の犯行を節穴から一部始終みていた。


私は然うした彼女の行爲を見たあとは、いつも性慾的な昂奮と發作とが頭に重りかかつて、たとへば、美少年などを酷くいぢめたときに起るやうな、快い慘虐な場面を見せられるやうな氣がするのであつた。それと一しよに、彼女があゝした仕事に夢中になつてゐる最中に飛び出して行つて、彼女をじりじりと脅かしながら、そのさくら色をした齒痒いほど美しい頰の蒼ざめるのを傲然と眺めたり、または靜かに今彼女のしてゐる事はこの世間では決して許されない事であり、してはならないことであることを忠告して、彼女がこころから贖罪の淚を流して泣き悲しむのを見詰めたりしたら、どんなに快い、痛痒い氣持になることであらう。そしてまた彼女が悔い改めて自分を慕つて、しまひには自分を愛してくれるやうになつたら、自分はきつと寂しくないにちがひない。さうでなくとも、彼女の弱點につけ込んで、自分はどんな冒瀆的なことでもできるのだなどと、私は果しもない惱ましい妄念にあやつられるのであつた。表なれば、きつとこんな時彼女を強迫してしまふにちがひない。そして直ぐに自由にしてしまふにちがひない。

こんなところに突然名を出された表悼影はおおいに面喰っただろうが、この「表なら娘を自由にしてしまうにちがいない」という想像は、犀星自身にもその願望があったことを暗示している。犀星は自分の心奥に内在している「暴力」や「嗜虐」といった行為に対する欲求を、親友であるプレイボーイの名を出して告白しているのである。

考えようによっては、賽銭を盗む娘以上に、その娘の罪科を「見ること」によってのみ嬲《なぶ》りものにし、空想のなかで辱しめ、貶《おとし》めようとする犀星のほうが、何倍も陰湿で卑怯な犯罪者だったといえるだろう。

その後、「犯罪者」犀星と賽銭泥棒の娘の話はこう展開してゆく。

賽銭係が疑いだしたのに、いっこうに盗みをやめない娘のために、犀星はしばらくのあいだ、家の金簞笥から金をぬきだしてその欠損を埋めたりするのだが（内と外で二重の盗みが行なわれていたわけだから奇妙な具合だった）、父親は薄々それに気づいているようだったし、いつまでもそんなことはつづけられない。ついにある日、犀星は娘がくる時刻を見計らって、賽銭箱に、「あなたは此處へ来てはいけません。あなたの毎日せられたことはお寺にみんな知れてゐるから」という手紙を入れておく。すると、いつものように巧みに賽銭箱をあけた娘は、ぞろぞろとでてくる銅貨や銀貨といっしょにでてきたその手紙を読むや、「すぐさま手紙を懐中へねぢ込んで、まるで蹴飛ばされたやうに急いで雪駄をつつかけると突然《いきなり》駈け出した」のである。

私はそのうしろ姿を見てゐて、非常に寂しい氣がした。私はああするより外仕方がなかつたのだ。

彼女は驚きと極度の恐怖との中に駈け出したのだ。あれで彼女が正しくなれば私の書いたことはよかつたのだ。彼女は怨んでゐるにちがひなからう。これより永く彼女が寺へくることになれば、私も同じ苦しみ盗みの道に踏み迷はなければならないのだ。

私は「なぜああいふ美しい顔をして、ああいふ汚いことをしなければならないか。」といふことを考へたり、また、ああいふ手紙をかいたものが私であるといふことを知つてゐるだらうかなどと考へ込んだ。しかし私は自分の持ち物をそつくり棄ててしまつたやうな術ない寂しさに閉されはじめた。しかし私はその日から父の金簞笥に手をふれることをしなくなつた。

私はどうにもならないやきもきした感情で永い間、來もしない彼女の姿を門内の長廊下や、堂前の板敷の上に描き出して、白いゑくぼのある顔や、盛りあがつた坐り工合を想像した。さういふとき、私は一言も話したことのない彼女との間に、ふしぎに心で許し合つたやうなもの、お互の弱點をつき交ぜたものが彼女との隔離を非常に親しく考へさせた。

「あなたは此處に来てはいけない」と追い払ったものの、いざ娘がぷっつりと参詣にこなくなってしまうと、犀星にはいい知れぬ寂寥感がおそってきたというわけだが、それとともに、一コトも言葉を交わさなくとも彼女と自分は通じ合えるのではないか、という自惚れた妄想にもかられる。それは二人に共通する「弱点」であり、犀星にいわせれば、二人のあいだにある「互いの弱点をつきまぜたようなもの」だという。

犀星はひそかに思う。

彼女を盗みに駈りたてるのには、もちろん貧しい暮しとか、幼い頃から手癖の悪い母に躾られたという理由もあるだろうが、そればかりではないだろう。彼女にはもともと、ああいう犯罪の決行がもたらす一瞬の昂奮、その昂奮を何ども何ども繰り返し味わわずにはいられない魔モノのようなものが棲んでいるのだ。それは彼女の「まるく盛り上つた膝がしら」や、「関節ごとに糸で括つたやうな美しい指」や「一種の光澤をもつ色の白い脂肪質な皮膚」から生み落ちたものだ。彼女が美しくなけりゃ、金輪際生まれなかったものだ。彼女は（もちろん自分では気づいていないのだが）、自らの肉体のもつそうした美しく張りつめたものに、ときとして耐えられないほどの嫌悪感と反発をおぼえ、そんな自らの「美しさ」に抗うために、彼女にとってもっとも疎むべき犯罪――あの人気のないお寺の本堂で賽銭を盗むという、一瞬の悪の昂奮をもとめてしまうのではなかろうか。

犀星は、娘がその「美しさ」に見合うだけの幸福をあたえられていないことを不憫に思った。娘が金沢の裏町の貧しい家に育ったことに、芯から同情した。同時に、娘がそんな自分の美貌や若さを憎み、蔑《さげす》み、できるなら自らの手で汚してしまいたいと思っていることにも共鳴した。

犀星にも、娘に似た「弱点」があるのだ。

犀星が、娘の泥棒する姿を記帳場の節穴からのぞき、それをネタに彼女をウジウジと脅し、かつ美しい顔を蒼ざめさせ、涙を流すのを静かに観察するという、きわめて悪趣味な「痛痒い」快感をもとめる心は、どこかで自分を捨て去った生母のはるにむけた、あの「なぜ」「なぜ」と執ように攻撃する仕打ちとも似ているのだった。娘が自らの肉体の美しさに対し、まったく別のふしだらで醜い行為をもって反抗するように、犀星もまた、やさしく懐かしい思い出のなかにしかいない生母のはるに対して、会えばかならずネチネチと、「おっかさんは何故ぼくを……」と問いつめるイジワルな子どもになるのだ。

その後、犀星と娘との屈折したラヴストーリーは、こんなふうに運んでゆく。何と犀星は、娘の家を訪ねてもう一ど娘の姿を見たいと思うようになる。たしかにああいう手紙を書いたのは自分だけれど、自分はけっしてあなたの敵ではなく、むしろ救い主なのだということを知らせたい思いがあったし、何よりあの美しい娘が家ではどんな姿で、どんな暮しをしているかを、一目でも見てみたかったのである。

娘は雨宝院がある町の裏隣の、お留守組町という町に住んでいた。ある日、加賀藩の零落《おちぶ》れた士族が多く住むというその町の、まだ去年の落葉を葺き換えていないような貧しい一軒家の前に、犀星は立つ。

臺所口に格子の小窓がついてゐて、そこに黒い濃い束髮が動いてゐるのを見たとき、疑ひもなく彼女であることを知つた。私は胸がわくわくするのと、音を立てないで通りに立つて居るのとで、膝がしらがぶるぶる震へるのを、おさへるやうにしてゐたが、砂利に下駄が食ひ込んでがりがりと音を立ててしまつたので、はつと汗をかいた。そのとき、彼女はふいと小窓から通りを見て、私の立つてゐるのを見ると何だか顔色をかへたやうに思はれた。それがいかにも賽銭箱をこぢ開けたときの彼女とは、全く別な美しい顔であつて、その大きな目さへ、嚴格に正面から私を瞠めたのである。

私は一目見たいといふ望みが充たされたばかりでなく、彼女のこころよい皮膚の櫻色した色合ひがしつとりと今心にそそぎ込まれたやうな満足をかんじた。「あの人の盗みをしたことと、あの人の美貌とは決して係つてゐない。あの人はいつまでも美しい。そして盗みはみにくい。別別なものだ。」と私は考へ込んだりした。そしてまた「あの人は美しいから盗みをしても不快ではないのだ。美しい手で錠をこぢあけたから私は惹きつけられたのだ。」――私はさういふことを考へながら、そつと柴折戸を離れた。

それをきっかけに、犀星は何ども娘の姿を見にやってくるようになる。詩作の机にむかっていても、娘のことがちらついてどうにも落ち着かない。庭先にやってきては、背のびをしたりかがんだりして、家のなかの娘の気配をうかがうようになる。こうなると、りっぱな尾行者《ストーカー》である。

そして、犀星はある日、娘の家の玄関先に脱ぎすててある紅い緒の立った雪駄（賽銭泥棒をしたときにも履いていた）をみつけ、娘にわからぬように片一方だけ懐に入れて帰ってくる。尾行者犀星に、もう一つ、窃盗罪が加わったのである。

玄關先に脱ぎすててある紅い緒の立つた雪駄をほしいやうな氣がしたのは、自分ながら意外であつた。何といふことなしに、その雪駄の上にそつと自分の足をのせて見たら面白いだらうといふ心持と、そこに足をのせれば、まるで彼女の全身の溫味を感じられるやうに思はれたからである。私は子供のときから姉の雪駄をはいてはよく叱られたものであるが、それよりも、もつと強い烈しい祕密な擽ぐつたいやうな快さが、きつと私が雪駄に足をふれさせた瞬間から、私の全身をつたはつてくるにちがひない。丁度、踵からだんだん膝や胸をのぼってきて、これまで覺えたこともない美しいうつとりした心になるにちがひないと、私は雪駄をぢつと怨めしく眺めたのであつた。

も一つ心の奥からの惡戯の萠しかけたのは、ともかく私がこの庭まで忍び込んだといふ證據として、また、その事實を彼女に何かしら知らしめたいといふことから、彼女の雪駄を片足だけ（私はこの場合兩方が決して欲しくなかつた。）盜んでみたらとさへ思ふやうになつたのである。それは一つには私があの雪駄を盜んでも、それはきつと彼女に發見されても、許して貰へる理由をつかんでもゐたし、また彼女としてそれを叱責しないやうな氣もするのであつた。

何だか勝手放題なことをいっているが、さすがにこの行為については、犀星はたちまち後悔する。いくら何でも、娘の雪駄まで持ってきちゃったのは行き過ぎだった、と反省するのである。

寺へかへると、私は懐中から女雪駄をとり出した。まだ新しい籐表のつやつやしたのであつた。私はそれを凝乎と見詰めてゐると不思議にこの雪駄を盜み出したことが、非常に恐ろしい罪惡のやうに暫くでも持つてゐてはならないやうな、追つ立てられるやうな不安と焦燥とをかんじ初めた。まるでそれは一つの肉體のやうな重さと、あやしい女の踵の膏じみた匂ひとを漂はした。私はそれを懷しげに眺めるといふよりも、自分がなぜかういふものを盜む氣になつたかといふことを考へた。私は机の下に入れて置いたが、ふいと父にでも見つけられてはと思ひ、こんどは緣の下の暗いところへ蜘蛛の巣と一しよに押し込んで置いたが、その暗いところにありありと隱されてあるのが目にうかんで落ちつけなかつた。私はしまひにはどうしても此雪駄を持つてゐるうちはぢつと落ちついて坐つてゐることさへ出來なかつた。
私の心はだんだん後悔しはじめた。どんなに彼女が搜してゐることだらう。そしてもし私のしたことだと判明すれば私は彼女と同じい罪を犯したも一般だ。私は恐ろしくなりはじめた。私は縁の下からまた取り出して土を拂つて、そつと懷中へ入れて、また寺を出て行つた、彼女の家の前へ來たのは、殆んど前に忍び込んだときとは一時間ほどの後であつたので、家の中はやはり寂然としてゐた。私はそつと柴折戸から入つて、玄關へ雪駄をそっと挿し込むやうに入れて置いて、すぐに通りへ出た。

この話は、こんなふうに犀星が娘の雪駄を元通りに返却したところで、何となく尻切れトンボのように終る。すべてがフェイドアウトする。犀星は己の軽ハズミな行動を恥じ、すっかり打ちしおれ、しばらくは外出もせず寺の奥に籠り放しだった。「ああした發作的な惡戲をしてからといふものは、たえず外出をすれば何者かに咎められるやうな氣がして仕樣がなかつた。」と書き、「だんだん日が經つにしたがつて、私のああした惡戲が眞實に行はれたかどうかといふことさへ疑はしく思はれた。」と書いたあと、「もちろん彼女はもう寺の前をも通らなかつた。」と嘆いているのである。

そのあいだ、プレイボーイの表悼影とはどうしていたかというと、表は文芸誌「文庫」に短編を一つ発表した以外、最近はあまり積極的に投稿はしていないようだった。犀星は時々表にさそわれて、表と交際しているお玉さんという娘が働いている茶店にゆき、覚えたてのビールを飲んだりしていた。

お玉さんは十七歳になったばかりの、可憐な寂しい眼をした娘だった。表は犀星に、「この娘だけは遊び相手ではなく真剣に将来を考えているんだ」と話していた。

その頃から、表には結核の兆《きざ》しがあらわれていた。結核といえば死病だった。会うたびに、表の顔が蒼白く窶《やつ》れてゆくのがわかった。表は病のことをまだ母親にはつげていないといい、お玉さんのこともまだ内緒にしているといっていた。表は自分の死をとうに覚悟していて、それで両親や周りの人に心配をかけたくないようだった。

表悼影の評判はあまりよくなかった。例によって表が劇場に出かけると（まだ出あるけた頃のことだが）、町の娘たちは道を譲るようにして彼を避けた。それくらい、表の不良少年ぶりは町に知れわたっているのだった。犀星はそんな表を、胸の奥では「心優しい不良少年」とよんでいた。表のことを理解しているのは、自分とお玉さんくらいだろうと思った。

秋がきて、表の病状はすすんだ。

ある日、家を訪ねると、彼は奥の間に床をとって臥っていた。

犀星は表とこんな会話を交わす。

> 表は私の顔を見ると嬉しさうに、飛びかかるやうに言つた。
>
> 「よく來てくれたね。今朝から表の方で下駄の音がすると、君が來てくれたのかと幾度も幾度も立ちかけたんだ。――君はいま表でぢつと內の様子をきいてゐたらう。下駄の音が突然やんだので分つたよ。」
>
> 私はぎくりとした。けれども嘘はいへなかつた。

「ずゐぶん過敏になつてゐるね。」

と私は表のお母さんが座をはづした隙に、

「昨日お玉さんに會つて話しておいたよ。」

「さう。ありがたう。」

と、表は私から報告される言葉を期待してゐるやうに、目をかがやかした。

「あの人は君を愛してゐるね。君がねてゐると言つたら、だいじにして呉れるやうに言つてゐたよ。」

表は默つてゐた。

「でね。いちど逢ひたいつて――僕は何だか氣の毒だつた。ほんとに優しい人だね。君は仕合せだ。」

「でも女はわからないよ。心の底はどうしても分らないよ。」

「でも君の人は君を心から愛してゐるよ。感謝したまへ。」

表はいつかしたやうな疑ひ深さうに、自分の手を見つめてゐたが、

「僕だつて愛されてゐると思ふが、何故か信じられなくつてね。僕はいろいろなことを考へると生きたいね。早く癒つてしまひたいね。」

だが、病状は悪化の一途をたどった。

犀星は、表のいった「女はわからない」という言葉にいたく心をゆさぶられた。「女を信じられない」というのにも同意できた。十七年のあいだに、犀星の前に登場した何人もの女人の顔や、肌や、

匂いたつ髪や、微笑が思いうかび、あの女人たちが自分に寄せていた感情は本当の愛とよべるものだったか、などと考えたりした。それでは、そういう女人に抱いていた犀星のほうの感情は愛だったのか、などとも考えた。重病の友が（それも畏敬すべきプレイボーイが）、まるで今生にいいのこすように語った言葉だったので、犀星の心はよけいに乱れたのだった。

何日かして、また表の家を訪ねたときの会話——。

「どうも駄目らしく思ふよ。こんなに瘠せてしまっては……」

と友は手を布團から出して擦って見せた。蒼白い弛んだつやのない皮膚は、つまんだら剝げさうに力なく見えた。

「ずゐぶん瘠せたね。」

と私は痛痛しく眺めた。

「それからね。お玉さんと君と友達になつてくれたまへな。僕のかはりにね。この間から考へたんだ。」

と、かれは眞摯な顏をした。私はすぐ赤くなつたやうな氣がしたが、

「そんなことはどうでもいいよ。快くなれば皆して又遊べるぢやないか。何も考へない方がいいよ。」

「さうかね。」

と力なく言つて咳入つた。

と、彼は突然發熱したやうに上氣して、起き直らうとして言つた。

「僕がいけなくなつたら君だけは有名になつてくれ。僕の分をも二人前活動してくれたまへ。」

私はかれの目をぢつと見た。眼は病熱に輝いてゐた。

「ばかを言へ。そのうち快くなつたら二人で仕事をしようぢやないか。」

と、はげましたが、友はもう自分を知つてゐたらしかつた。あのやうな衰へやうはこの頑固な友の強い意志をだんだんに挫いた。

表悼影はその年の秋末に死んだ。

半ば覚悟していたことだったが、じっさいに表を喪なうと、犀星の心には埋めようのない大きな穴があいた。机にすわっていても、寺のことをしていても、表の面影が頭をはなれることはなかった。犀星の眼からみると、表の十七年の生涯はとても充実していたように思えた。芝居見物していて、つぎからつぎへと女を釣りあげていたことや、町をあるく見知らぬ女にも何のためらいもなく大胆に声をかけていた表の、世間体や他人の目に縛られない奔放闊達な生き方が、犀星にはいまさらながら眩しかった。

だからといって、けっして表は純情や友愛をおろそかにはしていなかった。お玉さんにささげる真心は本当だったろうと思われた。病さえ癒えれば、きっと表はお玉さんと祝言をあげたにちがいなかった。そういう真面目さは、表の創作のなかに生かされていた。何を書いても、表は自分に嘘をつくことのない、まる裸の自分を原稿紙の上にさらけていた。「新声」の児玉花外が褒めたのも、そんなところだったにちがいない。

だが、いっぽうで犀星には、「もし表の結核がうつっていたらどうしよう」という心配が生じていた。表が床に臥してから、犀星はたびたび見舞いに行っていたし、表の家に入る前に耳をすまし、なかから力のない咳の音がきこえると、「とんと胸を小衝かれるような恐怖」を感じたものだ。その気配を表に悟られて、「君はいま表でぢつと内の様子をきいていたろう」といわれたりしたことも思い出した。犀星は友の病状を気遣いながら、その病原菌がすぐにも自分に飛びついてきやしないかと、つねにヒヤヒヤしていた。

表悼影の葬儀を終えたあと、お玉さんの茶店に立ち寄ったときのくだりである。

「表さんの病氣はうつるつて言ひますが本當でせうか。」

とお玉さんは言つた。それと同時に私も表と一しよによく肉鍋をつついたり、酒をのんだりしたことを思ひ出して、自分にも傳染しては居ないかと、一種の寒さを感じた。

「食べものからよく傳染《うつ》ることがありますね。からだの弱い人はやはりすぐにうつりやすいやうです。」

と言ひながらも、いつか表が咳入つてゐたとき、蚊のやうな肺病の蟲が、私の坐つたところまでぱつと擴がつたやうな氣のしたことを思ひ出した。そのときは、なに傳染るものかといふ氣がしたし、友に安心させるためにわざと近近と顔をよせて話したことも、いま思ひ出されてきて、急に怖氣がついてきて、とりかへしのつかないやうな氣がした。

「わたし此のごろ變な咳をしますの。顔だつて隨分蒼いでせう。」

といふのを見ると、はじめて會つたころよりか、いくらか水氣をふくんだやうな青みを帯びてゐるやうに思はれた。そして私はすぐに表と彼女との關係が目まぐるしい程の迅さで、二つの脣の結ぼれてゐるさまを目にうかべた。あの美しい詩のやうな心でながめた二人を、これまでいちども感じなかつた或る汚なさを交へて考へるやうになつて、妬みまでが烈しくずきずきと加はつて行つた。いま此處にかうした眞面目な顏をして話をしてゐながら、いろいろな形を亡き友に開いて見せたかと思ふと、あの執拗な病氣がすつかり彼女の胸にくひ入つてゐることも當然のやうに思へるし、また何かしら可憐な氣をも起させてくるのであつた。また一面には小氣味よくも感じ、それをたねに脅かしてみたいやうな、いらいらした氣分をも感じてくるのであつた。さうかと思ふと、彼女と表との關係があつたために、このごろ毎日家で責められてゐたり、すこしも寛ろいだ氣のするときのないことや、よく表に融通したかねのことなどで絶えず泣かされることをきくと、私は「表もずゐぶん酷いやつだ。」と考へるようにもなつた。

表はただ享樂すればよかつた。表は未來や過去を考へるよりも、目の前の女性をたのしみたかつたのだ。私は表のしてゐたことが、表の死後、なほその犠牲者の魂をいじめ苦しめてゐることを考へると、人は死によつてもなほそそぎつくせない贖罪のあるものだといふことを感じた。本人はそれでいいだらう。しかし後に殘つたものの苦しみはどうなるのだらうと、私は表の生涯の短いだけ、それほど長い生涯の人の生活だけを短い間に仕盡して行つたやうな運命の猾るさをかんじた。

「このごろ死ぬやうな氣がしてしようがないんですの。」

「あんまりいろいろなことを考へないようにした方がいいね。」

「でもわたし、ほんとにそんな氣がしますの。」

犀星の心に結核の伝染への不安がしだいにひろがってゆく。親しく肉鍋をつついたり、隣り合せの席で芝居を見物し笑いあったり、表を心配させまいとして、ことさら顔を近づけて話を交わしたことなんかも、いまさらに後悔された。しかも、お玉さんまでが「このごろ死ぬやうな氣がしてしようがないんですの」というのをきいて、つくづく表は罪なヤツだと犀星は思った。

表は「お玉さんは遊び相手ではない」といっていたが、とっくに深い関係になっていたことはたしかだった。脣をふれあったこともあったろうし、「いろいろな形」を表にむかって「開いて見せた」かと思うと、結核という病気が「すつかり彼女の胸にくひ入つてゐる」可能性は大きかった。「将来を考えている」といっていたが、けっきょく表がお玉さんにのこしたものは、結核のおそろしさと、彼との付き合いを知った家族の心労だけだったのだ。犀星には初耳だったが、きくところによると、お玉さんは表になにがしかの金まで融通していたらしい。犀星は、ことによると表棹影はとんでもない悪人だったのではないかとさえ思った。

「表はただ享樂すればよかつた」「目の前の女性をたのしみたかつたのだ」という断定は、じつは犀星自身がもっていた女性への立ち位置でもあった。犀星にとっての「女」は、(表のようにそれを実行にうつす勇気はなかったが)、やはり創作の疲れを慰やしてくれるつかのまの「享楽」の相手であり、眼の前の「性」をたのしませてくれる相手でしかなかった。犀星はそれを、表とはちがってすべてを空想し、妄想し、心のなかで嗜虐することで、儚い満足を得ていた。

だから、生前の表棹影の所業が、彼の死後も大勢の犠牲者の魂を苦しめていることが許せない、といったのは、自分もそうやって何人もの女人を嬲りものにしてきたが、それは少しも相手から罪を問われる性質のものではなかった、という根拠のない自負(?)から生まれたものだった。犀星は表のように、容易に相手の唇を吸ったり、まぐわいをもったりすることのできぬ弱虫だった。手さえ握るのにも勇気が要った。したがって、たとえば犀星が表と同じ病をもったにしても、けっして病原菌をお玉さんにうつすことなんかなかったであろう。ただその一面、どれほど残った者に苦しみをあたえようと、「長い生涯の人の生活だけを短い間に仕盡して行つた」表の人生が、たとえようもなく羨ましく妬ましかった。本人がよければ、それでよかったじゃないかという思いにもなった。

犀星は表を失ない、いままたお玉さんにまで病の手がのびているのを知ると、これまで以上の孤独感におそわれた。書院で詩作していても、身体の真んなかにポッカリ空いた空洞が意識され、もはやそれを埋める手だては、優しくやわらかい女人の肌で冷えた心をぬくめてもらうしかなかった。

犀星は夕方、そっと寺をぬけだして、紅塗りの格子の家のならぶ廓町にむかう。

「あなたはいつも默つてゐるのね。」

と、女は手持無沙汰らしく言つた。私はべつに話すこともなかつたし、妙に言葉が目まひしたやうに言へなかつた。それにこの廓町へはひると、いつもからだが震へてしかたがなかつた。ことに女と話してゐると、その濃厚な大きい顔の輪郭や、自分に近くどつしりと坐つてゐるのを見ると、一種の押されるやうな美しくもあやしい壓迫をかんじた。それがだんだん震へになつて、指さきなどがぶるぶるしてくるのであつた。お玉さんなどと會つてゐても身に感じなかつたものが、いつも此處では感じられてくるのであつた。

「ぢつとしていらつしやい。きつと震へないから。」

と女は言つたが、ぢつと力をこめてゐてもやはり手さきが震へた。こらへれば、こらへるほど烈しい震へやうがした。そこでは、いつも時間が非常に永いやうな氣がした。たとへば女と私とが僅か三尺ばかりしか離れてゐないために、女のからだの悩ましい重みが、すこしづつ、その美しい圓いぽたぽたした坐り工合からも、全體からな《ママ》曲線からも、ことにその花花しい快活な小鳥のくちのやうに開かれたりするところからも、一種の壓力をもつて、たえず私の上にのしかかるやうで、弱い少年の私の肉體はそれに打ちまかされて、話をするにも、どこかおづおづしたところがあるのに氣がついた。

犀星とは、ふしぎな男である。

せっかく悶々たる「性」の解放のために廓に足を運んだのに、「いつも身体が震へてしかたがなかつた」「指さきなどがぶるぶるしてくる」というのだ。「女のからだの悩ましい重み」が「たえず私の上にのしかかるようで、弱い少年の私の肉体はそれに打ちまかされ」るのだという。ヤレヤレという感じである。しかもその芸妓は、ふだんからよく寺に参詣にきている女で、犀星は例の記帳場の節穴からのぞいて、「私はいつも彼女を寺の境内で、そのすらりとした姿をみたときに逢つて話したいと思つてゐて、かうしてやつて來て、いつも簡單に會へるのがうれしかつた」といっている。で、いざ座敷に上ってその女と対面すると、ぶるぶる震えがとまらなくなるというのだから面目ない。

犀星は、ほうほうのていで寺に帰ってくる。

自分の室はすぐ縁から犀川の瀬の音がするところにあつた。今夜はなぜかその瀬の音までが、いつものやうにすやすやと自分をねむらせなかつた。私はながい間目をさましながら、もつと女のところに居ればよかつたとも考へた。

「あなたのやうなお若い方はおことわりしてゐるのですが、おうちをよく存じ上げてゐるものですから……」

といふおかみまでが、しみじみした、これまでにない或る種類の人情をかんじた。しかし私は座敷へ呼んで見た女が、どうしても寺へお詣りに來て、いつもちやんと坐つて熱心な祈願に燃えてゐる有様と、まるで別人のやうな氣がしてならなかつた。その合掌して、目を閉ぢて頻りにすすり泣くやうなこゑをあげて祈つてゐるのが、記帳場にゐてもそれときき分けられるほど、鋭い艶艶しい性慾的であるのに、會つてゐると、あれほどの刺戟性もなければ美しさもなかつた。それに彼女の銀杏返しが本堂内で見るとき、天井から吊しさげられた奉納とか献燈とか書いた紅提灯との調和が非常によく釣り合つてゐるのにくらべて、目の前で見てゐると、ただの女のやうで味氣なかつた。私の求めて行つたものがいつも失はれてゐるやうな氣がした。

その結果、私はもう行くまいと考へたり、自分があアいふところに行くやうになつたことを非常にわるいことに考へられて仕方がなかつた。

私はひとり机に向つてゐるときでも、いろいろな戀の詩をかいたり、または、いつまでも一つところを見て、何をするといふこともなくぼんやりしてゐることが多かつた。妙にからだ中がむづがゆいやうな、頭の中がいらいらしくなつて、たえず女性のことばかり考へられてくるのであつた。たとへば自分の蒼白い腕の腹をぢつと見つめたり、伸ばしたり曲げたりしながら、それが或る美しい曲線をかたちづくると、そこに強烈な性慾的な快感を味つたり、自分で自分の堅い白い肉體を吸って見たりしながら、飽きることのない悩ましい密室の妄念にふけつてゐるばかりではなく、ときとすると、新聞の廣告に挿入されたいまはしい半裸體の女などを見ると、自分の内部にある空想によつて描かれたものの形までが手傳つて、永い間、それを生きてゐるもののやうな取扱ひに心は悩みながら、快感の小さい叫びをあげながら、その美しい形を盛りあげたり、くずしてみたりするのであつた。

確認しておくと（本多浩編「年譜」によると）、室生犀星は、一九〇七（明治四十）年十八歳のときに「北辰詩社」という創作グループをつくって、そこで表悼影、尾山篤二郎、田辺孝次といった詩友、句友と交わっている。「北国新聞」「北陸新聞」（「政教新聞」が改名）等に作品が掲載され、詩四篇が「新声」にも採られた。翌年も、「北辰詩社」の機関誌として「響」を創刊するなど、十代最後の創作に熱中、この頃はまだ詩よりも俳句のほうが多かったという。

そして、表が死んだ一九〇九（明治四十二）年に、それまで勤めていた金沢地方裁判所の登記所から、同裁判所の金石出張所に転任する。犀星のほうから上司に申し出たのだが、その理由は「義母（赤井ハツ）のもとを離れたいから」だった。昼となく夜となく、隣家からきこえるハツの狂い声に、とうとう犀星が堪《こら》えられなくなったということだろう。最初は金石町御塩蔵町二十九番地の浅井れん方に下宿、まもなく本町二十三番地の尼寺宗源寺（通称釈迦堂）に引っ越す。この金石での生活がはじまった頃から、本格的に俳句から詩作への転向をはかる。一月に「スバル」が刊行され、三月には北原白秋の『邪宗門』が刊行されるなど文学的には大きな出来ごとが多かった。犀星は、書店にならんだばかりの『邪宗門』を、すでに相当容態の悪かった表の枕元に届けたりしている。

ただ、この「年譜」が正確なら、犀星の『性に眼覚める頃』の記述には、あちこちに齟齬が生じる。「年譜」だと、表悼影が死んだのは一九〇九年四月二十八日と記されているが、小説では「秋も半ばすぎにこの友は死んだ」とある。犀星と表は同年齢だったはずで、これも小説によると、表は「新声」にのった犀星の詩『さくら石斑魚に添えて』を読んで感動し、初めて犀星の家を訪ねたことになっている。その詩が「新声」に掲載されたのは一九〇七年七月一日、年譜上では二人は十八歳。これを信じるなら表が死んだときの「表の短い十七年の生涯は……」という文章も、一年ほどサバをよんでいる勘定になる。また、北原白秋の『邪宗門』が出たのは一九〇九年三月だったから、犀星がそれを死期近い表の枕元に持っていったとすれば、表が同年の「四月二十八日」に死んだという年譜のほうが正しいことになる。

ま、それはともかくとして、犀星は日夜そんなふうに創作に呻吟し、苦闘し、身を削りながら、なお胸の奥にムラムラと湧いてくる異性への欲望に生命をもやしていたのである。「妙にからだ中がむづがゆいやうな、頭の中がいらいらしくなつて、たえず女性のことばかり考へられてくる」日々をすごしていたのである。しまいには、自身の白い腕の腹をみつめ、そこに美しい女体の曲線を想像して胸を高鳴らせ、ついには自身の肉体を自分の口で吸ってみたりしながら、漲《みなぎ》る性欲をもてあましていたのである。

筆者も然り、成人男子ならだれでも通過する、あの火焔地獄のような妄想苦のなかに、若き犀星もいたのかと思うと、少々ホッとする。

が、それにしても、生来犀星にそなわった性癖（といっていいだろう）の、何という哀しさ。

廓に行っても、お気に入りの芸妓の「からだの悩ましい重み」を前にして、ただ震えるばかりで手も出せない。記帳場の節穴から観察したときには、あんなに「艶艶しい性慾的」な魅力をもっていた芸妓なのに、会ってみたら「刺戟性もなければ美しさもない」芸妓だったと詰《なじ》る。ふりかえれば、あの赤い緒の女雪駄を履いた賽銭泥棒の娘だってそうだった。「皮膚の櫻色した色合ひがしつとりとした」美しい娘と、「盗みをした」娘とは「別々のものだ」といいきかせながら、最後まで犀星の心は「二人の娘」のあいだを揺曳していた。相手を欲すれば欲するほど、相手から遠去かろうとする病が犀星にはあった。

あらためて思うのは、犀星は空想、仮想の世界でのみ女人を愛せる男だったということだ。幼い頃、貸本屋でもとめた危絵《あぶな》、役者絵、お小姓絵を、薄暗い密室で美濃判紙で写し取っていた、あの淫靡で妖しい営みは、まさしく犀星の「実際の女の人よりも、繪にある女の人が私の心に近いものであった」、あるいは、「烈しい情慾に顫へながら、さうした繪畫の女の腕や脣に、吸ひ入るやうな接吻をしたものであつた」といった告白が示す通り、犀星にとってはもっとも充実した情交の時間だったといえるのだろう。

何の本で読んだのか忘れたが、文豪室生犀星はかなり晩年にいたっても、芸妓、芸者遊びをすることがあったそうだ。だが、それはそれはじつにイヤな趣味というか、やっかいな性癖の客で、芸妓たちには嫌われていたという。女性を裸にしておいて、指一本ふれず、飽かずその姿を眺めるだけだったというのだ。読んだ本を忘れるくらいだから、真偽のほどはわからないけれども、何となくそこにも、犀星が終生かかえていた女人憧憬と女人不信がないまぜになったような哀しみが漂う。

犀星は七十二歳の生涯をとじるまで、「自分を手放して消えてしまった」生母と「自分をやさしく膝に凭《もた》れて眠らせてくれた」生母の、母二人のあいだを行ったり来たりしていた詩人だったのだなと思う。

さて、『性に眼覚める頃』の末尾は、やはり表悼影の結核がうつって臥っていたお玉さんの家へ、犀星が訪ねるところで終っている。


私はお玉さんの家の前へ行つた。そして「ごめんなさい。」といふと、なかからひそひそ聲がした。それは誰の聲とも分らなかつたが、なぜかしら不安な氣をおこさせた。そのひそひそ聲が止むと、お玉さんのお母さんが出てきた。二三度あつてゐて知つてゐた。

「入らつしやいまし。」と言つたが、私はその母なるひとの顏を見ると、何か取り込んだ落ちつかぬ色を見た。「お玉さんは。」といふと母親は私のそばへ寄るやうにして、

「實は先日からすこし加減をわるくして寢《やす》んでゐますので……」

といはれて、私はぎつくりした。すぐ、この前に會つたときの蒼い水氣をふくんだ顏をすぐ思ひ出した。「うつつたな。」といふ心のなかの叫びは、すぐに、「やられたな。」とつぶやいた。

「よほどお惡いんですか。」

「え。よかつたり惡かつたりして、お醫者では永びくだらうと言つてらつしやいましたが、やはり表さんと同じい病氣だと思ふんでございますよ。」

と言つた。いくらか皮肉なところもあつたので、私は、

「御大切になさい。どうかよろしく言つて下さい。」

と、すぐ表へ出た。

私は途途、あの恐ろしい病氣がもうかの女に現はれはじめたことを感じた。私自身のなかにも、あの病氣がありはしないだらうかといふ不安な神經をやみながら、あの小さい少女らしい可憐な肉體が、しづかに家に横臥へられてゐることを考へると、やはり表のやうに、とても永くないやうな氣がした。私はぢつと噴水のたへまなく上るのを見ながら沈んだ心になつて、公園の坂を下りて行つた。

「わたしこのごろ死ぬやうな氣がしますの。」

と此間云つてゐた言葉が、眞實にいま彼女の上に働きかけてゐることを感じた。

何しろ、結核で年間何万もの若者の生命が奪われていた時代である。

その後、お玉さんの病状が快くなったのか、やはり駄目だったのか、『性に眼覚める頃』には書かれていない。

相馬黒光『黙移』

相馬黒光『黙移』をあるく。

相馬黒光ときけば、明治の終りから大正デモクラシーの時代にかけて、島崎藤村や厳本善治らに学び、ロマン派の文芸運動、新美術運動の先導を果たした女性活動家で、「新宿に中村屋を開業し本格的なインド・カリーライスやロシア・チョコレートをヒットさせたアイディア事業家」、「荻原守衛（のち碌山）や中村彝《つね》、戸張孤雁、中原悌二郎といった若い芸術家を育てたパトロン」、「亡命中だったインド独立運動の志士ラス・ビハリ・ボースをかくまい支援した篤志家」としても知られるけれども、黒光自身の筆になる「自伝」となると、一九三四（昭和九）年五十八歳のとき、約半年間にわたって「婦人之友」に連載し、二年後それに加筆、訂正をほどこし、続篇を加えて刊行されたこの『黙移』しかない。

もっとも、『黙移』での黒光の独白に、彼女の波瀾万丈だった人生や、ドラマチックな人間交遊、恋愛模様などを期待すると、いささかアテが外れることになる。黒光はこの回想録を、「報告小説」という奇妙な名でよんでいるのだが、ここでは拍子ぬけするほど穏やかな「です」「ます」調の、おっとりとした口語体で黒光の半生のアウトラインが語られているだけである。

それには、この『黙移』が黒光自らペンを執った文章ではなく、当時『黙移』三部作を刊行した

「女性時代社」の創業者であり、明治から昭和にかけて活躍した詩人河井酔茗（本名河井又平）の妻だった小説家島本久恵が、黒光の談話を「聞き書き」した作品であるということがおおいに影響しているだろう。島本自身が当時売れっ子の書き手だったせいもあって、その記述にはかなり荒っぽい粗雑なところが目立ち、構成や進行にもハテナと思う部分がそこかしこにある。女学校時代から文筆家を志していて、すでに何冊かの雑誌に小文を発表していた黒光が、なぜこうしたアナタ任せの口述筆記を諒承したのかはわからないが、この『黙移』が「報告小説」と名づけられたゆえんは、そこらあたりにあったとみていいかもしれない。

筆者の相馬黒光に対する知識も、それほど深いわけではない。筆者の生業である美術館の仕事をつうじて、大正期の画家中村彝や天逝した彫刻家中原悌二郎らを知ったのを機に（「信濃デッサン館」で何回か展覧会を催した）、かれらを世に出した経済的支援者であり精神的な支えでもあった相馬愛蔵、黒光夫妻についての文献をあたり、また筆者の永年の友であったノンフィクション作家宇佐美承氏の評伝「新宿中村屋　相馬黒光」などを読んで、初めて明治、大正、昭和の三時代をまたぐ芸術文化の黎明期のウラに、このような女性烈士がいたことを知ったのである。

だから、そんな黒光初心者にとって、『黙移』における黒光の、むしろ自らの半生の激動ぶり、奔放ぶりを押しかくすような抑制的な独り語りは、それが口述筆記であるがゆえよけいに、彼女の人生をリアルにうかびあがらせてくれたといっていいのかもしれない。

ともかく、筆者は遅ればせながら、黒光の七十九歳六ヶ月にわたる『黙移』の道をあるきはじめたのである。

『黙移』の第一章「出郷」はこうはじまっている。

端厳として火盞に燃ゆるただ一つの燈明の火、齢六十を重ねて、私の思い出は、いまやそのただ一つの燈明の火に籠るかと思われます。

私の生れましたのは東北の青葉の城下、あの仙台でございます。生家は星と申し、伊達藩の漢学者の家でございまして、祖父は晩年、評定奉行をつとめましたと聞いております。

儒教を奉ずる家の事とて、祖先の霊を祀るところを祠堂と申し、すべて白木づくり、まことに清浄にとりなされてはありますけれど、何となく淡々としてさびしく、子供心の満たされぬものがございました。

そして友だちの家にまいりますと、そこには床しくも香煙のかすかにただよう仏間があり、金色の光りの籠る仏壇に、その燈明の火を見るのでございました。すると私はその前に行って凝っと掌を合わせたくなりました。ああ自分の家にもこういう火が点《とも》っていて、家中のものが、朝夕に集って、心を一つにして合掌礼拝するというようであったらと、仏教徒である友だちの家を真実うらやましく思ったものでございますが、いま思えば、それが私というものの心の芽の、はじめてこの世に双葉をひらいた時でもございましたでしょうか。

黒光は一八七五(明治八)年九月十一日、仙台県第一大区定禅寺櫓丁通本材木町西裏末無に、仙台藩士星雄記の三人めの孫娘として生まれている(戸籍名りょう、のち良)。(父親の喜四郎は星家の婿養子で、喜四郎が四男に生まれた多田家は星家同様学問の出来た家系だったが、学問だけでなく経綸の才にも長《た》け、藩の勘定奉行や評定役もつとめていた祖父雄記には頭が上がらず、幼い良が眼にしていた父親は世捨て人のような精彩のない会社員だったという。母は巳之治《みのじ》という、男のような名だった。だが、文にあるように、良は何となく家にある白木の祠堂の寒々としたふんいきに馴じめず、孔子の教えを厳しく守り、ひたすら儒学に徹した清廉な星家の家訓にも親しめなかったらしく、仏教徒だった友達の家を羨ましく思い、「自分の家にもこういう火が点り心を一つにして合掌礼拝するというようであったら」と願うのである。

八歳になった良は、片平丁小学校の初等科に入るが、まもなく学校の帰りに「仙台教会」の看板をみつけ、そくざにそこに通おうと決心する。儒者の祖父は耶蘇嫌いだったから、当然のごとく反対したが、いったんそう決めた良は引き下がらない。仏教徒の友達の家を羨ましく思っていた矢先、良は偶然通りがかった教会から聞こえてきた讃美歌と、牧師の話を静かに聞いている生徒たちの姿に感動したのだった。家族の反対を押しきって、良の教会通いがはじまる。

こうした良の「信仰心」の芽ばえには、一つには父喜四郎の姉の長男、つまり良にとっては二回り以上も上の従兄である定吉をはじめとする、多田一族のDNAがかなり影響していたかもしれない。笹川定吉は、幕末の頃は熱心な鎖国主義者だったが、二十二歳のときに布教者新井奥邃《おうすい》と出会ってキリスト教に帰依し、昭和に入ってから仙台ハリストス正教会の長司祭になった信仰の人だった。また別の従兄も、明治四年に東京に出てフランス人神父の教えをうけ、仙台にもどってからカトリックの仮教会をひらき、やはり長く布教活動に身を投じていた。そんな多田家をながれる「耶蘇の血」が、良の（長じて黒光の）「端厳として火盞に燃ゆるただ一つの燈明の火」となったことは想像に難くない。

小学校に通う頃になって、教会の前を通りますと、あのやわらかな讃美歌の声が窓を洩れて聞こえました。私はしらずしらず涙ぐんでその窓の下に引き寄せられ、またその戸口に立って見ました。誰でも入って行けるようになかば開かれているその扉、しかしさすがに入りかねてそっと中をのぞきますと、自分と同じくらいの男の子や女の子が仲よくならんで歌っています。先生のお話になると、視線を一つにして、頰をあかくして聴き入っています。私はそれがうらやましくなつかしくて、いつまでも教会の前を立ち去りかね、窓のあたりを幾度振り仰いだかしれません。

私はそこに子供らしい歓楽をみつけたのではありません。ただあの讃美歌の声に満ちる法悦――むろんそんなむずかしい言葉はまだ知るよしもないのでしたが――子供の眼がぴたっと一つのものに対《むか》ってみひらかれているような、その感激、何か常態を超えた光景に、強く強くひきつけられたのでありました。

私はとうとう日曜学校に入り、その幸福な子供の列に加わりました。これは家からゆるされて入ったのではなく、基督教はまだ異端視された時代ではありますし、ことには父祖代々儒教を奉ずる家のことで、私の教会通いは相当圧迫のあったものでございます。しかし圧迫されればいよいよ強く立ち上がる私のうまれつきとでも申しましょうか、信念はますます加わるばかりでした。

良が九歳になってほどなく、祖父星雄記が死去し、その頃から星家の家計はしだいにひっ迫しはじめる。良は義務教育の初等科を終えると、高等科に進みたいと母親に申し出るのだが、一日も早く手に職をつけるようにと、裁縫学校にやられてしまう。だが毎日お針子道具の入った袋をぶるさげて、しょんぼりと裁縫学校に通う良をみかねて、母親は一年して高等科のある東二番丁小学校に上がらせてくれた。「圧迫されればいよいよ強く立ち上がる」と独白にあるように、どんなに周囲に反対されても、けっきょくは自分の希《のぞ》む方向に舵取りをしてゆく自我の強さが、その頃から良にはあった。良は成績抜群だったので、すぐに飛び級する。

しかし、良の心の充実は教会の「日曜学校」のほうにあった。裁縫学校の孤独に耐えられたのも、高等科に編入して成績がトップになったのも、「仙台教会」があったからだった。日曜日になると、いそいそと教会に出かけ、自分よりずっと年長者の信徒の後ろにならんで、祈りを捧げ、まだ半分くらいしかわからない牧師の話をきくのがたのしみだった。そのうち、教会と神学校が学校の近所に引っ越してきたので、良は授業中にも教室の窓から教会の建物をながめ、そっちから流れてくる西洋人の女性がオルガンで伴奏する讃美歌の声に耳をすました。

そこで、良は人生において大きな転機をあたえられる二人の人物と出会う。

いま思いますと、私の一生はもうこの時にきまったようなものでありました。何故と申しますに、この教会には押川方義先生がおいでになり、お弟子には島貫兵太夫氏がおられたのでございます。このお二人に私がいかに護られ導かれましたかは、おいおいお話の進むにつれてあらわれてまいりますが、後々いろいろの関係を辿りますと、まことに一朝一夕には言い尽されぬものがあり、世にも有難い御縁であったと、いまさらのように熱い感謝をおぼえるのでございます。

押川方義は「仙台教会」をつくった人で、鳥羽伏見の戦いで官軍に敗けた伊予松山藩士。横浜のアメリカ人宣教師の塾で英語を学ぶうち、「基督教の布教こそ日本を救うのだ」という思いにいたって受洗、新潟をへて仙台にやってきた気鋭の布教師だった。幼かった良には、とても理解できない「大人の説話」をする押川だったが、その声涙ともに下る熱弁には歳ゆかぬ小学生の心をも熱くさせるものがあった。良は父喜四郎の姉兼（既述した笹川定吉の母れうの妹）が押川から洗礼を受けたことで、自分もまた押川の教会で受洗するのだと心に決めていた。すでに耶蘇嫌いの祖父は世になく、兼は日曜ごとに礼拝の帰りに良の家に立ち寄り、押川の説話を良にもわかるように子供向けに話してくれたりした。

もう一人、押川の直弟子だった島貫兵太夫は、仙台の南五里にある岩沼郷の侍の子で、戊辰《ぼしん》戦争で敗けて苦労したあと小学教師になっていたのだが、押川の説話に感動し、神学校の第一期生として入ってきた信仰者だった。押川先生は手のとどかぬ天上の師だったが、島貫は良とは九歳ちがいだったので、話していても親しみやすかった。島貫も良を子どもとはみず、一個の人格ある大人として扱い、良一人を前にして天下国家を論じ、神と人間とを熱く語ってくれた。島貫は良を妹のように可愛がり、良もまた島貫を兄のように慕っていた。

「お良さん、真実に徹せよ、偉い女になれ」

帰りぎわに島貫はかならず良にそういったと、宇佐美承氏の評伝『新宿中村屋　相馬黒光』には書かれてある。

島貫兵太夫は、良を女学校に進学させたいと考えていた。良はすでに飛び級で、もう高等科では学ぶものはないといった顔をしていたし、卒業後はもう少し上級な女学校で学ばせてやりたかった。当時仙台では女学校は一つしかなく、それが押川方義の創設した神学校の兄妹校にあたるミッションスクールの宮城女学校だった。開校してまもない校舎は民家の借りもので、生徒は十六人しかいなかったが、これから出来る新校舎はスコットランドふうの三階建てで、良もきっと気に入るにちがいなかった。だが島貫の眼からみても、良の家は現在の小学校の学費だけで精いっぱいという様子だったから、宮城女学校に入るとしたら相当な負担がかかる。島貫はある日、礼拝にきた良をよびとめ、「家が困っているならスカラシップ（奨学金制度）がもらえるようにしてあげる」といった。

すると良は、

「わたし、西洋人の世話にまでなって学校に行きたくはありません」

とこたえる。

以来、島貫は良を他人に紹介するとき、「この人はアンビシャス・ガールなんです」というようになった、とこれも宇佐美承氏の『新宿中村屋　相馬黒光』にある。

が、良はそのときすでに、「進学したい」という思いは固めていたようである。

それは島貫のすすめる宮城女学校ではなく、東京の明治女学校だった。これまで虐げられてきた女性の自立と社会参加をうたい、新しい思想と理想に燃える教育方針をかかげる明治女学校の名声は、仙台にもとどいていた。先生は元侍のキリスト教徒ばかりで、そのほとんどが文学者や思想家で、大隈重信、三宅雪嶺、杉浦重剛、志賀重昴……きくだけで胸が高なるような講師がズラリとならんでいた。

良はひそかに、東京に出て成功している叔母の艶《えん》を頼って上京しようと考えはじめていた。艶は母巳之治の妹で、祖父雄記から特別眼をかけて育てられ、英国帰りの学者中村正直の塾で学び、日本初の官立女学校・東京女学校の教壇にまで立ったインテリ女性だった。佐々城本支《もとえ》という高名な医師と結婚して、今も佐々城豊寿《とよじゅ》という学者名で言論界で活躍し、血縁者のなかでは一番豊かな暮しをしていた。

しかし、いかに「強く立ち上がる」良であっても、何もかもがそんなに思い通りになるわけはない。良が東二番丁小学校を卒業する頃から、たてつづけに身内が病におそわれていた。東京に遊学中だった十八歳の兄時二郎がチフスにかかって急逝、弟文四郎も骨膜炎で右脚を切断した。追うように姉の蓮子が心を病んで、それまで長兄と暮していた叔母艶のところから帰ってくる。蓮子は日本婦人矯風会の会長だった矢島楫子の長男との縁談がすすんでいて、喜四郎、巳之治夫妻はその良縁を歓迎していたのだが、叔母艶と矢島楫子が不和だったために破談となった。

そして、やがて良もチフスにかかる。しかし、幸い大事にはいたらず、何日間か入院しただけでケロリとした顔で帰ってきた。だが、良の退院と入れ替るように、父親の喜四郎が肺癌と診断されて、勤め先を辞めて盛岡から帰ってきたのだった。

星雄記の死後、経済的にも窮していた星家一族は、まるで何かに取り憑かれたように、次から次へと病にたおれるのである。

ところが、ここでも良の「向学心」に天が味方する。

その時分私の家では父と弟がつづいて大病を致しまして、たとえ私がそれより前に上京していたとしても、いったんは呼び戻されて帰宅せねばならないような心配の場合でありましたので、いわんや家におりますものが上京するなどということは許される筈もありません。でもよほど思い込んでいるようだ、あんなに勉強したがるものを遊ばせておいては可哀想だという父母の慈悲で、家から通学の出来る宮城女学校へ入学させてくれました。明治二十四年のことであります。ところがこの学校に私の在校致しましたのはほんの一年くらいにすぎません。ストライキ、おそらくこれが日本最初のストライキではないかと思うのですが、その事件で退校になった五人の先輩に殉じて、翌年の春には私も退校いたしました。これが動機となって家を出ることを許され、後には希望通り明治女学校に学ぶことが出来たのであります。

幸運とはこのことだろう。良はそうした家運の傾くなか、父喜四郎が五十七歳で他界した一八九一(明治二十四)年の春に、かねてより島貫兵太夫が推奨していた宮城女学校に入学したのである。喜四郎亡きあと、家族会議をひらいて良の将来を検討した結果、母兄弟が出した結論は、「あれほど学問に焦がれているのだから願いを叶えてやらぬわけにはゆくまい」というものだった。

だが、宮城女学校には僅か一年在学しただけで、ついに翌々年、良の心のなかでは本命だった明治女学校への進学を果たす。「念づれば通ず」であろうか、良の「圧迫に強く立上る」力は、ここでもじゅうぶんに発揮されたのである。

もっとも、『黙移』に書いているように、宮城女学校を退学したのは、あくまでも学内で勃発した「ストライキ」事件があったからで、べつに良が明治女学校にすすみたいために策を講じたとか、何かを仕組んだというわけではなかった。学校の授業はけっして良を満足させるものではなかったが、入学費捻出のために走り回ってくれた母の巳之治や島貫には感謝していたし、高等科を出てすぐに働きに出されるより、宮城女学校で本が読めて英語が学べるだけでも幸せと思わなければならなかった。良は半分はもう、明治女学校への入学はあきらめていた。

だが、天は見捨てなかった。

『黙移』には、そのときの「ストライキ」の内容がくわしく書かれている。

明治二十五年二月上旬、春とはいえ東北はまだまだ深い冬の眠りの中にありました。私はいつもの通り登校いたしますと、生徒一同講堂に集合せよということでした。何事だろうと入ってまいりました。と、今日はどうしたことか、一番上級の斎藤お冬さん、次に石川梅代さん、町田お辰さん、尾花梅代さん、小平小雪さんの五人が自分の座席をからっぽにして、ステージのすぐ前に腰をかけました。場内何となく一種の不安が漂い、私にはある予感がありました。やがて校長のミス・ブルボーが入って来て壇上に立ち、生徒一同に向かって言いました。

『この五人の人たちは——ここで事情を説明し——残念ながら今日限り学校から出てもらわねばならないことになった。お前たちは、軽挙盲動を慎しみ、自分たちに与えられた勉強に専心するように……』

で、そのストライキの原因が何であったか、これも簡単に記しますが、この明治二十四、五年頃は女子教育勃興の機運が最高潮に達した時でありまして、明治女学校のような芸術教育があらわれる一方には、所々にミッションスクールが設立され、宮城女学校もその一つで、アメリカからお金が来て経営されておりました。校長のミス・ブルボーの他に一、二のアメリカ婦人が教鞭を取り、何から何までアメリカ式に教育されておりました。もちろん国語漢文の科目はありましたが、それは単に科目としてあるだけで、上級も下級も同じ本を読まされているという状態、学校としては一緒に教えれば手数が省けて都合がよろしかったでありましょうが、学ぶ生徒の方から申せばずいぶん妙なものでありました。日本人を日本の伝統を無視して教育する、この無理に学校当局は全く気がつかなかったのであります。お冬さんたちは級が進み、思想もだんだん成熟して来るに従い、従来の西洋式教育には満足が出来なくなりました。

要するに、アメリカの金で経営されるミッションスクールは、アメリカ人によるアメリカ的教育を日本人の生徒に強いる学校であり、日本の文化や歴史を尊び、それを日本国民としてしっかり学びたいと欲する生徒五名が、教育方針の改革をもとめる建白書を学校側に提出したところ、問答無用で「退学」を命ぜられたのである。決起した斎藤冬、石川梅代、町田辰、尾花梅代、小平小雪は、いづれも日頃から良とは仲の良かった先輩で、五人は一番前の席にすわって黙ったまま校長のミス・ブルボーの命令をきき、しかし堂々と講堂を出ていった。

良は最年少で、寄宿舎で暮していた五人とは違って通学組だったから、学校からは何のお咎めもなかった。だが、良は同級だった小平小雪から事前に計画を知らされ、その趣旨におおいに賛同してもいたので、五人だけが退学になったことは甚だ不本意だった。たとえ最年少だろうと、良もまた処分の対象になるべきだと思っていた。

それで、良は自ら宮城女学校に「自分もストライキの擁護者だった」と名のり出て、退校届を出し、すすんで五人と同じ処分をうけたのである。めざすは明治女学校だったが、母は良の退学にショックをうけ、すぐには東京ゆきを許してくれなかったので、結果的に良は家で謹慎生活をおくることになる。それでも何とか母を説得し東京ゆきを取り付け、それを「仙台教会」の押川方義と島貫兵太夫に報告にゆくと、意外にも二人は、

「これからは何といっても語学が大事だ。まず横浜のフェリス和英女学校に入学し、明治女学校は

そのあとでもいいんじゃないか」

と助言する。

なるほど、今から明治女学校に編入するのはむづかしいかもしれない。二人のいう通り、ここではいったん東京に近いフェリス和英女学校に通うのもいいかもしれない、と良は納得した。

良は、島貫兵太夫を自分の人生の最良の指南者であると信じていた。たまたま宮城女学校は退学してしまったが、それは良が自ら決定したことであって、学校を紹介した島貫が不誠実だったわけではない。証拠に、今度の問題では島貫も同じように学校側の姿勢に疑問をもち、何くれとなく相談にのってくれていた。それに、今度のフェリス和英女学校は、同じミッションスクールといっても、宮城女学校とは比較にならないくらいの有名校だ。「これからは語学が大事」という島貫の言葉にも肯けたし、フェリス和英女学校を迂回して明治女学校をめざすという案は、何となく良の心を浮きたたせた。

因みに、島貫兵太夫は、のちに良の結婚相手となる相馬愛蔵を引き合わせてくれる人物になる。

ところで、『黙移』では一コトもふれられていないけれども、良は「仙台教会」に通いはじめた十四歳頃から、宮城女学校をへてフェリス和英女学校、明治女学校とすすんだ十代の終りにかけて、「初恋」を経験している。社会の変革、女性の地位向上をうたう「アンビシャス・ガール」は、すでに初潮をむかえていたし、文学や信仰で耕された心身の奥底に、人一倍早熟な性のマグマをかかえていたとしてもふしぎはなかった。

相手の名は「布施淡《あわし》」。

何だか最初から儚い恋が約束されているような名だが、淡は良が通っていた東二番丁小学校に通っていた上級生で、身長六尺ゆたか、広い額に黒髪がかかる美青年で、どこか貴族の出を思わせるような佇まいを身につけていた。友人の話だと、歳は良より四つ上の十八歳、伊達の支藩柳津の領主布施備前守の孫で、学校では図画の補助教員をしているとのことだった。中学在学中に耶蘇教徒になって家から勘当され、朝は牛乳配達、昼は東北学院の建築現場で働き、夜は絵を描いているという苦学生なのに、その辛酸が、青年の彫刻のような相貌の美しさを少しも損《そこな》っていないことに、良は幼い胸をときめかせた。

深く考えれば、その頃から良には、絵描きを業とする人間への特別な憧れが芽ばえていたのかもしれない。社会の規範にしばられることなく、ひたすら自らの信じる美を追求し、その真実を画布にきざまんとする人間の姿は、この世の何よりも至高な営みであるように思われる。

だが、「初恋」とはいっても、良の青春はいかに勉学につとめ、いかに社会に貢献できる女になるかが最大のテーマだったので、淡との交遊はほんの何通かの手紙のやりとりと、淡の妹をまじえた石巻や気仙沼方面への小旅行、フェリス時代の仲間といっしょに鎌倉徒歩旅行をしたくらいで、それ以上は発展しなかった。やがて淡が、良も知っているフェリスの一級下の生徒加藤豊世と婚約したという話が伝わってきて、文字通り良の「初恋」は淡いままで終ってしまう。

そして、じつはその布施淡との恋の終焉が、良を相馬愛蔵との結婚にふみきらせた理由だったのではないかという説もあるのである。

いづれにしても、『黙移』にはそういった黒光の色恋についての記述はまったくなく、相変らず「学問」ひとすじの学校通信が綴られている。

さて第一志望の明治女学校ではありませんでしたけれど、その頃のミッションスクールでは最高峰のフェリス女学校、一部の女学生の憧憬の的となっていたフェリスに入ったことは、いろいろの意味において私の満足であり、誇りでもありました。まず学校の設備の完全なのには全く驚いてしまいました。地下室には機関庫もあって、冬には至るところにスチームが通り、栓を捻じればお湯が出る、各級には本式のストーブが赤々と燃え、瞳をボールドに集中している娘たちの頬をいとど熱くしました。水は和蘭の風景画にあるような風車によって、深井戸から高い所の大タンクに吸い上げられ、その風車、タンク、校舎の壁、ことごとく赤一色に塗り込められて、ただ窓枠だけが濃いグリーンであったのはひとしお、そこをエキゾチックに致しました。下町の人たちや車夫には、フェリスと聞くよりも、風車の学校、あるいは赤学校という方が分り易うございました。

世間ではフェリスは貴族的だという評判でしたが、私にはそういうふうには見えませんでした。生徒の服装も綿服が多く、驕った風が認められませんでした。ただその動作、そして服装にあらわれた色彩の好みなどは、ずいぶん西洋風で、それが教養につれて洗練され、一種のミッションスタイルが出来ておりました。髪の結い方、半襟の色なども一人一人みな異った個性を発揮していて、何らの拘束なく、一見雑然として見えるうちに、よく統一され調和されて、自ずと清楚高尚でした。こんなことが校外の人々から貴族的といわれ、設備の整うていることがいっそうその観をなしたものかと思われます。

まるで入学案内書でも読むような、お嬢さん学校フェリスの紹介だけれど、没落したとはいえ侍の息女である良、学生ではあってもつねに幅広い社会的視野をもっていた良にとっては、それなりに自尊心をみたす学校環境だったのだろう。

しかし、そうした学校の世間的な声価よりも、良が気にかかったのは、フェリスが日本最古のミッションスクールであるゆえか、生徒に過剰なまでのアメリカ的「信仰」を強いることだった。たとえば日曜日の寄宿舎で、社会奉仕（手仕事の工賃を社会事業に使う）のために編み物をしていると、「日曜に編み物をするなんてダメ。安息日にはバイブルや宗教の本を読むものよ」と上級生がいう。「奉仕のため、人のためであっても？」と反論しても、はっきりした答えはない。そんなとき良は、きまって聖書にある「マタイ伝十二章」――「汝等のうち一匹の羊をもてる者あらんに、もし安息日に穴に陥らば、之《これ》を取りあげぬか、人は羊より優《すぐ》ること如何許《ばかり》ぞ。さらば安息日に善をなすはよし」を心のなかで諳《そら》んじ、自己の行為の正しさを確認するのだ。

もし、安息日には絶対に「労働」や「買い物」をしてならないというなら、西洋人の家族が日曜日に盛装して教会にゆくときに、あの人力車の車夫に払う車代は「買い物」のうちに入らないのか、あの盛装にかかる費用はどうなのか、細かいことだが、そんなことにも疑問がわいてくる。

また、よく祈禱会の席上で突然司会者から指名されて、強制的に「祈らされる」ことにも抵抗を感じた。他の生徒だって同じだったにちがいない。「何の感激も真実性もなく神に祈れるものではない。祈りは神と人間との交通であって、むしろ言葉なきにあるもの」という信念をもっていた良は、そんなフェリスの信仰のあり方にどうしてもついていけないのである。

となると、もう良には明治女学校しかのこされていない気がしてくるのだ。

私の心は最初からそうであったように、また当然の帰結として、明治女学校の方へ急速に走り、いまはもう以前のようにその思いを抑えることが出来なくなってしまいました。そこは宗教学校ではないけれども、やはりキリスト教主義により、厳粛なうちに思い切った自由があり、芸術至上の精神を実生活に織りこんで、じつに新鮮で力強く、月々の『女学雑誌』に現れる巌本先生の随感の素晴しさはいうまでもなく、若い先生には北村透谷、島崎藤村、戸川秋骨、馬場孤蝶、平田禿木、星野天知、その得がたいグループによって『女学雑誌』から分れて成った『文学界』の高踏的な芸術の華々しさ、またその崇高さは、私ならずとも当時進歩的な心を持った女性のすべてが等しく讃仰するものでありました。

でもせっかく入ったフエリスから途中で明治女学校に転校するということは、事情がそんな複雑な内面的なものであるだけに、これを理解してもらうことは容易《たやす》いわざでございません。そしてフエリスに対し、これはたしかに一つの反逆でございます。一方ならぬ御恩を蒙りながら、どうして先生方にこの事が申し出られましょう。また国元の母は二度目の転校を何と思うだろうと、果てしもなく思い悩みました。

フェリスに在学中から、良は明治女学校が発刊する「女学雑誌」を毎号読み、校長の巌本善治の巻頭随筆にはいつも感銘をうけていた。とくに何号か前に載った「真の女子教育とは女子の天性の才能を伸ばすことであり、結婚のための準備ではない。これまで日本の女子教育は外国人宣教師によって成されてきたが、教育は伝道ではないので宗教の押しつけであってはならない」という言葉には、涙がでるほど共鳴した。また、同誌から分かれて刊行された「文学界」にある島崎藤村や北村透谷、星野天知の文章からも、いつも新鮮な刺激をうけていた。

ある日、良はついに「文学界」の発行人兼編集人で、経済的にも雑誌の刊行を支えているといわれる星野天知を鎌倉の別邸に訪ねてみようと思いたつ。星野は藤村の小説『春』にもモデルとして登場する文士で、当時三十二歳、話では天知を慕う明治女学校の文学少女たちは、天知が弟子の指導のために結んだ「暗光庵」とよばれる文学サロンで、たくさんの本を読み、講義をうけ、なかにはそこの離れに短期間住まわせてもらって創作に打ちこんでいる者もいるとのことだった。フェリスで物足りない日々を送っていた良は、そんな自分の日常に活を入れるためにも、今をときめく「文学界」のリーダーである星野天知の門を叩こうと決心したのである。

これは、フェリスに在学しながら、日々明治女学校への思いをつのらせていた良の、ある種「体験入学」とでもいっていい試みでもあっただろう。

報告小説『黙移』のなかでは、良が鎌倉笹目ケ谷の天知の別邸を訪ねるこの場面は、とびきり「文学的」である。


いつもひっそりしている鎌倉駅、あれから大町を通って行っても麦畑や豆畑の間にちらほら物売る家があるだけで、長谷の大仏を見にゆく人の俥が、ときどき二、三台つづいて通るくらいのもので、ほんとうに煙りわたるような好もしい田園風景なのでしたが、浪漫的な娘心にそれよりも人気のはなれた裏道を選んで山際にそい、松籟にきき入り、翠巒《すいらん》の間を幾曲りかして笹目ケ谷に入ってゆくと、秋はその細い道を芒がおおい、昼でも虫が啼いているのでした。そしてこつこつと石を伝うてのぼって行くと、南画風な展望をさえ樹林に避けて全く外界の塵を絶ち、ほんとうに山ふところというような所に小さな藁葺屋根が見え、茶室風な構えの中に、はじめて二、三の人のいるのが分るのでした。

私はその世離れた茶室の中で明治女学校の才媛といわれる人々にはじめてあうことが出来ました。その女性たちははじめあまりに気取っているというふうに見えました。また誰が来ようと眼にも入らぬというふうで、孤独なようにも見えました。今紫の羽織、今紫のリボン、この今紫という色は『文学界』が表紙に用いたことがあり、それが当時女性間の文学界熱を表象するもののようになり、まず心あるものは今紫を身につけるという、気障といえば気障なようなはやりでしたが、至って真面目な思いが若い女性にそこまでのことをさせるのでした。そういう装いをした人が立って縁の柱にもたれ、燃えるような瞳を上げて雲の一ところを見て、傍に人のいるのも忘れてオフェリヤの歌を歌っているのでした。私の眼にそれがどんなに心憎く見えたでしょう。

文学に焦がれ、信仰を欲し、真の人間がどうあるべきかをもとめて彷徨する良の眼に、星野天知の住む鎌倉笹目ケ谷の風景は、さながら「芸術と自由の理想郷《ユートピア》」に至る九十九折《つづらおり》の道のごとくみえたようだ。

良は一日かけて心憎い「暗光庵」の施設を見学したあと、ここに短期滞在したい旨を天知に申し出る。フェリスには家事の都合といって休みをとり、翌々日から「暗光庵」の四畳半の個室に住みこんで、昼は書庫から読みたい本を持ち出して読み耽り、夜は仄かにゆれる燭台の灯のもと、一心に創作にはげむ毎日をおくることになる。

その逗留中、かねてより構想を練っていたキリストとベタニヤのマリヤ姉妹を題材にし、「人間イエス」を主人公とした壮大な恋愛小説（！）を完成させ、それを天知にみてもらう。良は十九歳で初めて、自分自身が書いた「文学作品」の評価を、畏敬してやまない「文学界」の発行人にして同人、星野天知に仰ぐのである。

しかし、天知の良の小説に対する評はことのほか辛口で、「このような主題の小説を二十歳前の娘が書くのはとうていムリ」とあっさり退けられる。

ただ、良のもつただならぬ才気と情熱だけは認めていたようで、後年天知は、雑誌「女性時代」に載せたエッセイ『暗光女の眸』のなかで、良と初めて会ったときの印象を「……黒眼勝ちな思詰めた眼付き、文学が好きで宗教が好きで少し油でも掛けたら何でも遣り兼ない熱烈な危険性が見えるので誤らしては成らぬと思った」と書き、一どはコキおろした作品についても、「田舎言葉で幼稚な筆ではあるが齢に似合はぬ男女の交渉が語られてある。中々の物だと思つたが『まだ情話小説などは書かぬ方が好い一意読書さる時代だ』と圧《おさ》えて置いた」と打ち明けている。

だけど、良はくじけない。

良にとって、天知から小説が酷評されたことはたしかに屈辱的だったが、それを補って余りあるのは、「暗光庵」における読書三昧、創作三昧の歓びだった。貧乏なため月に一冊の本さえ買うのがままならなかった良には、庵に設けられた天知の蔵書の棚が宝石箱のように思えた。噂にきいていた樋口一葉の短編を読み、あらためて自分より三つ年上の一葉の、研ぎすまされた文章表現に感嘆したのも、ひっそりとした深夜の「暗光庵」でだった。良はまだまだ自分が人間としても表現者としても未熟であり、天知にみてもらった小説が、あまりにも貧しい自分の生活体験と、女生徒仲間からきいた他人の恋愛話を切り貼りしたようなものであることに気付かされ、顔が赧《あか》らんだ。

そういう意味では、良の明治女学校への「体験入学」の収穫は、たとえようもなく大きかったのである。

積年の願いが叶ったというべきか、良が夢にまでみた明治女学校への入学を果したのは、正確にいえば一八九五（明治二十八）年の九月、良の猪突猛進のヤル気に心をゆさぶられた星野天知が、特別に計らっての途中入学だった。良が明治女学校を知ったのは、東二番丁小学校時代に受洗した十四歳のとき。その後宮城女学校からフェリス和英女学校に転じ、五年近く悶々とした学生生活をおくっていた良は、まもなく二十歳となる誕生日をむかえようとしていた。

明治女学校は、その頃の地名では麴町区下六番町六番地にあった。戦後は神田区と合併して千代田区になったけれども、その区は千代田城の内濠と外濠にかこまれた地域だったので、麴町はずっと侍の住む町だった。武家育ちだった良は、念願の校門をくぐりながら、何ともいえぬ熱いものが胸にこみあげるのを感じた。

私はとうとうフェリスを中途退学して、明治女学校に入りました。明治女学校はその校運の消長につれてたびたび移転しましたので、同じ明治女学校出身という中にも、学校がどこにあった時代に学んだ人か、それを聞いてから語るのでなければ、母校の思い出というものも、その時代によって一様でなく、また自ずから卒業生の色合というものも多少異なるところがあるであろうと思われます。

最初は九段牛ケ淵にあったもので、創立者は明治学院の先生の木村熊次氏、その夫人の鐙《とう》子さんが最初の校長でございました。この木村鐙子夫人は田口卯吉先生の姉上というように記憶いたします。たいへん立派な方であったようですが、惜しいことに早く逝去せられました。鐙子夫人の没後、木村先生は新夫人を迎えられ、これは美しい方であったそうですが、何か事情があって不幸な終りを告げたようであります。その後へフェリス時代の私の先輩で、東儀鉄笛氏のいとこに当る隆子さんが嫁がれました。木村先生はこの方と共に信州小諸に退き、そこで塾を開き、あの辺の青少年の開発に力を尽されました。藤村さんが小諸に行って、数年間塾の先生で暮らされたのは、この木村熊次先生の招きによるもので、「小諸なる古城のほとり」とうたい出された「千曲川旅情の歌」もかような因縁から生れたものでございます。

長く恋い焦がれていた明治女学校だけに、沿革を紹介する文にも熱が入る。

明治女学校の創立者である木村熊二四十歳は、但馬国出石《いずし》藩の儒者の子で、妻の鐙子もまた曾祖父は儒者だった。熊二は長州征伐の戦いで敗れたが、勝海舟の助けで一八七〇（明治三）年末、アメリカに渡った森有礼一行に加わって苦学を重ね、十二年後三十七歳で牧師となって帰国した。鐙子の弟田口卯吉三十歳は経済学者、発起人にはのちに校長となる巌本善治二十二歳、牧師の植村正久二十七歳、毎日新聞社社長となる島田三郎三十二歳らが名をつらねた。

巌本善治は漢学者の子で十三歳で上京後、良の叔母佐々城豊壽夫妻も信奉していた教育学者中村正直や木村熊二に学び、若くして洗礼をうけていた。巌本はのちに混血のヴァイオリニスト巌本真理の祖父となる人。教育者であると同時にジャーナリストとしての才覚ももち、明治女学校が創立された一八八五（明治十八）年には、従来の女子教育に「文学色」をとりいれた「女学雑誌」を創刊、そこで星野天知、北村透谷、島崎藤村といった錚々たるメンバーがペンを競うのである。

とくに良の心をうばったのは、巌本が講義のなかで語る新時代の「教育学」だった。教育家フレーベルとペスタロッチの思想をとことん分析し、哲学者ハーバート・スペンサーの言葉を引用しながらすすめる講義は、まだ読書量の足りぬ良には時として難問にすぎたけれども、巌本がそれを女義太夫や咄家《はなしか》などの話をまじえて面白おかしく語ると、すうっと胸の奥に落ちてくる。そこには新しい「教育学」を語りつつ、新しい時代の「教育者」としての理想をも追求してゆく巌本善治の姿があるのだった。

しかしながら、良は明治女学校に入学したからといって、他の教師陣のすべてを巌本同様にみていたわけではない。教師といったって、明治学院出身の戸川秋骨、島崎藤村らはまだまだ若く、教師経験も浅かったたし、完成された教育者とはいい難かった。

ことに良の島崎藤村の講義に対する失望は甚しかった。

私はここに来て英文学を島崎先生に教わりましたが、残念ながらその講義はちっとも面白くありませんでした。それ以前の島崎先生は決してそうでなく、むろん静かな人ではありましても、その真面目な一家の風に加うるに清純な情熱はたしかに生徒を感激させたもので、それなればこそあの『春』に書かれてあるような苦しい恋もその中から生れたのでありましょう。けれど先生は深く悶えて一時学校を退き、ところ定めぬ漂泊の旅に出たり、また頭《つむり》をそり落して円覚寺山内のお寺で法衣を着て東海道を歩いて行ったりなさったあとのことで、再びお兄様のお家の事情から教壇に立たれたのでしたから、私はそれまで友だちからきいたりして期待していた先生の講義に失望するとともに、「ああもう先生は燃え殻なのだもの、仕方がない」と思いました。友だちもみんな島崎先生といえば「石炭がら」で不平を洩らしておりました。こちらは一生懸命で英文学の本を訳して持って行き、非常な意気込みで質問しますのに、先生はきわめて平静で、

『それでよろしいでしょう』

と一言おっしゃるきり、時間になればさっさと出て行っておしまいになる。生徒はあとに呆然とりのこされるのでした。

「燃え殻」「石炭がら」とは手厳しいが、多感な年頃の女生徒たちは何もかも見透かしていたのだろう。

良の文にあるように、当時藤村は小説『春』に書いている「苦しい恋」の渦中にあり、それが原因で一どは教壇を去って寺に入り、その後家の経済事情でふたたび学校にもどっていた。頭のなかは恋のことでいっぱいなのに、生活のために渋々教壇に立っていたわけだから、講義に身が入らぬのも当然だった。藤村はその頃のことを、『春』の中で「家さえ困らなければ、こんなところへ教えには来ない（略）、自然と彼の態度は固くなる。彼が教場へ入って来るその様子がいかにも可笑しいというので、早速生徒は彼に『蟹の横這』という綽名を付けた」と自嘲しているのだが、大志を抱いて悲願の明治女学校にきた良には、それはとても許せぬものだったのだろう。

少しくわしく書いておくと、藤村の小説『春』は、藤村自身を「岸本」、恋人の教え子佐藤輔子を

「勝子」、前年悲壮な自殺をとげた「女学雑誌」以来の文学仲間だった北村透谷を「青木」、明治女学校での同僚教師である星野天知を「岡見」、戸川秋骨を「菅」として登場させた小説で、『破戒』とならぶ藤村の代表的な長編作品である。小説の中心は「岸本」と「青木」が、青春と自我の目ざめのなかで、古い道徳や習慣とたたかいながら自らの生の意味を問うといった作品だが、教え子との恋に悩む「岸本」の苦悩は、当時二十三歳、文学と現実のあいだをさまよう藤村自身に科せられた修羅の日々そのものだった。己が罪の深さにうちひしがれた「岸本」は、ついに教職を退き、行方定まらぬ漂泊の旅に出るが、暗い海岸にたたずんだだけで帰ってくる。

「勝子」こと、佐藤輔子は良もよく知っている先輩で、北海道大学の総長佐藤昌介の妹、周りからは「お輔《すけ》さん」とよばれていた。お輔さんは花巻に生まれ、雪国人らしい肌の白さと、ぱっちりしたうるおいある眼が印象的だった。藤村といろいろあったあと、故郷に帰って他家に嫁いだのだが、まもなく重い悪阻《つわり》のために亡くなったという知らせがとどいていた。それもこれも「師弟の関係と理想的な精神とがぶつかりあった」すえの悲劇だったと、良は思う。

しかし、恋は恋、講義は講義、というのが良のもとめる教師像だった。

島崎先生の厳粛なさびしさ、その忍従の中にある生命には深く同感しますけれど、「家さえ困らなければ」というような御自分でも持てあましていらっしゃる講義には、私どもはどうしても満足出来なかったのであります。師弟というものにはもっと強い人格的交渉がなくてはならない、いけなければ鞭撻しても教えてくれる人格がほしいと、明け暮れ思いつづけました。こういう熱情、こういう希求もやはり明治女学校の特質と申しましょうか。

たしかに、明治女学校の教師と教え子は開放的だった。

藤村だけでなく、この学校の教師は軒並み生徒と恋におちていた。自殺した北村透谷とお冬さん、すなわちあの宮城女学校を退学して明治女学校に転入してきた斎藤冬との恋愛も、学内では評判だった。冬は有名な英語学者斎藤秀三郎の妹で、代々斎藤家は仙台藩の士族だったから、良の父と冬の父とは藩で同僚という間柄だった。それで良は、あのストライキのあとも、冬とは親しく音信を交わしていて、遅れて明治女学校に良が入学してきたときも、ことのほか冬は祝福してくれていたのだった。その斎藤冬が、自分も敬愛する北村透谷とそんな恋仲になっていただなんて、良はまったく知らなかった。良たち向上心に燃える生徒たちが信頼するリーダーでもあった冬は、透谷が死んで一ト月くらい後に肺結核で他界するのだが、それさえ透谷のアトを追った自死のように思われた（実際には冬は透谷の死を知らされないまま逝ったのだが）。けっして長くはない明治女学校での生活ではあっても、学問に、恋に、冬は思いのこすことなく青春の火を燃焼しつくして一生を終えたのではないか、と良は思った。

良は『黙移』のなかで、そんな島崎藤村と北村透谷の恋愛の比較論を試みる。

お冬さんが明治女学校に入ったのは、実に花の苗が、土の浅い、養分のない、そして四方を限られた温床から、広い花壇に出されたようなもので、たちまち非常な発育を遂げたことは、もう何も聞かないでも私どもにはよく想像されるのでありました。宮城女学校時代から堪能であったお冬さんの英語の力は、明治女学校に来て素晴しい成績を示しました。（略）宮城女学校では語学としての英語の力はつきましたが、教科書に制限があって、どんなに読みたくてもせいぜい歴史的なものの範囲を出ないのでしたが、明治女学校の学問のしようは最初からそういう埒を越えていて、じつに豊潤な文芸の野に展けていました。そして先生はみな二十代の若さで、清純で、厳粛に人生を凝視するというしっかりした人物が揃うているのでしたから、教えるものと教えられるものとがぴったりしていて、その間に自ずから何を学ぶかという目標が定まる。学問と人との間にいささかの間隙もないのでした。ほんとうにここでは一行の文字も空疎なものはなく、一つの言葉も心に遠いものはないというふうで、これまでお冬さんの内部に閉じこめられていた文芸的な素質がぐんぐん引き出され、するとその持ち前ともいうべき緊張で、行動いっさいが文芸的になり、そうしてお冬さんが最も傾倒したのが北村透谷であったのです。

私はフェリスを経て明治女学校に行ったのですから、透谷の自殺した明治二十七年の五月十七日はまだフェリス在学中で、したがって明治女学校の先生としての透谷を直接に見ることが出来なかったのは残念ですが、その対象になった女性を比較して、それが図らずも藤村、透谷の比較になるのを興味あることに思っております。すなわち藤村さんにおける佐藤お輔さん、透谷における斎藤お冬さん。お輔さんが抒情的な大きな眼を持った色白な美しい人で、しかしきわめて穏当で尋常な婦人であったのにひきかえ、お冬さんはどこまでも冴えた人柄、頭脳の人で、じつにはっきりした対照をなしていました。それでいて結局二人とも伝統的な情操、理知的教養から来る諦観、しかもはげしい情熱に肉体をむしばまれて、二十歳あまりのうら若さで病んでたおれていったところは、やはり同時代の女性の姿、そうしてこれこそは当年問題になった明治女学校の恋愛至上主義、いわゆるプラトニック・ラヴの好標本であります。

このほかにも、良の周辺ではいくつもの恋愛沙汰がおこっていた。

一番大きな事件だったのは、女子学院に通う従妹の佐々城信子、つまりあの社会活動家の艶叔母の長女と、まだ売れない物書きだった國木田獨歩の恋、結婚、その破綻だった。後年この話は、有島武郎の小説『或る女』のモデルになった。

獨歩と信子は、艶が主催した佐々城邸での従軍記者慰労の晩餐会で知り合った。艶と親しかった国民新聞社社長徳富蘇峰が仲介したものだった。二人はすぐに見染め合って、二人きりで塩原温泉に行って契りを深め、まもなく逗子で暮しはじめた。婚前旅行も同棲もあってはならぬ頃のことだから、信子がいかに艶の血をひく新しい時代の女であったかがわかる。

ところが、ほんの一年ほどでこの獨歩、信子にはあっけなく破局が訪れる。もともと叔母艶は獨歩のことを、「播州の下っぱ侍と銚子の宿屋の女のあいだに生まれた子」といって見下し、最初から信子との結婚には反対だったから、信子が書き置きをのこして逗子の家を出たときにも顔色をかえなかった。だが、信子は失踪したとき、すでに身籠っていた。けっきょく、そのことを獨歩に知らせぬまま、信子は失踪先の京橋の病院で女の子を産む。子は佐々城本支、艶夫妻の末子、すなわち信子の妹として入籍され、その後千葉県下の農家に里子として出されたという。

この獨歩と信子の離縁話には、良も少なからずふりまわされた。信子から「私はまちがえました。あの人は私を私物化するから侮辱を感じるのです。極端に嫉妬深いのもイヤです」と打ち明けられた良は、家出してきた信子にそっと家出資金の一円銀貨を渡し、追ってきた獨歩から「佐々城夫人が二人の仲を裂こうとしている。なんとかお良さんの口添えで夫人に会わせてほしい」と懇願されると、昂奮をなだめやんわりと説得した。そのうち、獨歩は親身に相談にのってくれる良のことを好もしく思いはじめたようで、のちに自著『欺かざるの記』のなかで、「彼の女と星良子嬢を比較するに、彼の女は勤勉家、実際家、家政家なり。星良子嬢は同情の人、人性《ママ》を解せる人、感情の人、野心なき人、上品の人なり」と書いたりしているのである。

そのうちに、良本人に結婚話がもちあがった。もちあがったというより、日頃から「良さんの結婚は僕にまかせてほしい」といっていた島貫兵太夫が、「とうとうみつけた」といってとんできたのだ。

相手は、信州の穂高で代々庄屋をつとめる旧家の跡継ぎで、養蚕の研究では骨のある学者として知られ、その方面の著作が十何冊もある、良より五つ年上の相馬愛蔵という男だった。愛蔵は東京専門学校で勉学中、近所にあった教会に通って熱心なクリスチャンになっていた。那須の孤児院救援のため仙台にまでやってきて義援金をあつめたり、最近では養蚕のかたわら、禁酒運動や廃娼運動にも取り組んでいるそうだった。

「愛蔵という人はたんなる田舎の養蚕屋ではない。日本の明日の産業振興のために骨身を削っている胆力のある男。文学と神の力によって明日を築かんとしている良女史の夫として、これほど最適な人物はいない」

島貫はまっすぐに良の眼をみつめて熱弁をふるった。

前にもいったように、良は島貫に全幅の信頼をよせていた。島貫のいうことに従っていれば、人生を誤ることはないと思っていた。それに、島貫にいわれる前から、良は相馬愛蔵の名くらいは知っていた。愛蔵は東京にいたとき、牛込教会で洗礼をうけ、良の師である巌本善治が、「近頃いなくなったタイプの男だ」と愛蔵の仕事や信仰ぶりを絶賛していたのを覚えていた。だが、コトは結婚という一大事である。さすがに良もすぐにはハイと返事ができず、しばらく考えさせてくれと島貫に頭を下げた。

そんな折も折、良の耳に布施淡がフェリス時代の後輩加藤豊世と婚約したといううわさが入ってくる。豊世は庄内酒田の名家の生まれで、天衣無縫、天然から生まれ落ちたような子で、アメリカ人宣教師から「イノセント・ボーイ」とよばれ、学校のなかでも人気者だった。良も豊世を可愛がってい て、宿題の裁縫を半分手伝ってあげたり、(今にして思えば軽卒だったが)淡が加わった鎌倉への徒歩旅行にさそってあげたりした。そういえば、その頃から豊世は淡に興味をしめし、かれが絵描きであることを知ると眼を輝かせていた。その加藤豊世を、淡が終生の伴侶にえらんだのかと思うと、良は天と地がわれるような衝撃をうけた。

「あの人たちより、一足先に嫁ぎたい――」

「アンビシャス・ガール」星良に、そんな月並みな対抗心があったのか、どうか、良は数日して島貫に「先日のお話真剣に考えてみようと思います」という手紙を出す。

このあたりの経緯、良の心境については、もちろん『黙移』に縷々書かれているのだが、例によって良自身の個人的な恋愛経験にはまったくふれられていないので、そこには布施淡や加藤豊世の名はでてこない。

私の成長に従って島貫さんの考えて下さることも実際問題に入り、『結婚は私にまかせておけ、私がきっといい配偶をみつけてやる』と早くから言われておりました。それがいよいよ実現されたわけで、『信濃のだいぶ奥の方だが、相馬愛蔵という人がいる。東京専門学校（早稲田大学の前身）出身で、相続人だからいまは家に帰っているが、その地方で禁酒運動をやったり、養蚕に関する著書をしたりしていて頼もしい青年だ、あなたとはよく合うと思う』というお話でした。

私は島貫さんを信じておりますので、これはもう、おまかせするだけのものと最初からきまっているようなところで、ただその人を実際に見ないことでありますので、卒業したらその人と結婚するという実感がどうしても起って来ない。するとその間に人生の結婚というものにさまざまの疑義を生じ、心がきまらぬゆえの焦燥を、かなりの間抑えかねたのは是非もないことであります。ロングフェローのスパニュシュスツーデント第一幕二場の初めの方、チスバの台詞の中に、

What does marry mean?

It means to spin, to bear children, and to weep.

結婚とは、紡ぐこと、生むこと、泣くことである、というのがあります。この句は私の夢を醒ますのに充分でした。また一方では青柳先生が教科書にショウペンハウエルの『恋愛の原理』を用いられて、その講義の中で『結婚は物質的なものである』ということを力説し、自由結婚憧憬者に警告を与えるということがあって、かつての恋愛至上主義がだいぶ変化をきたしつつありました。それならちょうど神の与え給うようにして島貫さんの方から結ばれようとするその縁に服従するのに未練はないわけで、実際その頃にはあぶない恋愛沙汰には、皆もうききあきたようになっていて、楽に結婚の方へ歩んで行く人も少なくなかったのでありますが、そう易々と片付かないのが私の性分で、この『結婚は物質的なものである』というところに少なからぬ不満をおぼえました。どうもそういう世上の約束に縛られて縛られ終せる自分でないという不安が多分にあって、そうなるとじ

つのところ島貫さんのお話だからといって、一も二もなく服することは出来ない。私の悩みはここに来て、いつ果つべくもなかったのであります。この重い苦しい心を運んではニコライ堂にひざまずき、私はただ一瞬の宗教的忘我の境を求めて祈るのでありました。

文中で「結婚は物質的なもの」と教えてくれた青柳先生というのは、明治女学校でもキラリと光っていた同志社大出の教師青柳有美のことで、青柳もまた日頃から良には特別眼をそそいでくれていた。有美といっても男の教師である。青柳はつねに「女性の解放」をうたい、世にいう「自由結婚」にひそむ女性否定の傾向にクギをさし、男女の性差をこえた人間性の尊厳をうったえていた。いつのまにか英文科の生徒は良一人になっていたから、羽織なし木綿袴を着た書生姿の青柳は、一対一で良を熱心に指導する。学内では、青柳はひそかに良に惹かれているのではないかともうわさされていたが、あるいは本当だったかもしれない。

良はそんななかで、「結婚とは何か？」という問いをくりかえす。

「結婚とは紡ぐこと、子を生むこと、そして泣くこと」——呪文のようなチスバの台詞が、何度も良の頭をかけめぐる。この断定的な結婚観のすべてを、ヒネクレ者の良は無条件で肯定するわけではなかったが、さりとてこのまま、島貫の薦めにしたがって相馬愛蔵の妻となる決心がつかない。自分もまた「結婚は物質的なもの」という真実を知りながら、けっきょくはそれに絡めとられてゆく憐れな雌羊になってしまうのではないか。

では、なぜ良は「真剣に考えてみる」という返事を島貫に出したのか。やはりそれは、初恋の相手だった布施淡との別れが影響してのことだったのか。

じつは、そこにはもう一つ、良の心を相馬愛蔵に傾斜させていった理由があった。

良が國木田獨歩や佐々城信子の離縁騒動のとばっちりをうけていた頃、正確にいえば一八九六（明治二十九）年一月のことだったが、良はとつぜん巌本善治校長に呼び出された。

「この記事に心当りはありますか？」

校長が差し出したのは、その月の十九日付「中央新聞」に、「女学生の身投げ」という見出しで載っていた三面記事だった。要約すれば「麴町区富士見町の島貫某氏の邸の井戸で二十斗《ばか》りの女が飛びこんだ。早速救い揚げ介抱している処に、一人の男がやってきて厚く謝辞をのべたあと、その女を何処かへ連れ去った」といった小さな記事なのだが、問題はそこに記されていた女の名前だった。それは元宮城女学校生「保科龍」となっていて、龍は「加藤重松」なる男と肉体関係を結び、その後故郷を出てフェリス女学校で助教をつとめていたが、そこでも異性問題をおこして辞め、つぎに転じた明治女子学院で、たまたま以前の情夫重松と再会して関係が復活、しかしその重松に横浜時代の不始末をとがめられて、「発作的に家を飛び出して身投げした」と書かれてある。

巌本善治は、その「保科龍」はもしや良ではないかと疑い、校長室に良をよんだのである。

もちろん良にはまったく身に覚えがない。加藤重松という男も知らないし、島貫の家にそんな井戸があったことも知らない。だいたい良は自殺もしてないし、この通りぴんぴんしている。横浜時代の不始末といっても、何のことだかわからない。だが、この記事を読めば、学内の何人かは「保科龍」は「星良」であり、「あの活発な女ならこんな事件をおこしかねまい」といった感想をもつことだろう。とかく他人は無責任だ。良はその頃、学生ながらすでに何冊かの文芸雑誌に小説や随筆を寄稿していたから、そうした読者のなかには、「星良はとんでもないふしだらな醜聞作家だ」というレッテルを貼る者が出てきても、少しもふしぎはないのだった。

しかし、巌本校長の態度はじつに落ち着いていて、良が「心当りはまったくない。なぜ自分がこんな下品、下等な中傷をうけねばならないのかわからない」と声を荒らげると、「念のために聞いたまでだ。新聞社にはわたしから取り消すよういっておこう」といって、新聞をパタンとたたんで横によけた。巌本善治だって、その三面記事が信ずるに値しないゴシップだということは、最初からわかっていたのだろう。

のちに判明するのだが、この記事は、島貫の富士見町の家に明治女学校の生徒が何人か集まって文学談義をしていたとき、そこに参加していた小説を書いている佐藤稠松という男が、良の例の星野天知にみせた「情話小説」を実話だと勘違いし、それを面白おかしく知人の記者にしゃべったというのが発端だった。良はガックリきた。自分がそれなりに精魂をこめて書いた作品が、読み手に現実の出来ごとや人物としか受け取れない程度のものであることを思い知り、しょせん自分は三面記事のスキャンダルの域を出ない小説しか書けない作家なのだ、とあらためて宣告された気がしたのである。

そんな傷心の良のもとに、信州の相馬愛蔵からみじかい手紙がとどく。

「読みました。でも、あなたを信じています。どうか、これからも勇気を失なわないでいただきたい」

ひと言でいえば、自信喪失と悲嘆のドン底にある良に、遠い信濃から「励まし」を送ってくれた愛蔵の心優しさに、思わずホロリときたといったところなのだが、同時にそれは、良がひそかに「文学」との決別を決心し、養蚕家であり思索家でもあるという愛蔵のもとに嫁ぐことで、大いなる「自然」のなかに自己を投じてみたいという欲求にかられたことを意味していた。

スキャンダル記事もこたえたが、たとえその事件がなくとも、良は自身の創作に対して限界を感じていた。愛蔵は「勇気を失なわぬように」といってくれていたが、もうその期待に添う気力が良にはなかった。いつか「暗光庵」で書いた小説を、天知にみせて一笑に付されたように、自分には絵空ゴトを組み合せた意味ありげな物語をでっちあげることはできても、それを「文学」に昇華させる力量には欠けるのだ。良はもはや自分は「文学」の実践者にはなり得ないことを自覚しはじめていた。愛蔵への傾斜は、(文学を捨てた孤独を埋めてくれるにちがいない)愛蔵の住む信州の自然への傾斜でもあったのである。

私ははっきりここで小説がいやになりました。自分の書くものはしょせんそれくらいのものなのか、いやしい敵意を持った人間にさっそく利用されて世間に恥をかくような、そんな程度のものなのか、自分の目指すものはもっと高いところにあるのだが、と考え、それが自分への反省となったのは幸いでしたが、いわゆる小説というものに世間が与えている批判を思うと堪え難くなり、そこに幻滅を感じるとともに、私は急に自然への思慕を深めるようになりました。

芸術は自然の中にある。小さな筆先の業は人に見せるためのものであって、思えば、これはなんという我執の沙汰であろう。そういう塵気を全く去って真実一路、信念のゆるぐことなき生活に没頭したい。こう考える時、私はやっぱりあの燈明の火に合掌する七、八才の頃の自分と少しも変っていない自分を、みどりごのような一途な自分をそこに見るのでございました。何者か大いなるものの前にひれ伏したい、少しの技巧もない世界、深い大きな魂の世界、私の眼にはじめて自然がその大いなる誠の姿をうつして来ました。そして漁夫や農婦の生活に深く心を惹かれ、晨《あした》に霜を踏んで出で、夕べに星をいただいて帰る、謙虚なさびしい彼《か》の人々の生活こそ、やかましい論議を越えたほんとうの信仰の生活ではないか。私はまた鎌倉笹目ケ谷の星野先生のお宅に数日を休息させて頂いて、由井ケ浜に出て見たり、山から山へと歩いて見たり、ひたすら切ない思いを慰め、その思いの末を見定めようと致しました。そういう私の眼の前で、漁夫は銅色に日にやけて、妻も子も総出で助け合って網を引いていました。農婦は畑中の細い径で、坐って子供に乳房をふくませ、その夫は掘り出したばかりのいもを焚火にくべて焼いていました。すべて世は何事もなく、うららかに涙ぐましく、そこに私はあの獨歩に教えられたワーヅワースの詩を想い、私のあくがるるもの、求めてやまぬものは都会を離れた遠き田園の中にあるのではないか、ああ私も塵を払ってその田園に隠れよう。いまは、もう心を虚《むな》しうして世の慣わしに従い、人の妻となろう、とようようそこに決心されたのでありました。

いよいよ学校も卒業になり、私は島貫さんに送られて、信濃の相馬家に嫁ぎました。

ときに愛蔵二十六歳、良二十一歳。

一八九七（明治三十）年三月二十日、二人の結婚式は牛込払方町の日本基督教会のホールで行なわれ、司式は当日どうしても都合のつかなかった押川方義にかわってアメリカ人牧師がつとめ、立会人は巌本善治、島貫兵太夫の両人だった。挙式後には近くの「富士見軒」でささやかな祝宴がひらかれ、そこでは巌本が李白の詩「浩歌待明月」を朗読し、青柳有美も自作の詩「寄ヒポクリーンの泉・祝新婚」を披露するなどして、宴を盛り上げた。姉の蓮子の病に母巳之治が介護にあたっていたこともあって、良の家族の出席は一人もなく、それを気兼ねした相馬家からの出席者もなかったので、婦人矯風会の幹部クラスをしたがえて列席した叔母の、佐々城豊壽こと艶のりんとした正装だけが目立った。

翌日、新郎新婦は仙台の良の実家にゆき、病臥中の蓮子を見舞い、母と語りあかしたあと、いよいよ愛蔵の故郷・信州穂高の家へとむかった。もちろんその頃は、中央本線（一部は甲武鉄道）は飯田町から八王子までしか通じておらず、穂高にゆくには上野で乗って高崎で乗り換え、上田で下車して徒歩で和田峠を越えねばならなかった。朝八時に上野を出て、九時間後に上田に一泊、さらに翌日浅間温泉に一泊し、愛蔵、良が穂高に着いたのは翌々日の夕方である。

良は愛蔵が生まれ育った相馬家の、古びた鴨居のある三十畳敷もの大座敷に上ったとき、ついにこれからは「文学」や「創作」を忘れ、「自然」と「土」にまみれる新しい人生がはじまるのだと胸が高なった。

愛蔵、良が南安曇郡東穂高の相馬家に到着して数日後、東京から大きな荷物が三つとどいた。一つは巌本善治からのもので、勝海舟揮毫の李白の詩額「浩歌待明月」、もう一つは洋画家長尾杢太郎の約二十号大の油絵「亀戸風景」、さらに叔母の艶から送られてきた木箱からは毛布にくるまれた小型のオルガンが出てきた。朝な夕な、良が寄宿舎で弾いていた思い出のオルガンだ。どれもが、良にとっては明治女学校でごく身近かに見ていたものばかりで、「けっして自己の足元を忘れないように」という戒めをこめた巌本らの計らいであろうと思われた。

一週間近くもつづいた地元式の祝宴がやっと終ると、さすがに広大な相馬家にも虚脱したような静けさがもどったが、愛蔵は漢方接骨医である兄の第十四代当主安兵衛の嗣子だったので、家は安兵衛を頂点に形成されていて、日常の切り盛りは妻のいしがしていた。良は「何でもいって下さい。お手伝いしますから」と、愛蔵にいわれた通りいしに申し出たが、嫂《あによめ》はどこか愛蔵に遠慮しているふうで、「ま、ぽちぽちな」といって微笑むだけで、どんなに忙しくしているときでも炊事洗濯を良にさせることはなかった。

それでなくとも、相馬家には使用人が多く、何人もの女中、下男が働いていたので、良の出る番はないのだった。朝餉《あさげ》の前の水汲みも女中のおりんの仕事で、おりんは二つの桶を天秤棒にぶるさげ、下の井戸から腰をふりふり何往復もしていた。侍の家で育った良は、男は家のなかの仕事はしないものと教えられていたのだが、当主の安兵衛は大ちがいで、良が縫いものをしていると、「ケガでもさせたら愛蔵にすまぬ。どれ、ワシにやらせてみい」と裁縫道具まで取り上げた。六尺ゆたかの堂々たる恰幅の、毎晩のように愛蔵たちと南安曇基督教青年会の会合をひらき、禁酒運動や芸妓置屋設置反対運動の後見人を担っている男が、台所仕事や竈《かまど》の火入れなど細《こま》ごましたことにまで口を出し、味噌汁の具を大根にするか、葱にするかまで自分で決めないと気がすまないのである。

だが、良がきてから約一ヶ月が経ち、五月をむかえると、良に救いの季節がやってきた。愛蔵が取り組む養蚕の仕事がはじまったのだ。家人すべてが炉端から離れ、母屋ウラの蚕室に移動、二棟ある蚕室の戸がぜんぶ開け放たれた。愛蔵と良は、朝早くからまっすぐ二階に上る。主蚕室は間口六間、奥行き三間半あり、蚕棚がびっしりならんでいた。愛蔵は蚕籠を窓際にうつして陽を浴びさせ、勢いよく桑切り包丁を研ぎ出した。愛蔵はフランス産の黄金種も試験的に飼育していたが、良にはその成長過程をメモする重要な役割があたえられた。蚕は何日も何日も、眠りと目覚めを繰り返しながら、みるみる大きくなってゆく。最終的に体長三寸五分くらいにまでなると、黄金色に輝く脚と胴を躍動させ、音をたてて桑の葉を食べ、半透明の繭を結んでゆくその姿は、壮観を通りこして厳粛にさえみえた。

いつか読んだ愛蔵の著書には、「春蚕《はるご》のほかにも秋蚕《あきご》も研究せねば真の養蚕飼育にはならない」と書かれてあった。愛蔵は「秋蚕と味噌汁はあたることとなし、などと嗤う者がいる。しかし信濃は海から遠くて湿度が低いから、奈良の古代建築や美術品がいまものこっているように、ここは秋蚕の飼育には最適の気象条件をもっているんだ」と良に説明し、「養蚕には勉強も必要だが、本を読むばかりが能じゃない、本一冊読まなくても蚕に対する愛情と親切があれば、かならず蚕は育ってくれる」、そう語る二十六歳の相馬愛蔵の眼はキラキラひかっていた。

週一回くらいの割で、相馬家の二階の奥座敷では、愛蔵をかこむ「養蚕飼育報告会」がひらかれた。交通の不便もなんのその、北関東から九州までの若い養蚕家たちがはるばるこの山国にやってくるのだ。そのときには当主安兵衛、愛蔵の次兄宗次も顔を出し、自分たちは専門外だったのでめったに議論に加わることはなかったが、大机をかこんだ参加者たちに茶と漬け物をふるまった。この研究会は、月謝をとらず、食費を要求するものでもなかった。良はそんな相馬家の、何か家格としてもっているかたくなな啓蒙精神のようなものを感じてうれしかった。

ただ、こうしてここに書いている良の穂高における新婚生活のようす、相馬家の家族との付き合い、愛蔵への思いなどは、宇佐美承氏の評伝『新宿中村屋　相馬黒光』を底本に、黒光自身がのこした『黙移』以外の文章、対談、あるいは『黙移』の補助本ともいえる『広瀬川の畔』『穂高高原』などを読んで再現してみたものであって、本体の『黙移』にはほとんど世話になっていない。

『黙移』では、このあたりの経緯がすっぽり抜け落ち、語られているのは「やはり田舎暮しは退屈だった」「努力はしてみたがやっぱり私に農業はムリだった」という良のグチばかりである。


　信濃国境に重畳する日本アルプスを背景に持つ高原の生活、雲烟去来する山の姿、清冽な泉が滾々《こんこん》と湧き出る榛の木林、間のびした水車の音、田圃道にいともつつましやかに微笑む可憐の野花等々、自然を友として名利をよその静かなあけくれは幸いなものでありました。と、かように申しますと、私はいかにも新婚の夢に酔うて都の方角をも忘れ果てていたかのように聞えましょうが、浪漫的な当年の若い女性の、身をうつつにした憧憬とは少し異なり、反省の上にも反省して、これを渝《かわ》るなき人生の大道、平凡の真面目と心得て、都会を後に山を越えて嫁いで来たのでありましたから、朝は朝の如く、夕は夕の如く静かに営み、虚しうて語らう、ほんとうにそれは淡々しいとも見られるほどに落着いた夫婦の姿であったのです。

　しかしながら、田園を夢みること深かった私のことであります。ようやく周囲に馴れてくると、田園生活の実世相はその私を幻滅に導きました。野の花や水車の音や、私を慰めてくれるものは自然のうちに満ち満ちていましたけれど、その野の花の囲繞する家の内なる人間の生活は荒れていました。農民が素朴と見えるのはその外形にのみ眼を止めるからで、生活そのものだけが質素、というよりもむしろみじめであり、ワーヅワースの詩にみるような美しいものは影もなく、あまりにも原始的な、それはもう野生そのままの浅間《ママ》しい姿でありました。いままでに見たことも聞いたこともないような不倫の行為も、ここでは草の伸びる如く野獣の生ける如くに存在し、私の心を暗くしました。

良はこれでもかこれでもかといったふうに「田舎（農家）の人間」をコキおろす。

早いはなし、可憐に咲く野の花やのどかな水車の音、日本アルプスを背にした高原に悠々とうかぶ雲、そういう田園風景をみているると、そこに嫁いできた自分は新婚の夢に酔っているようにみえるかもしれない。しかし、そこに暮している人間の生活は眼を覆うばかりの荒れ果てた状態なのだ。ついこのあいだまでは、「芸術は自然の中にある」「晨《あした》に霜を踏んで出で、夕べに星をいただいて帰る。謙虚なさびしい彼の人々の生活こそ、やかましい論議を越えたほんとうの信仰の生活ではないか」なんていっていた良だが、今やそんな思いはどこへやら、そこにあるのは「あまりにも原始的な、それはもう野生そのままの浅間《ママ》しい姿でありました」と言い放つ。加えて、相馬家周辺の土地には、これまできいたことのないような不倫な行為を働いている人間が、野放図に生える草のように、まるでケダモノのようにそこらじゅうに存在し、良の心を暗くさせる。これはいつか、女中のおりんからきかされた村の因習――「盂蘭盆《うらぼん》のあとにはかならず何組かの駆け落ち者が出、その時期にはあっちの家でもこっちの家でも不実の情事が行なわれる」という、俄かには信じがたい話をきいて以来、そのおぞましい嫌悪感が今も良から消えていないのである。

どっちにしても、良の『黙移』には、愛蔵の養蚕の話も、夜ごと相馬家でひらかれていた「南安曇基督教青年会」の活動も、家じゅうで熱心に取り組んでいた禁煙運動や芸妓置屋設置反対運動のことも、これっぽっちも書かれておらず、ただただ「穂高の人々」をこてんぱんに田舎者扱いしている文章だけが綴られているのである。

しかし、相馬家について語る部分だけは少しやわらかくなる。

相馬家はさすが旧家だけあって自ずと伝統の床しいものがあり、舅姑は物に理解のある人で、若い者に対してもきわめて寛大でしたから、家内の生活には不平も不足もなく、私はこの家のしきたりや家風に一日も早くなじまなければならないとかなり努力いたしました。生《なま》ひゃっこいお蚕も、だんだん馴れてきますとさほど気味わるくもなくなり、驟雨の来そうな空模様とみると、雇人を起すのも不愍な夜中など、夫と二人ぎりで桑畑に行き、桑を鎌で切り、腰の立たないほども背中に負うて帰り、桑場（桑の葉を入れておく場所）に持ちこみ、翌朝皆を驚かせたことなどもありました。また姑がたって止めるのも聞かず、裏の田に出て稲のとりいれに働くなど、申すまでもなく生れて初めての荒仕事ではありましても、それゆえに苦しいとか辛いとか思ったことは一度もなかったのであります。そうして一々に尊い教訓を得ました。ある時なども私はお米の洗い汁の濃いのを川に流したことで、舅にひどく叱られました。農家では米の白水を決して捨てません。それは肥料として大切にされるのでありますが、町に育った私、ことに寄宿舎生活で娘時代の大部分を過ごした私は、そうした農家の経済のこまかいことなどには全く無頓着で、というよりも、これは全く無智であったのであります。叱られて初めて解り、剛情な私もこれには心から頭を下げ、以後再び同じ過失を繰り返さないことを誓って謝り入りました。いま思うと舅のこの一喝で私の魂は夢から現実に醒めたのでありました。

ここには、慣れぬ農業生活に必死に取り組み、舅に叱られながらも成長してゆく良の姿が書かれているのだが、何となく良の物言いには、そうした相馬家の「床しい伝統」に従うべく、「かなり努力している」自分を主張し讃えているふしがある。

考えてみれば、瘠せても枯れても良は侍の娘、貧しくはあったがれっきとした仙台藩の奉行までつとめた儒者の孫娘であり、フェリス和英女学校と明治女学校に学び、英語に長け文学を解する才女である。その才女が、一日の予備練習もないまま、信州穂高の片田舎の養蚕農家に嫁いできたのだ。そこに少なからぬ誤解や齟齬が生じても仕方のないことだったろう。

おそらく良は、愛蔵の妻となり穂高に住んだことによって、よけい自分という人間の底にある、どうしても信州の自然とは相容れぬ「都会性」のようなものを再確認したのではなかろうか。

やがて良は妊娠、第一子俊子を産む。

「俊子」という名は、日頃から良が畏敬してやまない自由民権運動の女性闘士中島湘煙の本名からもらったもので、戸籍上は「俊」とされ、成人後は「俊子」が通称となった。

子が生まれて、穂高暮しへの良の気持ちが変わったかというと、そうでもなかった。養蚕研究にうちこむ愛蔵を尊敬し、愛し、相馬家の進取的かつ博愛的な家風に敬意を払いながらも、どこかで良は相馬家での生活に息苦しさを覚え、そこから脱出したいと希っているのだった。嫁いでまだ一ト月というときにすでに芽ばえていた孤独、「私をとり巻くものは一匹の大きな黒い鳥のような退屈であった」(『穂高高原』)という苛立ちに少しも変化はなかった。

そんな孤独と退屈に耐えられなくなると、良は一人叔母艶から贈られた明治女学校時代のオルガンにむかった。そして、口のなかで小さく讃美歌をうたいながら、かたわらで眠る俊子に「娘よ、成長して立派な婦人になってくれ。志操高く、才能に秀で、そして愛情ゆたかに。……娘よ、成長して小さな炉辺の幸をぬすむな。大きな世界に眼を開いて正義の愛に燃え、意義ある仕事に一生を捧げよ……」(『穂高高原』)と祈るのだった。

その頃である。

週に一ど相馬家でひらかれる青年会に初めて参加した、荻原守衛(のちの彫刻家荻原碌山)と出会ったのは——。

守衛はその頃まだ十七歳の少年で、相馬家のある白金《しろがね》耕地とは二畝へだてた矢原耕地の農家の子だった。集会では机の一番はじにすわり、めったに自分から発言することはなかったが、発言者一人一人の意見を熱心にメモしていた。少年は洋間に入ると、壁にかけられていた長尾杢太郎の「亀戸風景」の前に長いあいだ佇み、「油絵をみるのは初めてです」といった。帰りしな廊下で良と擦れちがったとき、「将来は画家になりたいんです」と問われもしないのにいった色の白い長髪の少年に、良は何となく好感をもった。

守衛はまもなく、桐生へ行くといって村を出奔した。愛蔵の養蚕に刺激をうけたのか、機織り物の盛んな先進地、桐生に行って織り物を勉強しようと思い立ったらしかった。が、半年ほどした頃とつぜん相馬家の玄関にあらわれ、今度は「井口先生と東京に行ってきます」という。井口先生とは、集会の副代表をしている村の小学校の訓導井口喜源治のことだった。井口は相馬家での集会とは別に、矢原耕地の集会所で「研成義塾」という私塾を発足させ、とくに若者の支持を得ていた。良は東京に行ったら、ぜひ訪ねてみるようにと、巌本善治や島貫兵太夫の住まいを教え、毎月東京から送られてきていた「女学雑誌」や「国民之友」の何冊かを手渡した。

早いもので、相馬家に嫁いできてから二年半がすぎた。

俊子が一歳の誕生日をむかえた頃から、どうも良の体調が思わしくなくなった。子育てや愛蔵の養蚕の手伝いに疲れたのか、それまでにも原因のわからぬ頭痛や悪寒に悩まされていたのだが、ある朝寝床から起き上れないような腰痛におそわれる。最初は整骨医の安兵衛が施術してくれ、いしのすすめで鍼や灸もためしてみたのだが、いっこうに良くならず、白金耕地では唯一の総合病院である臼井病院に行った。しかし、そこでも医者は首をひねるばかりだった。

「一ど里へ帰ったらどうか。ついでにしばらく親子で東京で暮らすのもいいかもしれない」

心配した愛蔵がそう提案した。

愛蔵は良を東京の医者に診せようと考えているらしかった。

この愛蔵の心配りは、まさに当を得たものだった。なぜなら「東京」ときいただけで、良の腰痛は快方にむかったからである。

良は愛蔵、俊子の親子三人で上京、本郷の帝大病院の近くの「森本館」という旅館に泊まった。二、三日後愛蔵だけのこして俊子と二人で仙台へゆき、精神を病んで臥している姉を見舞い、すっかり老いて小さくなった母の巳之治とも会う。ほとんどトンボ帰りで東京にもどって、翌日帝大病院の婦人科で診てもらうと、やっと病名が「卵巣膿腫」であることがわかった。手術さえすれば治るというので、それから約一ヶ月のあいだ良は帝大病院に入院することになった。

そこで良を喜ばせたのは、どこできいたのか、荻原守衛が見舞いにきてくれたことだった。

守衛は相馬家でみた長尾杢太郎の「亀戸風景」が忘れられず、洋画家になる決心をしたそうだった。

巌本善治の援助で明治女学校の構内にアトリエ小屋を建ててもらい、そこから画学校「不同舎」に通っているとのことだった。井口喜源治とも交流はつづいていて、自分がめざすのはたんなる表面描写の画家ではなく、人間の志操教育にもおおいに役立つ「本物の画家」なのだと、守衛は良の耳元で熱く語った。

帝大病院の医者の腕もたしかだったかもしれぬが、良の腰痛があっというまに快癒したのには、良の肌にとことん合った「都会」の空気と、守衛の「画家宣言」の力によるところも大きかったろう。荻原守衛がのこした手記には、当時三日にあげず帝大病院に良を見舞っていた事実が、こんなふうに記されている。

不同社《ママ》十一時に出で　相馬姉を見舞　本日施術をなしマスイ薬をかけし時故　殆ど死せるが如かりし　一時間もつきて看居りしが　後　辞して帰る　相兄も居られず（『つくまのなべ』）

……二時間談ず　大に快方に向れ、うれしき事にぞある
いかなる縁にや真の姉の如き思い《ママ》して　話す間は実に家庭の《ママ》に居て快き心地せらる（『同』）

また、これは師・井口喜源治にあてた手紙だが、

良子姉は日々引立ち候え共、未だ自用が充分位の処、本年中には退院いかがかと存ぜられ候も、迂生見舞えば真姉弟の如く心配に御話し被下実に見舞事が楽しみに候。相兄相変らず元気よく子守

り昨夜も共に見舞中候。
文語体の文章は甚だ読みづらいけれど、「良子姉」「相兄」という表記には、守衛がどれだけ相馬愛蔵、良を慕っていたかがしめされている。良がこの前途ある美術青年を「弟」と思っていたのと同じように、守衛もまた良を「真の姉」と敬い、自分たちは「真姉弟」のごとくあるのだという歓びをかみしめていたのである。

励まされ、癒やされ、良の術後の経過は順調だった。

覚悟していた半分ほどの期間で帝大病院を退院した良は、年の瀬で忙しい愛蔵を穂高に送り出したあと、三ヶ月ほど俊子といっしょの生活を「森本館」ですごす。

そのあいだに、久しぶりにペンを執った良は、明治女学校の「女学雑誌」に『魔酔の記』と題したエッセイを書いた。また、『夜叉鏡』という短文を二回にわたって連載した。「余《あま》り吾儘《わがまゝ》勝手《かつて》なることを為《な》す男《おとこ》に、一度《ど》分娩《ぶんべん》の苦痛《くつう》を味《あぢは》ひしめ、其渋面《そのじうめん》を笑《わら》つてやり度心地《たいこゝち》す。只一度《オンリーワン》。」といった内容で、要するに「妊娠分娩のつらさを知らぬ男どもに、一度それを味わわせてやったらどんなに心地よかろう」という、痛烈な男性批判だった。

これを読んで、巌本善治は良に「黒光」というペンネームをあたえた。

それは、比較的短身小柄ながら、いつも黒く長い髪をたばね、黒眼がちな大きな瞳をもった良にふさわしい名といえたが、巌本はそんな軽い意味で「黒光」と名付けたわけではなかった。そこには「言論は黒い光であれ」、「読者には謙虚な姿勢を忘れるな」という忠告がふくまれていた。いったんペンを執ると、異性や社会に対して尋常以上に攻撃的になるかつての教え子を、やんわりとたしなめる命名でもあったのである。

いづれにせよ、ここに文筆家「相馬黒光」が誕生したのだ。

さりながら、というべきか、女の身体は生命の発芽に対して従順だった。「黒光」というペンネームで、三作めの作品『田舎の嫁御』(これも田舎に嫁入りした女の苦衷と憐《あわ》れを少々自虐的に語った小物語だった)を発表してまもなく、良は第二子の懐胎を知る。

一九〇〇(明治三十三)年十一月、長男安雄誕生。良、二十五歳。

しかし、世間的には人が羨むような生活のなかにあっても、もはや良の「田舎暮し」への不満は沸騰点に達していた。二人の子に恵まれ、夫に愛され、家族に守られながら何不自由なく執筆できる生活を保証されていても、良の心の底にうっ積した孤独感と焦燥感は増すばかりだったのである。


しかしながらそういう生活も馴れてくるに従い、何となくたよりなくなり、戒めても戒めても心は平静を失いそうになり、何と説明の出来ない焦燥を感ずるようになりました。そういう状態にあって自分を省み、さらに身辺を見まわした時、私は全く憂欝に閉じこめられ、ああこんなことをしていてよいものであろうかと、つくづく溜息されるのでした。何とした安逸、私は全く進歩の止まってしまっている自分をそこに見出したのであります。ああ、あのかつての潑剌とした自分はどこへ行ったのであろう、長話にふける村の人にお茶を出したり、炉辺に坐って粗朶《そだ》を加えたり、この退屈、この沈滞、これらはすべて人間の自滅に至るみちではないか、ああこんなことして暮して行ってよいものかと、北風の吹き曝しにお襁褓《むつ》を洗うとては涙がおのずと頰を伝い、炉の火に顔がほてる時もそうして坐っている腑甲斐なさに心のうちでは泣けるのでした。
私はその頃すでに一女一男の母になっておりましたが、こんな安逸な、だらしのない生活の中で、この子供たちが成長したならば、将来はどういうものになるであろうと、一度ここに思い至ると、もう一時も堪えられないものがありました。自ら働かず、人の労苦によってのみ生くることの苦しさも、はじめてここで体験しました。

魂のどん底から起る呻き、呻きつつもなお忍びに忍んで幾月かを過ごしましたが、その頃の私は煙をはき得ぬ噴火山ともいうべき形で、ただ一ケ所はけくちを求めたものが、筆のすさびというも愧ずかしい拙文で、いいえ、文章などといわれるものではなく、胸中を去来する黒い雲のような、渦のようなものを一塊にほうり出したという形で、明治女学校の恩師青柳有美先生に見て頂くと、先生のお計らいで、それが「女学雑誌」に時々掲載され、黒光という名はその頃先生方のどなたかがおつけになったもので、当人の私はその名の由来も何も弁《わきま》えません。と申しつつ、ついに一生の名に終ろうと致しております。

ただただ穂高での日常の退屈に辟易し、こんなことをしていたら自分はダメになるんじゃないか、この子供達が大人になったとき、いったい自分はどんな人間になっているのか、考えるだけで気が狂ってしまう。現在の自分は噴火を許されない噴火山みたいな状態であり、たまにはけくちをもとめて駄文を書いても、それはとても文章なんて威張れるものではなく、単に胸の中にわだかまっている感情を外へ吐き出しただけのものなのだ。良はくりかえし自分の怠慢と渋滞を嘆き、責め、こういう状況から脱するにはどうしたらよいかと思案するのである。

これを読むと、良は自分のペンネーム「黒光」が、巌本善治によって付けられたことを知らなかったようだ。卒業後はむしろ、良に片想いを寄せる青柳有美のほうと多く文通していたし、「女学雑誌」への掲載を橋渡ししてくれたのも青柳だったから、案外良は「黒光」の名付け親は青柳有美であると思っていたかもしれない。

ともかくも、そんなふうに、良のなかで「信州穂高」での暮しに愛想づかしする思いが、どんどんふくれあがってくる。


都の消息は、前にもまして私を焦燥に追いつめました。あれほどいとわしくて見切りをつけて来たはずの都会の生活が、かつて知らぬなつかしさをもって思い出され、いたずらに虚飾を張ると見えたものまでも、あまりに原始的なものに比べて、やはり向上の途にあるものとして肯かれ、都会人の歯切れのよい言語、表情、日常生活の洗練されていることも、ようやくここに来て解り、日に日にいや増しに都恋しくなりました。そのうちに私の健康が次第にわるくなり、とうとう床に就いてしまいました。医師は喘息と診察いたしました。しばらくは一進一退の状態がつづきましたが、なかなか回復しそうにございませんので、主人は申すまでもなく舅姑も心配されますし、ここは一つ実家に行って健康なからだになって帰りますと申しまして、しばらくの暇をもらい、長女——成長してボースの妻となる——は両親が何十年振りで家に生れた子供ですから非常に大切にして、母の私にまかせることを好みませぬので、その意に従うて舅姑のもとに残し、乳呑児だけをつれ、夫に送ってもらって仙台行きを致しました。書生が荷物を持ち、赤ん坊は下女に負われ、私は夫の手に縋って、どうかあやまちなく汽車に乗ることが出来るようにと、そんな大病人の心持で村を出ました。

そして最も案じていた峠にかかりましたが、喘息だというのに、その峠が不思議にらくらくと越えられるのです。別に仮病を使っていたわけではありませんのに、村を出ると気が楽になって普通の人のように歩けるなんて、私もずいぶんどうかしていたと見えます。でも病人だからというので、その晩は予定通り長野に泊り、するといよいよ元気が出ました。この分ならと、小諸に寄って島崎藤村先生とお冬さんの御家庭を訪ね、それからまた汽車に乗りまして上野にも無事に着き、乗り換えて仙台へ来ると病気は忘れてしまいました。仙台にはしばらくいましたが、主人と相談して上京し、この上は二人心を合わせて新生活を開拓しようと決心しました。故郷の舅姑は主人が準養子でしたから、ほんとうは兄義姉に当り、年もまだまだ若うございましたし、私どもがいなくても何の不自由もないのでした。

あとで書くけれども、文中にある「長女――成長してボースの妻となる」とは、のちに良が庇護することになるインド独立運動の活動家ラス・ビハリ・ボースと、長女の俊子が結婚したことをさしている。

それにつけても、良はよほど「田舎が嫌い」、というより「都会好き」病だったようである。

卵巣膿腫のときもそうだったが、今度の喘息も、穂高を離れたとたんに回復してきた。長野に着き、仙台に着き、上野に着き、明日は東京となるとますます元気になる。小諸に立ち寄って、女学校時代に教わった島崎藤村にまで会ってくる。「仮病ではない」といっているが、どうやら良の病は重篤な「田舎アレルギー」でもあったようなのだ。

そして、ついに相馬愛蔵、良夫婦は、東穂高村白金耕地の相馬家を出て、そのまま一家で東京に住みつくことを決意する。一時的な滞在ではなく、今度という今度は、夫婦して新しい事業をおこして東京に永住しようと考えるのである。

きっかけは思いがけないことからだった。眼をかけていた荻原守衛から「アメリカに行く」という手紙をもらったのだ。洋画家をめざしていた守衛は、東京の不同舎に通うだけでは満足できなくなり、新天地アメリカで修行してくるという。守衛の飛躍はうれしかったが、自分だけが取り残されてしまうといった寂寥感が良をおそった。子や夫がいなければ、良もまたすぐにでも守衛といっしょにアメリカに行きたい気持ちだった。

少しすると、今度は布施淡の訃報がとどいた。仙台で文学を学んでいた菅野英馬が知らせてくれたのだった。淡がこの世にいなくなって、良ははじめて、淡が一番心を奪われた異性だったことを思い知る。フェリスでの一級下だった加藤豊世と淡が結ばれたときいたとき、良は自分が何でもない一人の女であることに気付き、一夜さめざめと泣きあかしたものだった。

その後も悪い知らせはつづく。

まず東京の叔父である医師の佐々城本支が亡くなり、追うようにして佐々城豊壽こと叔母艶も他界した。良は全身から力がぬけてゆくのを感じた。初めて上京した頃から、何くれとなく良を気遣ってくれたのが佐々城豊壽だった。男子優位の世の中にあって、女がいかに生きるべきかを説き、また自らそれを体現してくれたのが艶だったとも思う。良は艶の訃報がとどいた日、艶をしのびながらオルガンを弾き讃美歌をうたった。

仙台でずっと病床にあった姉の蓮子が息をひきとったのもその年の夏だった。良は妹として何一つ蓮子にしてやれなかったことを悔いた。長く介護にあたっていた母巳之治の落胆もしのばれた。巳之治さえよければ、東京に出てきていっしょに暮さないかと水を向けたのだが、巳之治はたとえさみしくとも慣れ親しんだ仙台がいいとこたえた。

そうした親しき人々との別れ、自分の周辺から次々と血縁者が消えてゆくという悲しみが、これを機会に自分たちも東京へ出て、新しい世界にふみ出したいという思いを後押ししたといえた。幸い愛蔵は、かねてから取り組んでいた『秋蚕《あきご》飼育法』を上梓し、「春から秋までの一時期郷里にもどれば養蚕は何とか継続できる」という。夫婦と子どもで東京で暮したいという良に、愛蔵もだまってうなずいたのである。

相馬愛蔵、良が本郷千駄木林町にごく小さな家を借りうけ、親子三人（安兵衛から懇願され俊子だけは相馬家に預けていた）で暮しはじめたのは、一九〇一（明治三十四）年九月下旬のこと。

そして、現在の「新宿中村屋」の前身となる、帝大赤門前の製パン店「中村屋」を譲りうけて開業するのは、その約三ヶ月後のことだが、そのあたりの『黙移』はこうである。

　さて本郷に小さい家を借り、とりあえずそこに落着いて、何をしたものかと考えました。私には文筆で立つという自信はもちろんなく、これといって何一つ取り柄のない自分を見出した時、何となく商売ならやって行けそうに思えました。およそ商売に縁の遠い私どもが、どうしてそれを思いついたか、ただ不思議と申すよりほかはないのであります。

しかし思いついたというだけで全くの素人、見当もつきません。ただ二人とも書生上がりですから学生の気持はよく分り、学生相手にするなればパン屋がよくはないかと思われました。そしてパンというものがどこまで私どもの生活に入り込むことが出来るものか、将来パン食が実現されるかどうか、まず自分たちで試みることになり、大学正門の筋向うにあるパン屋から毎日定めてパンを配達してもらいました。そしてこれならばと見込がつき、「譲り店を望む」という広告を出してみると、さっそく来たのが毎日パンを取っているその中村屋であったのです。

『店は相当売れているので、手離したくないのだが、主人が相場に手を出して失敗したので、材料を取る問屋の方も止ってしまい、このままではやって行けなくなったから』ということで、七百円で買ってほしいというのでした。

学生相手のパン屋として大学正門前は場所としては絶好で、よく売れていることも見て知っていますし、これならば努力次第ではよい働き場になるかも知れぬと考えました。

職人、配達、小僧、女中も居つきのままで譲り受け、屋号も中村屋をそのまま受け継いだのですから、いささか老舗も利いて商売は初めの日からありますが、何しろ問屋の方が止っていて現金でなくては材料をくれませんのに、こちらも余裕はないのですから、砂糖も粉も一俵買い、当座は本当にやりくりに苦労をいたしました。

荻原碌山――この人のことは後に申します――が『まあやってみるさ』と手紙に書いてよこしたのはこの時分のことで、どちらを向いても『いまにやめるだろう』と笑って見ている顔ばかりです。その中で真面目に眼を止めて見て下さったのは巌本先生お一人でした。私の家には海舟筆「浩歌待明月」という額を秘蔵していますが、これは私が島貫さんに送られて信州へ嫁ぎます時、巌本先生から頂きましたもので、先生のお頼みで海舟先生がわざわざお筆をとって下さったものでありました。巌本先生はそんなに祝って下さった教え子の結婚が、とうとうこういうところまで来たのを、喜びもし、また案じても下さったのでしょう。ある日わざわざ本郷の店へ来て、私がワップルを焼いているのを見られ、『これならやっていける』と、本気に言って下さいました。

淡々と書いてあるが、この相馬愛蔵、良夫婦の人生の針路変更はかなり劇的だ。

何しろ、それまでの良は信仰と文学にうちこみ、英語を学び、少なからず社会運動の先導者として活動してきた女であり、愛蔵と結婚したあとも、子育てをしながら「女学雑誌」等に精力的にエッセイを発表してきた文筆家である。また、夫の愛蔵も良と同じ熱心なクリスチャンであり、故郷の穂高で長く養蚕の仕事に携わり、その分野では何冊もの著書を出している。

そんな二人が、何と学生相手の「パン屋」を開業したのである。

あの相馬黒光が、ワッフルを焼きはじめた！

「明治女学校出の女が商売をする。……ひとは突飛に思うだろうが、職業婦人の先端を切っているのかもしれない。穂高で無為徒食だったわたしがそこに踏み込むのだ。それに店は〝学士博士等雲の如く山の如く集ふあたり〟」――良は『麵麭《パン》屋開店の記』と題したエッセイにそう書いた。

教え子の冒険心に眼を細めたのは巌本善治くらいで、周辺の者たちはこぞって良の「パン屋」転身に懸念をしめす。良のことなら、ほとんどのことに好意的な眼をむけていた荻原守衛までが、アメリカから「まあやって見るさ」と手紙を書いてきたのも、当然といえば当然だったろう。

ただ、ここで筆者にひと言口をはさませてもらえるなら、筆者も現在の美術館経営や物書きの仕事に落ち着く前に、いわゆる「水商売」（筆者の場合は小酒場《スナック》）をやっていた経験をもっているので、相馬愛蔵、良がさほど抵抗なく「パン屋」の経営に転じることができた心境がよく理解できる。

文学や美術といった表現行為と「水商売」とは、一見関わりがなさそうだけれども、不特定多数の客人にむかって食べ物を提供するサービスには、「他者」と「自己」とをむすびつける不断の創意工夫がもとめられる。まして新商品の開発ともなれば、それこそ創造力の所産にほかならない。「他者をたのしませる」「歓ばせる」という目的のもとでは、「水商売」もまたりっぱな自己表現であり、むしろそこにはかなり高等な演出力、表現力が要求されるのだ。牽強附会と嗤《わら》うなかれ、すでに自らの文章の才能に見切りをつけていた良は、「学士博士等雲の如く山の如く集ふあたり」——天下の秀才がつどう帝大赤門前に「パン屋」を開業することに、何か新しい長編文芸作品にでも取り組むような昂奮をおぼえていたのではなかろうか。

じっさい、良のそうした方面への資質を早くから見ぬいていた炯眼者もいた。

明治女学校の恩師星野天知は、自身も日本橋の老舗商店に育ったせいもあって、良の素人商売をとりわけ応援し（一人息子を中村屋に奉公に出そうとまで考えていた）、「暗光女は屹度《きつと》パン粉を頭から被って真白に成つて働いているだらう、の思切つた徹底的な気象に共鳴して、学生上りの小旦那が一躍半労働者に成つたのも中々見上げたものだ」（『暗光女の眸』）と良の奮闘ぶりを讃えた。

また、ずっと後年になってからだったが、作家の野上彌生子は、

「……そのころに相馬夫妻のような人がパン屋になったのも珍しいが、わけても明治女学校の卒業

生がパン屋のおかみさんとは、想像に絶する奇妙な転身なのである。それくらい明治女学校は一般の学校とは一風違った、理想主義的な傾向をもっていた。お良さんのパン屋さんも、見方によれば一つの理想主義の遂行であった」

と語ったものだ。

そう、もうだれも良の「理想主義」を止められなかった。

それどころか、一九〇一（明治三十四）年十二月に本郷帝大前に開店した「中村屋」は、その後飛ぶ鳥を落とす勢いの大盛況をとげ、一九〇七（明治四十）年暮れ、新宿に初めての支店を出すまでに成長するのである。

もちろん、そこにいたるまでの道には種々の苦労もあった。

新宿進出までの経緯を、『黙移』はこうしるす。

開業は明治三十四年、それから日露戦争の三十七、八年までは、中村屋はまず順調に進んでおりました。どうせパン屋のことですから、華々しい発展は望まれませんが、静止の状態でいたことは一月もなく、売行きはいつも上向いておりました。それが小口商いのことですから店頭の出入りは目に立ち、『あの店は売れるぞ』というふうに印象されたと見えまして、税務署の追求が止まず、ある時署員が主人の留守に調べに来ました。私はそれに対してありのままに答えました。箱車二台、従業員は主人を加えて五人、そして売上げです。この売上高が問題で、それによる税務署の査定通り税金を払ったのでは、小店は立ち行かないのでした。

それで、どの店でもたいてい売上高を実際より下げて届け、税務署はその届出の額に何程かの推定を加えて、税額を定めるのでありました。私にはどうしてもその下げていうことが出来ず、ありのままを言ってしまったのでしたから、当時の中村屋の店としては分不相応な税金を納めねばならぬことになりました。これは何と申しても私の一生の大失敗であると、いまでも主人の前に頭が上がらないのであります。

『仕方がない、言ってしまったことは取り返せません、この上はもっと売上げを増すより道はない、一つ何とか工夫しましょう』

これはその時、期せずして一致した私ども両人の考えでした。しかしこちらでそう思いましたからといって、急にそれだけ多く買いに来て下さるものではありませんし、売るには売るだけの道をつけねばなりません。それには、どうしてもどこか有望な場所に支店を持つよりほかないのでした。大学正門前のパン屋としては、私どもはもう出来るだけの発展をしていました。場所柄お客様はほとんど学生ですし、大学、一高の先生方といっても、パンでは月に何程も買って下されるものではない。と言って高級な品を造ってみたところで、銀座や日本橋――当時、日本橋附近が商業の中心地でした――の客が本郷森川町に見えるものではなし、ここでは、たとえ税金の問題が起らなくとも、私どもの力がこの店以上に伸びてくれれば、早晩よりよき場所へ移転の説が起らずにはいないところでありました。

天下の中村屋の新宿進出のきっかけが、こんな単純な税金問題からだったとはやや拍子ぬけするけれども、いづれにしても、ここから相馬夫婦の支店建設地さがしがはじまり、最初は千駄ヶ谷あたりが有力だったのだが、代々木、柏木、四谷とあるくうちに、ついに現在の本店のある新宿三越寄りの一かくに絶好の売り地をみつけるのである。

これでまず新宿方面の根拠地が出来たのでしたから、今までのお得意をいよいよ大切にまわらせるために、小僧二人を本郷の方からつれて来て、店の商いにも力を入れ、私は毎日朝早く電車で通いまして、晩にはメリケン粉の袋でつくった売上げ袋を持って帰り、両方かけ持ちで働きました。ちょうど向う側は――現在㊜の店――豆腐屋で、古い草ぶき屋根が腐って雨が漏りますので、上からトタンが被せてあり、風が吹き出すと、そのトタンがバタン、バタンと鳴るのです。通るのは肥料車《こやし》が主で、それはずいぶん侘しい町筋、私は例の櫛巻に筒袖で、味噌灑しをさげてお惣菜を買いに行く、夕方長屋のおかみさんたちの解散した後、井戸端で明日の米を洗い、手桶に水をいっぱいに汲み込んで、お勝手の木戸を締める時、頭の上に鎌のような銀色の新月を仰ぐ風流はまたとなく嬉しいものでありました。

店はだんだん忙しくなりました。そして、これまでのように本郷から箱車で運んでいるのでは間に合わなくなり、こちらにも製造場が必要になりました。しかしその店ではそれだけの設備をする場所がありません。近所に適当な家があればと思っていますと、只今のところが四千円で売り物に出ました。幸い国から来ている人でお金を貸してくれる人がありましたので、望み通り引き移り、どうやら現在の中村屋の根がそこに下ろされたのであります。

現在では従業員も二百十人を上下しているところになり、十二社の奥に第一寄宿舎あり、店の裏の製造場のほかに、新宿車庫裏にも第二工場を造り、食パン、生パン、かすてら、チョコレート部をおき、その後には第二寄宿舎があり、明治神宮裏門側には第三寄宿舎を設け、店では喫茶部、印度式カレー、最近はまた支那料理にまで拡がりました。これらはすべて中村屋の発展、商売の成功と見られるものかもしれませんが、私どもにとっては一々みな不思議な縁というようなもので、縁に従ってここまで歩んで来たばかりであります。

読んでいるだけでウキウキするような中村屋の順風満帆ぶりだが、良がいうように、そこには多分に「不思議な縁」の力が働いていたことはたしかだろう。

たとえば、店では当初、良がフェリスの寄宿舎で食べていた「宇千喜」のパンを、横浜の問屋から仕入れて売っていたのだが、そこにギリシャ系の亡命ロシア人の職人が就職してきて、たちまち自家製の美味しいロシアパンを提供できるようになった。また、トラピスト修道院から永平寺に修行留学して坐禅を習っていたという若者が、たまたまトラピストで牧畜を担当していたというので、さっそく京王線仙川に養牛場をつくって若者に乳をしぼってもらったところ、そこから申し分のない牛乳を得られるようになる。

その後中村屋の名物となった「ロシア・チョコレート」も、最初はロシア文学が好きだった良が、ハルピンに行って直輸入に踏み切った新製品だったのだが、ちょうどそこへソビエトの菓子の技師がとびこんできて（しかもチョコレートづくりが一番得意だという!）、まもなく店頭には大量生産ではない手づくりのチョコレートがならんで、大好評を博すにいたるのである。

どう考えても、そこには「不思議な縁」があったというしかない。

こんなこともあった。

ある日、愛蔵が築地で「シュークリーム」なる菓子を買ってきた。どうせ西洋からきたキワモノの菓子だろうと思っていたのだが、夫婦して食べてみてビックリした。これまで口にしたことのない、とろけるような旨さと香りが口じゅうにひろがる。良はそくざに、アンパンの餡のかわりにこのクリームを入れてみようと思い立つ。と、それを初めてつくり上げた日に、偶然東京毎日新聞社社長の島田三郎が姿をみせ（島田もクリスチャンで明治女学校の発起人の一人だった）、島田にも試食してもらった。すると甘党で知られる島田は「これは旨い。いいものを発明した」と大絶讃。この一言に勇気を得て、クリームをワッフルのなかにも入れて売り出す。これが中村屋の売上げを驚異的に倍増させた歴史的なヒット商品――「クリームパンとクリーム入りワッフル」の誕生だった。

良の発想のよさもあったろうけれど、夫婦はたしかにツイていたのだ。


商売は順調だったが、愛蔵、良の家庭のほうはどうだったか。

中村屋が開業した三年後の一九〇四（明治三十七）年には次女の千香が生まれ、翌々年には次男襄二、さらに翌年には三男雄三郎が誕生し、一年おいて四男文雄、翌年三女睦、さらに翌一九一一（明治四十四）年には五男虎雄、三年後には四女てつ（のち哲子）に恵まれる。けっして良の身体は強健だったわけでなく、しょっちゅう医者にかかっていた虚弱な女だったのだが、ともかくも穂高に長女の俊子をおいて、愛蔵と長男安雄とともに東京に出てきてから、何と良は七人の子を産んだのである。

だが、襄二は三歳ちょっとで死に、雄三郎も誕生後すぐに他界、てつも一歳と生きていなかったから、良のそばには安雄、千香、文雄（その後旅行先のアマゾンで二十歳で急死）、睦虎雄しかのこらなかった。千香が生まれた一九〇四（明治三十七）年、すなわち中村屋がクリームパンとクリームワッフルを売り出した年には、仙台で母の巳之治が死去した。そのうちに恩人の島貫兵太夫も逝き、加えて、成人した虎雄が店の金を持ち出して、左翼運動に加わり、とうとう市ヶ谷刑務所に厄介になったりした。商売以外の生活は、文字通り山あり谷ありなのだった。

それと、良にとって大ショックだったのは、夫愛蔵の「浮気事件」である。

中村屋が新宿に進出してまもない頃、荻原守衛がニューヨーク、パリをへて七年ぶりに帰国し（守衛は画家から彫刻家に転身していた）、中村屋のすぐそばの新宿にアトリエをかまえたと報告にきた。そのとき守衛が、「良さんは身を粉にして働いているのに」と泣きながら報告したのが、愛蔵の不実だった。帰国してすぐ守衛は穂高の生家に帰ったのだが、そこで愛蔵の「浮気現場」をみてしまったという。愛蔵は毎年春から秋にかけて、蚕の飼育のために郷里に帰っていたが、それは地元の女との情事に励むためだったのかと思うと、良は憤りで身体がふるえた。

だが、問いつめられ、「自分が悪かった。すまん」と頭を下げる愛蔵にむかって、良は何もいえなかった。

何せ愛蔵の生まれ育った信州の山村は、そういうことにひどく寛大で、男女の駆け落ちがあちこちで起り、女の夜這いの習慣すらあるという土地なのだ。一年の半分妻と別れている愛蔵が、そんな行為に走ったとしても責められる土地ではなかった。おそらく愛蔵には、姦淫の罪をおかしたという意識などまったくないのだろう。良は「聖書の教えを忘れたのですか」という問いを発しかけて、その言葉をのんだ。

そのことがあってから、守衛の良に対する労《いた》わりの眼差しはいっそう強くなったようだった。アメリカから帰国した守衛が、迷うことなく良の住む中村屋の近くに仕事場をもったのも、ひとえに良への愛情の兆《あかし》といってよかった。良もまた、パンづくりやワッフル焼きに疲れると、「オブリヴィオン」と名付けられた守衛のアトリエを訪ねた。今の西新宿の高層ビル街にある安田生命ビルのふきんにあたるが、当時はまだ武蔵野の匂いをのこす雑木林がひろがっていた。「オブリヴィオン」とは、ロマン派の詩人バイロンの劇詩に出てくる「忘却」を意味する言葉だときいて、良は守衛の「忘れたいこと」とは、アメリカにのこしてきた恋の残り火なのではないかと、想像したりした。

が、守衛はアメリカにいても、いつも良のために勉強していたのだった。むろん良は愛蔵の妻だったが、守衛にとっては穂高時代から自分を育ててくれている恩人であり、母であり、指導者であった。単身ニューヨークに渡って戸張孤雁らと苦学していた守衛が、勉強に行ったパリでロダンと出会って感銘をうけ、いちど帰米したあと再渡仏してアカデミー・ジュリアンに通いつめ、洋画家よりも彫刻家をめざしたいと思いはじめたときも、真っ先に良に相談し、「守衛は何をつくっても守衛に変わりないのだから」といわれた言葉が、今も守衛の拠《よ》りどころになっていた。守衛は一生のうち一作でもいいいから、夫に裏切られ失意の底にいる良の魂を救う作品をつくりたいと考えていた。

守衛二十九歳、良は三十三歳。

そうした守衛の苦衷のなかから生まれた作品が「文覚像」だった。文覚は平安末期から鎌倉初期にかけて生きた僧侶で、恋した人妻袈裟御前《けさごぜん》に、思いを遂げたいなら「まずわが夫を殺してからにせよ」といわれ、教えられた通りに寝所に忍びこんで夫に切りつけると、何と手をかけたのは愛する人妻本人だったという『源平盛衰記』にある逸話に登場する人物だった。良は守衛が「文覚像」に取り組む前に、星野天知に会ってみたらと勧める。ちょうど天知もキリスト教徒の身でありながら、明治女学校の教え子を妻にむかえるまで相当苦しんだときいていた。守衛は良のアドバイスをうけ、鎌倉笹目ヶ谷の「暗光庵」を訪ねる。

そこで天知から、真言宗大覚寺派の成就院に木彫の「文覚像」があると教えられて、良をさそって見にゆくのである。

ところが、その「文覚像」は予想に反し、性の相克に悩むどころか、どこかおどけて、こちらを茶化すような相貌をした像だった。高さ一尺、観音びらきの厨子のなかで素っ裸で褌をしめ、太い腕を組んで、斜め上を睨んでいる。しかし、守衛はそれこそ「相克」の表情にちがいないと理解する。人間は苦悩すればするほど、自己の心の平穏をしめすように、ことさら威丈高にふるまい、その内実を懸命におしかくすものなのだ、と。

人間の内奥に燃えたつ「相克」の感情を、守衛なりに精いっぱい表現した「文覚像」は、その年の秋の第二回文部省美術展覧会（文展）に、パリで制作した「女の胴」「坑夫」とともに出品されるが、「文覚像」は三等賞、他の二点は落選した。

「ロダンに学んだ新芸術は今の石頭《いしあたま》審査員にはわからない」、一等賞をのがした守衛は、パリ帰りの新進芸術家を追ってやってきた新聞記者にそういったが、それは手をふれることもできない良に恋する守衛の、自らがかかえた「相克」を表わす言葉であったのかもしれない。

それにしても、この碌山こと荻原守衛と良との交流を中心に、しだいに良の周りには若い画家や彫刻家、学者たちがあつまりはじめ、やがて「中村屋サロン」とよばれる芸術家の橋頭堡となってゆく経緯は、「パン屋」中村屋の成功物語《サクセスストーリー》をきくよりも愉快だ。

私どもは中村屋としての歩みをもう三十四年つづけてまいりましたが、この間にこれもやはり不思議な縁で、時代にすぐれた美術家の、それも一人や二人でなく多くの人に交わり、その芸術に親しむことを許されました。と申しますといかにも自分たちに絵心でもありそうに聞えますが、至って不器用のうまれつき、線一本もろくに引けないのであります。

碌山は主人と同郷信州穂高村の生れでした。家は普通の農家で、高等小学を卒業したばかりでしたが、相馬が早稲田を出て帰郷しますと、そこに集まって来た若者の一人、碌山とはいわず守衛《もりえ》というのがその名でした。これはどこの田舎にもあることで、誰か一人東京に出て学問をして帰って来ると、その一人を中心にして集まり、新しいことを聴き、都の様子を知ろうとする。碌山はそうして相馬からかなりの刺激を受けたものと見えます。彼は非常な憧憬をいだいて一再ならず家出し、とうとう私どもが故郷を離れるよりも一足先に上京しまして、やはり私との縁故から巣鴨時代の巌本先生に頼って、校庭の雑木林の間に三畳半ほどの小舎を立て、それを深山軒と称していました。彼はそこに起臥しつつ小山正太郎氏の不同舎――後の太平洋画会――に通って好きな油絵を学び、巌本先生はじめ青柳先生、布川静淵先生等に接して、いろいろ教えを受けました。そのうち感ずるところあって米国に渡り、紐育で皿洗いをしながら美術学校に通い、三十六年には仏蘭西に渡り、コランの塾に通い、またアカデミー・ヂュリアンにも行き、ローランスについて学びました。

その後巴里でロダンの「考うる人《ママ》」という偉大な作品を見て感激し、それから彫刻に転向し、その年の十月から翌年二月までの一期間の競技に、つづけさまに上席を占め、一時に名を挙げました。中村不折先生などもその頃碌山と一緒に真剣に勉強された方のお一人だときいています。

四十一年三月帰朝、角筈新町に画室を建てて、力強い作品を世に示すと同時に、「生命の芸術」を高唱して我が国美術界に大きな波紋を起しました。初めてきくその清新な芸術に感激して、若い美術家たちが続々と訪ねて来ました。中でも中村彝《つね》、中原悌二郎の二氏は最も出色あり、またそれより前、米国で親しくした柳敬助画伯――これは辻永、橋本邦助、熊谷守一、和田三造氏等と共に美術学校五人男の一人――が帰朝されると、中村屋の裏にあった古い洋館をアトリエに直してそこに落ちつき、碌山逝いて翌年でしたが、当時婦人之友記者として、女子大学卒業間もなくのまだ若々しかった橋本八重子さんと結婚なさって雑司ケ谷に家庭をつくられましたが、その後は中村彝さんの画室となり、中原さんも始終来ていました。

さりげなく書かれているけれども、中村彝にしても中原悌二郎にしても柳敬助にしても、ここに登場する画家や彫刻家たちは、いずれ劣らぬ日本美術史上に確たる足跡をのこした若きホープばかりである。

「線一本もろくに引けぬ」良のどこに、それほどまで若い才能を惹きつける魅力があったのか。おそらくそこには、文筆家としての挫折を味わっていた良のもつ、「表現すること」への渇望と憧憬が大きな影響をあたえていたように思われる。良は思いがけなく中村屋が成功し、世間で自分の名がヤリ手の事業家として高まってゆくにつれ、ややもすれば表現者としての自分自身を見失ないかけていたのではなかろうか。

店がいくら千客万来の繁盛をとげても、それとこれとはべつで、心の空洞が満たされることはなかった。病弱な身体に何人もの幼い子の養育は苛酷だったし、朝から晩まで店を切り盛りしていたから、依頼される原稿も思うように捗《はかど》っていなかった。さらにそこに愛蔵の浮気が重なって、良は精神的にも相当追いつめられていたのだ。

「中村屋サロン」につどう若い画家たちの息吹きは、ある意味で、良にそうした苦しい現実から「もう一つの世界」へ自分を引き上げてくれる、ひとすじの光明であったといってもいいだろう。

素っ気なくさらりと「碌山逝いて」と書かれてあるのが、かえって痛々しいが、碌山荻原守衛が死んだのは一九一〇（明治四十三）年四月二十二日のことで、良をイメージしたという彫刻「女」が出来上ってまもなくのことだった。その年の三月には次男の襄二が小児結核で死亡しており、良の心はいよいよドン底に沈んでいたのだが、唯一の希望の灯といえば碌山の「女」の完成だった。碌山は雇ったモデルに色々なポーズをとらせ、直接良をデッサンすることはなかったが、制作の途中から良に「これは良さんにささげる作品なんだ」といっていた。良は中村屋の店じまいをしたあと、子どもをつれて「オブリヴィオン」を訪ね、制作台の「女」を指さし「これはカァさんなのよ」と誇らしそうにいった。

「女」の完成後、心やさしい碌山は、画友柳敬助が中村屋の隣の写真館を改造してアトリエをひらくときいて、疲れた身体で大工の陣頭指揮を買って出た。そして、そのアトリエびらきの夜、良の眼の前でとつぜん喀血し、日が変わった二十一日未明さらに大量の血を吐き、医者を呼んだがもう間に合わず、翌二十二日午前二時三十分、三十歳五ヶ月の生涯をおえたのだった。

ふい討ちを食らわされたような碌山の死に、良はただ茫然自失し、うろたえながらも、数日後訪ねてきた戸張孤雁の「オブリヴィオンの整理をしなきゃ」という言葉に、自らを取りもどす。

私は愕然として我に帰りました。そうだ一刻も早くアトリエの始末をしなければならない。誰も入らないうちに、死の直前孤雁のいるところで碌山に託された机の鍵のことが電光のように私の頭をかすめたのであります。

そう思いつきますと一刻も猶予してはいられないので、すぐ孤雁とつれ立って、今は主人なきアトリエに行き、中に入って見ますと、故人の作品は今は累々たる屍のように見えるのでした。その中に絶作となった「女」が彫刻台の上に生々《なまなま》しい土のままで、女性の悩みを象徴しておりました。私はこの最後の作品の前に棒立ちになって悩める「女」を凝視しました。高い所に面を向けて繋縛から脱しようとして、もがくようなその表情、しかも肢体は地上より離れ得ず、両の手を後方にまわしたなやましげな姿体は、単なる土の作品ではなく、私自身だと直覚されるものがありました。胸はしめつけられて呼吸は止まり、私は、もうその床の上にしばらくも自分を支えて立っていることが出来ず、孤雁はまたそこに顔を掩うて直視するに忍びないのでした。

やがて私は孤雁の立会いで、ふるえる手をもって机の抽出しを開けました。中には鉛筆で余白がないままで書き記した日記のような帳面が入っていました。故人の遺言により、一行も読まず、そのままストーブで焼こうと致しましたが、ああいう手帳のような紙は、なかなか焼けないものです。もしも燃え残りの紙片のために故人の秘密が人に知られるようなことになってはと、一枚一枚丹念にちぎっては焼き、ちぎっては焼き、眼には一字も見ず火中に投じ尽し、いかに探るともいっさいを甲斐なき灰としてしまいました。孤雁は私の冷酷な仕様を詰めるように、「イプセン」の「ヘダガブラ」だと言って泣き、しばらくの間、死のような画室の静寂を破るものは孤雁の歔欷《むせびなき》ばかりでありました。

これまでどこかノホホンとしていた『黙移』だが、この続篇『黙移』に綴られた文章はかなりシリアスである。シリアスというか、ある種ミステリアスな色彩さえおびる。

まず第一に、なぜ良は孤雁の「オブリヴィオンの整理をしなけりゃ」という言葉に、こんなにまで過剰に反応したのか。また、なぜ碌山は（あたかも己が死を予期していたように）、画友孤雁の前で机の鍵を良に渡したのか。ともかく良は、孤雁を立会人にして、「碌山と自分」との関係の無実を晴らすかのように、「オブリヴィオン」にのこされた遺品の一つ一つを始末するのである。

良自身が「直覚」したように、彫刻台に置かれた「女」は、碌山を慕いながらも、その求愛を受け入れられなかった良そのものの姿だったろう。碌山の愛の繋縛からのがれようと、天空をめざしてもがきながらせり上る女の肢体は、残酷にも地上から一センチとて離れることができず、両手を後ろに回したままの身体をせつなげにのけぞらせている。その前に立った良は、そこに表出された自らの性愛の実像を、ただ打ちのめされたようにみつめているだけなのだ。

文章にミステリアスな色彩があるというのは、このときの良が、まるで自身が書いた遺書を消滅させるかのように、碌山の日記をストーヴで焼いていることだ。日記の一頁一頁を、丹念にちぎり、慎重に炎にくべてゆく姿は、良が良自身の過去のすべてを焼き捨てようとしている行為にも思える。その後、碌山とも良とも親交のあった詩人の高村光太郎が、「碌山は脳梅毒で死んだのだ。うつしたのは良だ」とまでいい放ったのは、孤雁から伝えきいた良の「オブリヴィオン」における姿――イプセンの戯曲『ヘッダ・ガブラー』（男たちを破滅にみちびく悪女の物語）の主人公さながらの姿に、ある鬼気を感じたからにほかなるまい。

宇佐美承氏の『新宿中村屋　相馬黒光』や、氏が参考にされている荻原碌山、中村彝、中原悌二郎らの評伝、手記を読むと、当時の「中村屋サロン」がいかに若い芸術家たちの覇気と情熱にあふれていたかがわかるのだが、それは片方において、サロンの女王相馬黒光をめぐる愛憎と自我とがぶつかり合う男女の修羅場でもあった。柳敬助が中村屋の敷地内に建てられた碌山設計のアトリエに住み、しばらくして出入りしていた雑誌編集者と結婚して去ってゆくと、そこにすでに文展に入選して前途洋々といわれていた中村彝が入居してきた。彝は二十代半ばで、中期の結核を患いながらも時々キラリと光らせる両眼は、たちまち良の心をうばう。一ど良を裏切ったことのある愛蔵は、「談一度芸術や宗教に移るや、随分私達は興奮したものだ。話が高潮に達するに従い、彝さんはボ・・ッと上気する。目が輝く。早口になる。息がはずむ。しまいに膝と膝が打《ぶ》っ突《つ》かる迄詰め寄って来る」（黒光『新宿時代の彝さん』）という妻のはしゃぎぶりを、ハタから黙ってみているしかなかったようだ。

良の芸術家、学者への一目惚れはこれだけではない。

とくに「パン屋のツバメではないか」とうわさされたのは、画家たちにまじって週一どくらい通ってきていた早稲田大学文学部助教授の桂井当之助だった。桂井は専門が西洋哲学だったがロシア文学にも造詣がふかく、そういう話題に飢えていた良の向学心をみたした。むさくるしい絵描きたちとはちがって、髪を短くしてフチなし眼鏡をかけた端整な顔立ちで、いつもネクタイをしめた背広姿の桂井は、良との会話の半分ほどは英語を使った。良は店のヒマをみつけると、奥の部屋に桂井と二人で閉じこもり、イプセンの英訳や、メーテルリンクやトルストイ、ドストエフスキーの講義をうける。それが、パンづくりで疲れた良の何よりの慰労となった。

良が桂井と親しくなったのは、彝が良の長女の俊子をモデルにして絵を描きはじめたことが関係していた。その頃俊子は穂高での義務教育を終え、「ミッション系の学校に入れさせたい」という良の要望で上京し、東京府下滝野川にある女子聖学院に通う十五歳の娘になっていた。その俊子に彝は「モデルになってくれ」と頼みこみ、何日も前から俊子の「裸体画」を描きはじめていた。生前の碌山の仕事を知っていた良は、絵描きが若い女の肉体を描くことにはある必然を感じていたのだが、それがわが娘となると気持ちは穏やかではなかった。さりとて良には、自分が見込んだ彝にはいい絵を描いてもらいたいという思いもある。じっさい、このときに俊子を描いた「少女裸像」は、一九一四(大正三)年の東京大正博覧会美術展覧会に出品され三等賞をうける。また、つぎに秋の文展に出した着衣の俊子を描いた「小女」でも、やはり三等賞を授与されるのである。

そうした彝と俊子の親密ぶりを横目でみながら、桂井の良への「講義」はつづくのだが、そのうち、こんどはそうした二人に嫉妬したのか、彝のほうがどこかへぷいと家出してしまう。

彝が流連したのは伊豆大島だったが、滞在して三日ぐらいに喀血する。中期だと思っていた結核がかなり進行していた。俊子のすべてを描きつくそうと全身全霊で画布にむかっていたのに、良の燃えるような眼でそれを阻止され、彝の心身はボロボロになっていたのだ。それでも力をふりしぼって小品の「大島風景」を何点か仕上げ、小康を得てようやく中村屋に帰ってくるのだが、良には何もいわずに日暮里の安アパートに引っ越す。

だが、彝は俊子をあきらめたわけでも、良を嫌いになったわけでもなく、それからも良母娘と病身の彝との微妙な心理合戦はつづくのである。

そのうち、それどころじゃない事件が中村屋に持ちあがる。

一九一四（大正三）年七月、ヨーロッパでは英仏などが連合してドイツとの第一次世界大戦がはじまっていた。日本もその連合軍に加わって宣戦布告する。そんな折、日本に三人のインド人が潜入し、ひそかに敵国ドイツからの資金援助をうけ、インド独立運動を企てているという知らせが英国司令部にとどく。英国大使は外務省を訪ね、かれらの身柄を即刻引き渡すように求めた。

三人のうちの一人はいち早く横浜からアメリカに逃れたが、他の二人には日本政府が国外退去を命じた。

それを新聞報道で知った愛蔵、良夫婦は、「引き渡せば殺されるとわかっている印度《インド》の志士に、無理矢理スパイ罪をおしつけ、日本から追い出すなどというのは、この国に生きる民として恥かしいこと」と顔を見合わせた。

退去期限がいよいよ明日に迫った日、たまたまパンを買いにきた「東京二六新聞」の記者中村弼《たすく》に、店頭に立っていた愛蔵が注文をききながら、つい「例の問題は大変なことになりましたな。日も迫っているから気が気じゃない」と、暗に自分のところでかくまってもよいといった顔をする。たちまち中村記者を通じて、「中村屋がインド人を庇護してもいいといっている」との報が、右翼団体玄洋社の最高顧問頭山《とうやま》満の耳につたわった。頭山や右翼思想家の宮崎滔天、反欧米の旗手大川周明たちは、何日も前からインド人の隠れ場所をさがしていたのだが、見つからず焦っていたのだ。その日のうちに刑事の眼をくぐって二人は中村屋に到着、ついこのあいだまで彝が万年床で絵を描いていた敷地内のアトリエにかくまわれる。

これまで若い芸術家の育成や支援に力をそそいでいた中村屋だったが、こんどは露見すれば店の将来さえ危ぶまれる、時の政府に逆らって亡命活動家の逃走を扶助する、という大事に挑むことになるのである。

従業員には愛蔵が、「裏のアトリエにはインドの方が滞在している。あの人たちは日本を頼ってはるばるやってきたのに、政府は見殺しにしようとしている。だから、わが中村屋がかくまったのだ」と説明し、「絶対に口外しないように」と厳命した。従業員は感動して拍手し、なかには「もし警察に踏みこまれたら身体を張って防ぎます」などと、頼もしいことをいう者もいた。

店で英語を話せるのは良だけだったから、それでなくとも体調のすぐれなかった良の労働が倍増した。インド人の食事や風呂の世話、とくにアトリエには風呂場がなかったので、女中が湯を沸かして運んできて盥《たらい》に入れ行水してもらった。新聞を読みたがる二人のために良が付き切りで通訳し、両者とも超Lサイズの衣類は、気づかれないように遠方の百貨店から取り寄せてそろえた。

話をしているうちに、だんだん二人の身分がわかってくる。二人のうち、「タクール」と名のっていた男はラス・ビハリ・ボースといい、インド北東部の第二階級の家で生まれた二十九歳の活動家で、十六歳のときに家出、(英国人の)インド総督を負傷させた疑いで指名手配される。追っ手をのがれてカルカッタで二挺のピストルを同志に渡し、日本郵船「讃岐丸」の船底にのって、半年前に神戸に上陸していた。いってみれば「筋金入りの危険分子をかくまったものだ」と良は思う。

そうこうするうち、もう一人の「グプタ」という男がふっと姿を消してしまった。あわてて敷地内のあちこちを探すがみつからない。一人のこったボースは、きちんと正坐して国語読本をよんでおり、「便所に入っているあいだにいなくなった。何ども死線をくぐってきた自分とちがって、アメリカに留学して自由を経験したグプタは辛抱が足りなかったのだろう」といった。「それに、ぼくは味噌汁が好きだけれど、かれは味噌汁が大の苦手だったようだから」ともつけ加えた。グプタが捕まればすべてはバレてしまう。あわてて頭山に連絡すると、活動家の大川周明のところにいることがわかった。それから半月ほどして、大川邸に出入りしていた小説家夢野久作の父親であるという杉山茂丸の計らいで、アメリカ経由でメキシコに脱出したという話がきこえてきた。

とにもかくにも、これで中村屋でかくまっているのはラス・ビハリ・ボース一人になったわけである。

しかし、覚悟していた通り、日に日に当局の捜査はきびしくなってくる。

実際そうしていても、なかなか不安で夜の眼を合わされないくらい、その筋の探索の手は到らぬ方もなく、およそ東京で志士をかくまいそうな家は、一軒も残らず調べられました。その頃銀座にあった江副さんという煙草屋なども、頭山先生とのある関係から第一に嫌疑をかけられましたし、梅谷《うめや》庄吉といって、これは日本で初めて活動写真の撮影を試み、支那のためにも大いに働いて、孫文が神社に祀られた時には民国政府から招待されたような人ですが、当時大久保に大きな屋敷を構えていました。この梅谷さんなども三度も家探しをされ、おまけに淀橋署に一晩留められる。ついには署長から懇願される始末で、全く知らないことだけに張合いもなく、あんなに困ったことはなかったと、後になって語られました。

そういうふうに外の詮議が厳しくなるにつれ、頭山先生の御心痛はいよいよ深く、中村さんをはじめ同志の方々の間で、第二、第三の手段が考えられました。この東京で数少ない印度人を家におくことです。よく隠して二週間、そこまで行けばきっとどこかから知れてくるに違いないと考えられ、その時には小石川の秋山清氏邸へ、そこでも危い時は原宿の某氏の宅へ、そういうふうにおよそ段取りが決っているということを、中村さんから伺いました。そこで、主人はこっそり両家の構えを見に出かけたり致しました。そして一方は静かな屋敷町で、俥一台入っても眼につきそうな所ですし、一方はたいして奥行のないお家で、夜分外から窺えば中の人数が分りそうなのを見ますと、帰って来てやはりこの家の方がましだと申し、なかなか他へ送り出すどころではなくなりました。

こうきくと、あらためて当時の中村屋の間取りが、というより何人もの画家や彫刻家を住まわせていた裏のアトリエが、ボースらを隠匿しておくのにいかに適した場所だったかが知れるのだが、そんな状況のまま四ヶ月余りがすぎた頃、事態は急転直下、思いがけない方向にむかう。

それは翌年二月、ボースのあとを追っていた英国の官憲が、東洋汽船「天洋丸」を砲撃して停船を命じ、乗客の七人のインド人を香港からシンガポールへ拉致するという事件が起き、それ以来外務省の英国に対する姿勢がガラリと変ったのだ。こぞって新聞は英国の強硬な施策を批判、国際的な世論の反ぱつが高まってきて、当局もしだいに頭山満らの意向を受け入れるようになり、自然とボースへの態度も変ってきたのである。

かくて、ラス・ビハリ・ボースと相馬愛蔵、良夫婦の別れの日がやってくる。

ボース氏が私どもの家を出て行く時、私は病床におりました。ボース氏が初めてここに見えた時、私は乳呑児を抱えていましたが、その後の心労で私の乳質が急に変化したということからかと思いますが、その十二月十五日、とうとうその子供を失いました。もとより愚痴をいうべきところではありませんが、力及ばず、何かと行き届かなかったことを思いますと、いかにも死んだ子に済まない思いが致しまして、大切の預り人を抱えて気を張っておりますうちにも、深い悲しみが私を傷めておりました。そして今は病み、二階を下りることも出来ないで臥せっておりますところへ、ボース氏が暇乞いに見えました。ボース氏は、いつとなく私どもを父母と呼ぶようになっていまして、その日は私どもの心づくしの羽織袴をつけており、これがお別れかと思ってあらためて見上げますと、本当にそれは立派な姿でございました。四ケ月半といえばそんなに長い時ではありませんが、義によってこういう命がけの経験をいたしました間柄というものは、肉身の親子以上の親しみと敬慕の念を感じ、私は名残惜しさに流れる涙を抑え抑えして、窓にすがって、離れて行く自動車のあとを見送りました。

読んでわかるのは、政府に抗し亡命インド人をかくまうという使命を果たしながら、良は同時進行でかなり重篤な病の床にあり、しかも九人めの子てつ（哲子）を失っていたことだ。ボースを見送る良の姿は、さながら映画のシーンでもみるようにロマンチックだが、良にとってついにボースを護《まも》りぬいたという安堵と自負はいかばかりのものだったろう。それは病とわが子の死をのりこえて良が得た魂の充実であった。良は信仰を尊び、芸術を愛し、文筆に焦がれた女だったが、同時に自分の生命の火が社会や時代を照らすことを何より欲していた。そういうことに飢えていた。ことによると、相馬黒光は中村屋という事業そのものを、己が「芸術運動」「社会運動」に昇華させようと身を削っていた女だったのではないだろうか。

だが、良にふりかかる試練はそれだけではなかった。

哲子の死に憔悴しきっていた良のもとに、桂井当之助がチフスで亡くなったという知らせがとどく。良はついこのあいだまで、桂井といっしょに昼夜ぶっ通しで、片上伸教授の翻訳原稿『ドン・キホーテ』の校正をしていた。教授がロシアに出発する前に、何とか仕上げておきたいと桂井がいうので、良が助手を申し出たのだった。その仕事が一段落したときに、今回のインド人をかくまう事件が起きたのだが、良はつい桂井にだけはコトの次第をしゃべっていた。桂井をだれより信頼していたし、ボースと話を交わせるのは良だけだったから、これからも桂井にだけは良き相談役になってほしいと考えたからだった。

ところが、その桂井が、急性肺炎で瀕死の床にあった四女哲子を見舞ってくれたあと、こんどは自分がチフスにおそわれてたおれた。最初は病院でも病名がわからず、何日も高熱がつづいて、三つめの病院でようやくチフスと診断されたが手おくれだった。哲子が亡くなってまもなく、桂井は特別病棟に隔離されたまま、その年の大晦日、あっけなく二十九歳でこの世を去る。

葬儀の日、良は一人病院の霊安室にいって遺体と面会した。

桂井家の人たちは葬儀の準備であちらこちらと駆けまわっておりまして、遺骸はさびしく屍体室に横たえられ、誰もついているものはありません。その時でした。私はただ一人、一輪の花もない四方白壁の屍体置場の中央に仰向けにねかされている桂井さんの側に、生存中よりまた異った懐かしさ、慕わしさをもって腰をかけました。

私は顔を近く寄せて飽かず凝視しておりましたが、その時は不断の自分とまるで変ってしまいました。その時私はただただ目前の一つの顔に向かって氾濫する感情のみになりました。私は生前決して触れなかった死者の頭の毛にそっと手を触れ、氷の針のような感触に身を慄わせました。象牙細工のような額に触れました。頰に触れました。その冷たいこと、冥府の世界の冷たさに通じていました。心のままにその顔を愛撫して、私は一種異様な満足を覚えたのでございます。私はいまひとえに懺悔致すのでありまして、親しい異性の死者の上に、一陣の魔風を吹かせた私、ああ私という女はと思い、自分怖しさに戦慄立《おぞけた》つのであります。

良はここで、素直に「私はいまひとえに懺悔する」と書き、「親しい異性の死者の上に、一陣の魔風を吹かせた私」と告白している。また、「自分怖しさに戦慄立つ」とも吐露している。想像だが、桂井当之助とは身体の交わりはなかったにしても、良はじゅうぶんすぎるほど、桂井に対して「氾濫する感情」を抱いていたのにちがいない。

「魔風」——たしかに良にはそうした、自身も気づかないところで異性にむかって放たれる不可思議な淫風(!)のごときものが備わっていたように思われる。淫風といっても、それはいわゆる性的な意味だけの淫風ではない。いったん愛情をもった異性に対して、けっして相手を逃そうとしない情念の風とでもいうか、良だけのもつ感情の吸引力のようなものが備わっていたのである。

良はひそかに、その「魔風」こそが、自分の周辺から次々と愛する者たちの命が失なわれてゆく原因なのではないか、と怖れていた。布施淡もそうだったし、碌山もそうだったし、桂井もそうだった。かれらの上に、良は「魔風」を吹かせていたのだ。いや、ことによると次々と早逝していった良の子どもたちだって、自分の「魔風」の犠牲者だったような気がしてくる。ああ、自分という母親がこんな「魔風」をもつ女でさえなければ、子たちも幼い命を落とすことはなかったのに、と良は懺悔するのである。

ところで、中村屋を引き払ったからといって、ボースの逃亡生活が終ったわけではなかった。頭山満らからの要請によって、日本政府はボースの不法残留だけは取り消したものの、かわりに英国大使館が（日本の国権を無視して）探偵を雇って執拗にボースを追っていたので、ボースは生活の拠点を転々としなければならなかった。最初の隠れ家は麻布新龍土町の古い屋敷で、ボースはそこに日本名の表札をかかげお手伝いとしばらく暮した。しかし探偵の追跡はしつこく、あるときは八百屋の御用聞き、あるときは電気の集金人、食堂の出前持ちになりすまして探りを入れてくる。

やがて夏がくると、病床にある良のかわりに愛蔵が駈け回って、ボースは相馬一家とともに房州一宮の浜辺の一軒家で暮すようになる。そのあたりは良質の鶏卵が収穫される土地で、愛蔵が東京からヨーグルトを持ってくると、ボースは器用にカリーライスをつくって一同にふるまった（そのときのボース直伝のレシピから現在の中村屋名物「カリーライス」が生まれる）。その後、探偵の眼をごまかし、隠れ家を駿河の興津《おきつ》に移し、半月ほどしてふたたび新宿に近い中野町の知人の家に置いてもらうことになる。中村屋から離れても、ボースの身元引受人は相馬愛蔵、良夫婦であり、夫婦がいなければ、ボースは日本で生きてゆけないという事情に変わりはなかったのである。

そこに、頭山満がとんでもない難題をもってくる。

何と、俊子をボースの嫁にしてはどうかといってくるのである。

「英国大使館の追及はこれからも手をゆるめないだろう。ボースの身を守るのに婆や一人ではとても無理だ。不意の事態に機転をきかせることができ、日頃ボースの目になり耳になる婦人が必要だ」というのが理由だったが、さすがに愛蔵も良もそれには簡単に応じられなかった。

俊子は滝野川の女子聖学院を出たあと、名門女子学院の高等科にすすみ、外国人といっしょの寄宿舎生活を経験していたので、いつのまにか英語が堪能になっていた。それを見込んで、日頃から良は俊子を相馬夫婦とボースの連絡役に使っていた。俊子もいやがるふうでなく、ボースが暮らす興津や中野町の隠れ家にひんぱんに通い、ときにはボースの親書をたずさえて頭山邸を訪れることもあった。たぶん頭山は、そんな俊子の働きぶりをみていて、いっそこの二人を夫婦にしてボースを日本に帰化させるのが一番いいと考えたのにちがいなかった。

さあ、良は迷いに迷った。

この重大な問題に面して、私は幾日も幾日も考えました。私はどういう縁でか、この印度の志士を預り、いつとなく我が子のように感ずるようになってはいましたけれど、これがやがて娘の夫になろうなどとは夢にも思ってみたことはありませんでした。したがって、娘にいまそういうことを言い出すのも苦しく、ことにこれは娘を非常な苦労の中に陥し入れるものなのですから、親としてもまことに不憖であり、また果たしてそんな大任がこの年若なものに完うされるかどうか、考えれば果てしもなく心配でした。

でも私どもが考えましたところでも、ボース氏のためにさしあたりこれよりよい方法がありそうにみえませんし、もしも娘が心から進んでボース氏に嫁ぐならば……と、ついにはどうかそうあらせたいと、祈るような気持になってまいりました。

　とうとう思い切って娘に、頭山先生からそういうお話があるということを話してきかせました。娘は黙って聞いておりましたが、

『よく考えてみます』

と言い、その後はあまり物も言わなくなって本当に真剣に考えているように見えました。一月ほどして、先生へお返事せねばならない時になりましたので、いかにと案じながら、どうか娘が自由を失わないでものを言うことが出来るようにと、つとめて私自身を静かに保ち、娘の心をきいてみました。すると娘は、もう本当に考えに考えた上だという様子で、落着いて、

『どうぞ私を行かせて下さい』

　と申し出ました。

『行かせてくれといっても、これはただの楽しい結婚などとは違うが、お前は本当にあの方と一心一体となることが出来るか、本当にどんな時にもあの方を身をもって護ることが出来るか』

　私は娘の健気さに打たれ、さすが我が子と思いながらも、嬉しいのか悲しいのか涙が落ちていよいよ不安がつのり、念の上にも念を押さずにはいられませんでした。

　しかしどんな思い案じも無用でした。娘の決心はもう固うございました。

　良にしてみれば、頭山満は心から尊敬する国士であり、その申し出を無にするわけにはゆかなかったが、さりとて俊子が肯いてくれなければどうにもならない話だった。それが、俊子のほうから「行かせて下さい」といってくれたのだから、良の眼にうかんだ涙が嬉しさと悲しさ半々だったのはたまし

かだろう。

さっそく挙式ということになったが、何しろ相手はインド人のお尋ね者である。ボースの親代わりに頭山が立ち、政界の大物後藤新平、犬養毅が俊子の保証人になったが、式場は霊南坂の頭山邸、出席者は相馬家からは愛蔵と長男安雄（十八歳）、千香（十四歳）の弟妹、病にあった良は欠席した。ボースには身寄りなどいなかったから、頭山の盟友宮崎滔天、大川周明らで頭数《あたま》をととのえた。何もかもが隠密裡に運ばれ、新郎新婦の新居さえ、愛宕山下あたりというだけで正確な場所は知らされなかった。

そんな侘しい結婚式であっても、式を手伝った婦人から「頭山先生の奥さまと中村弼さんの奥さまが俊子さんの髪を高島田に結いあげ、晴れ着を着せてあげておりました」という報告をきいて、病床の良は何ども瞼をぬぐった。

因みに、俊子を見染めて何点もの作品のモデルにした中村彝は、母親の心情を悟った俊子が正式に彝の求婚を断わっており、彝が俊子とボースの結婚を知ったのは、挙式の半年後のことだったという。

ここで、盲目の詩人ワンシー・エロシェンコと、もう一人の漂泊のロシア人ニンツアについてもふれておく。

俊子とボースが結婚する三年前の一九一五（大正四）年、もっと正確にいうとボースをかくまう三ヶ月前のことだが、ある日、「東京日日新聞」の女性記者神近市子と演劇青年秋田雨雀が、一人のロシア人を伴って中村屋にあらわれた。それがエロシェンコで、良より十四歳下の二十六歳、当時神近市子は一つ上の二十七歳で、秋田雨雀は三十二歳だった。エロシェンコは「吟遊詩人」を名のり、ギターやバラライカを奏でながら自作の詩を読んでいた。ロシア語以外に、国際語のエスペラントを話した。良はその亜麻色のふんわりカールされた長髪の下からのぞく、どこか孤独な光をやどしたエロシェンコの瞳に心をゆらした。ロシア語勉強会のメンバーである早稲田大学教授の片上伸が、いつか「盲目のロシア人から会話を習っている」といっていたのを思い出し、そのロシア人はこの男だったのかと思った。

かねてより良と知り合いだった神近市子と秋田雨雀は、エロシェンコが故国からの送金が途絶えて生活に困窮しており、このままでは国外追放になりかねない。何とか助けてもらえないかという。

良は承諾した。

ちょうど良も、だれかロシア語を教えてもらえそうな人物をさがしていたところだった。病をかこちながら、毎日店にも立たなければならなかった良には、きまった時間にロシア語を学ぶことはとうてい無理だった。エロシェンコが中村屋の食客でいてくれたら、体調のいいときに好きなだけ学べる。しかもエロシェンコは、若くてハンサムな吟遊詩人だ（のちに中村彝や鶴田吾郎の絵のモデルをつとめる）。いい先生がやってきてくれた、と良は喜んだ。

だが、翌年七月末、寄宿していたエロシェンコはふいに姿を消す。あとから知ったことだが、エロシェンコは神近市子に一方的に思慕の情を寄せていて、その市子が妻子持ちのアナーキスト大杉栄と恋仲にあるということを知り、傷心の思いをかかえたまま神戸から中国ゆきの船に乗ったのだ。良はそんな詩人の孤独にも気づかず、毎晩のように良がオルガンを弾いて、エロシェンコにバイオリンを弾かせていたことを思い、何となくせつなくなった。

ところが三年後、ふたたびエロシェンコは中村屋にもどってくる。

あれから上海、香港、暹羅《シャム》、新嘉坡《シンガポール》、緬甸《ビルマ》、インドをめぐってきたのだが、どこにも心の落ち着くところはなかった。インドに入った頃、神近市子が葉山・日蔭茶屋の料亭で大杉栄を刺し、自首して、今は牢獄につながれる身であることを知り、折も折祖国で革命が起ってロシア人が追放されはじめたこともあって、相馬夫妻のいる日本に帰ることを決心したのだという。

しかし、ここで問題が生じる。

じつはエロシェンコが再来日するほんの一ヶ月前から、中村屋にはもう一人、ニンツアというカフカス（コーカサス）地方出のロシア人が住みついていた。これが何とも変クツな男で、周囲の者に手当たりしだい人生論をふっかけ、自分の意見が通らないと暴れ回り、最後には「俺は哀れなコスモポリタン」とふてくされる。自分の出自や年齢もはっきり明かさず、いくら良夫婦に世話になっていても一ども頭を下げたことがない。にもかかわらず、中村屋の先住者である画家や彫刻家にはふしぎと人望があって、中原悌二郎はニンツアをモデルにして代表作となる彫刻「若きカフカス人」を完成させていた。良はそんな変人ニンツアに、純粋で一途なエロシェンコを出会わせたら、同じロシア人のあいだでとんでもないモメ事が起こるのではないかと案じた。しかし、自分たち夫婦を頼りにして再来日したというエロシェンコに、「ロシア人の先客がいるので住まわせられない」なんて冷淡なことはいえない。

けっきょく、二人の仲を心配しながらも、良はエロシェンコを新しい中村屋の住人としてむかえることにした。

最初のうち、良はなるべく二人が顔を合わせないようにしていたのだが、しばらくしてこんなことが起こる。

ある時ニンツアをつれて帝劇にロシヤの女流声楽家の独唱をききにまいりますと、エロシェンコに会いました。そこでやむを得ず二人を紹介いたしました。二人は一緒になって、今まで紹介しなかったことを私に詰っていましたが、これが機会となって、二人の交わりは急速に展開し、けれども三回目くらいの会見には、もう喧嘩が始まりました。その原因が私のことだと聞いた時には本当に驚きました。それは私がある時夫と相談の上、恩師青柳有美先生と以前の舞台協会俳優加藤精一さん、それにエロシェンコを招待したことがありまして、ところが当日の朝になりますと、夫は急用が出来て突然信州に出立いたしましたので、仕方なしに私一人で予定の招待をいたしました。そのことを別にニンツアには必要ないのでしたから私は話しておかなかったのですが、エロシェンコは何の考えもなく彼と対談中に招待の一条を話したのだそうでございます。するとニンツアはエロシェンコに、

『マーモチカ（母さんということ）はそんな女だとは思わなかった。主人の留守をねらって文士や俳優を家に引き入れて楽しむなんて。もうこれから尊敬することをやめた』

といい、エロさんは懸命に弁解これつとめたそうであります。けれどもニンツアはなかなか納得しない。二人はとうとう喧嘩別れになりました。そのくせニンツアはエロシェンコに帽子を買ってやったり、自分の着ているものを脱いで与えたりしていました。

こんなふうで彼は会う人ごとに喧嘩をして交友がつづかず、皆もとの路傍の人となってしまいました。八月が終る頃、彼は再び飄然として風のように横浜から欧羅巴へと去ってしまったのであり

ます。

　彼の滞在した四ケ月というものは、私はこの野獣のような異邦人の男を制御するのに少なからず悩まされました。これはロシヤ文学に憧憬を持ち、ロシヤ人に興味と好意を持つ酔興として一笑に付してしまえば、それだけのことですけれど、変質者の異状な心理状態、ねじけたものの心の裏面を窺い見る時、私はどうしても憎む気にはなれません。土塊の中にチラチラ光る砂金の一粒をでも発見する時、涙の流れるのをおぼえるのでございます。


ニンツアの変クツぶり、無頼漢ぶりに手を焼きながらも、いざニンツアが去って行ってしまうと、その心理の奥にあった「チラチラ光る砂金の一粒」を発見したような気持ちになる良、エロシェンコのナイーヴで孤独な感性に惹かれつつも、同時にニンツアの正反対なねじまがった心の裏面をも、どうしても憎むことのできない良なのである。

たしかにニンツアは変人だったかもしれないが、そこにも良の「魔風」がおよぼす何モノかがあった気がしてならないのだが、どうなのだろう。


　さて、自伝『黙移』本篇の終章は「俊子の死」で終っている。

中村屋にかくまわれた亡命インド人ラス・ビハリ・ボースのもとに嫁いだ相馬黒光の長女俊子は、ボースとのあいだに一男一女をもうけ、何があっても夫を護りぬくという初志を貫いたが、中村彝が三十七歳で夭折した翌年の一九二五（大正十四）年三月四日、風邪をこじらせて二十六歳十ヶ月の短い生涯をとじた。

最後まで淡々と、何か他人ゴトのように語られてきた『黙移』は、この俊子の死を「報告」する終章においても同じである。

二人の新居と申しましても、それは小路のつき当りの、探してもちょっと知れないような陰気なところばかり、なるべく高い塀の陰とか崖の下とか、光線に恵まれぬ、うす暗い家を求めて転々するのでした。一、二ケ月も落着くと、もうそこが危くなり、夜の間にこっそり他へ移るというふうで、表札の名もそのたびに変り、前後居をかえること十七回、名も十七通り用いました。御用聞きも入れられねば、屑屋もよべず、昼夜ともに気を配って、外部の襲撃に備えていねばならないのでした。その数年間、娘はほとんど太陽を見ることが出来ないで暮しました。この家は知れそうだとみると、その筋から来て家の前に高いトタン塀を張りめぐらしていくというふうでしたから、ほとんど穴ぐらの底のようなくらしだったのでございます。

その間に俊子は正秀、哲子の一男一女を挙げました。長男の名は頭山先生がつけて下さった名でございます。

そのうちに世界大戦もようやく終りを告げましたので、英国も独探（筆者註・ドイツの秘密探偵）の名をもってボース氏を苦しめることは出来なくなりました。ボース氏は、そこで初めて自身大使館に出頭して、日本に帰化の手続きをとりました。そしていささかの土地を求めまして、質素ではあっても日光の充分入る家をつくり、やっとボース一家は健康的な生活に入ることが出来たのでございます。

しかし俊子は、そこで安心するとともに倒れました。はじめはただ風邪をひきましたのが長びき、やはり無理な生活で根本的に弱っておりましたとみえ、手当の甲斐もなく、とうとう二十八歳《ママ》で夫と二人の子供をおいて世を去りました。

ボース氏は、その後故国の留学生たちの指導に当り、意気いよいよ盛んに、きわめて堅固に過ごしております。

二人の子供は私の方に預りまして、正秀は今年中学四年、哲子は女子学院二年生になり、二人ともきわめて健やかにのびのびと育っております。日曜には必ず父の家を訪れ、一日を共に過ごしてまいります。ボース氏もこの二人の訪問をいつも楽しんで待っております。

私はある時ボース氏に申しました。

『あなたも、もう新しい生活にお入りになってもよいでしょう。子供たちは私どもがついていますから、それには懸念なく……』

と、実際ボース氏の妻になろうという婦人はその後幾人か現れました。そのなかには教養のある立派な女性もあるようでした。けれどもボース氏は笑って言います。

『今になって、また新しい人を迎えることは私には苦痛だ。俊子に対して感じたものを、またその人に感じることが出来ようとは思われないし、あなた方をおいて別の父母を持とうとは思わない。自分のからだは祖国に捧げたものであって、我が命とも思っていないのに、生活の安穏をはかるための結婚は望むところではない』

私はこれを聞いて、涙とともに地下なる娘に申しました。

『俊子、お前は何という幸福な人だ。なかなかあれはお前に過ぎた人であった』

私はほんとうにそう思っております。むろん俊子もその幸福は充分に知っておりました。

俊子は本当に幸福だったのだろうか。

『黙移』の、最後の最後はこう結ばれている。

齢六十に至り、今ここに立って、ふりかえりますと、私の道はただただ直ぐに、声もなく、移ってここに来たことを思います。自分自身にはほとんど何事もなく、一歩一歩歩んでまいりますうちに、さまざまのものが絡まり絡まりして、それがみんな生死の瀬戸際を出入りするような大事件になり、その渦中にひき入れられて、私自身の悲しみも喜びも、多くの思い出も残されました。
これから先の道にはどういうものがありましょうか。願わくはただ霊魂の日暮れを見ることなく、若き日に合わせた掌の解かることなく、熱き祈りのうちにこの生命を終りたいと存じます。

娘俊子の死を語ったあと、あっさり「齢六十に至り……この先の道にはどういうものがありましょうか」と結ばれている文章は、何となく尻すぼみにも感じるが、黒光にとってこの『黙移』は、あくまでも六十歳時における半生の回想録、いわば「中間報告」といった意識のものだったろうから、そういう末尾になっても仕方のないことだったかもしれない。また、あくまでも『黙移』は、冒頭にいったように、島本久恵という代筆者によって黒光自身から「聞き書き」する形で構成され、執筆されたものであり、そのことも微妙にこの手記が尻すぼみに終ったことと関係しているように思われる。
しかし、終章のこの「ふりかえりますと……さまざまのものが絡まり絡まりして、それがみんな生死の瀬戸際を出入するような大事件になり、その渦中にひき入れられて、私自身の悲しみも喜びも、多くの思い出も残されました」というくだりについては、はっきりと批判した者がいた。『黙移』が刊行された直後、当時「週刊婦女新聞」という硬派の女性紙を発行していたジャーナリスト福島春浦が、自分の新聞に「『黙移』を通して見た相馬黒光女史」と題するエッセイを二回にわたって連載し、そこに「『生死の瀬戸際を出入する』やうな大事件命がけの奮闘を要した環境は、女史が考へてゐるやうに外から起つたものではなく、女史自身がみづから造り出したものだとするのが至当である」と書いた。「黒光の周辺に起きたさまざまな事件、出来ごとは、べつに他から押しつけられて起こったわけではなく、すべて黒光自身が招き寄せたこと」と書いたのである。

かつ、「女史のように負けん気がつよく強情な女性は、女丈夫としては成功するが、平凡な生活には耐えられないから良妻にはなれぬ。ただし事業家としては大成するのではないか」とも。

一どは「週刊婦女新聞」に自家用車で乗りつけ抗議の意を伝えたものの、良はその日の日記に、「いわれてみれば、それを肯定しないわけにはゆかない」と綴っている——。

年譜によると、相馬黒光はこの『黙移』を書いた約十九年後の、一九五五（昭和三十）年三月二日、前年二月に八十三歳で逝った愛蔵を追うように、七十九歳六ヶ月の生涯を終えている。

『黙移』の終章で、「この先にはどういうものが……」といっていた黒光だったが、『黙移』発表後の余生もまた、じゅうぶんに波瀾にとんだものだった。

左翼運動に走った五男虎雄とのあつれき、その虎雄の出征、一時は生命さえ危ぶまれた自身の大患、「アジア解放・インド独立」の旗手として南方にむかったボースが、帰国後に体調を崩し五十八歳で他界、その長男正秀も沖縄で二十四歳で戦死したことなど、黒光をおそった凶事を数えればキリがないが、家業の「中村屋」は、東京空襲、物資統制、店員大量応召などの苦難をのりこえ、今では知らぬ者のない業界屈指の銘店「新宿・中村屋」に成長、現在にいたっている。

今ふりかえると、新宿区内にあった私立高校に通っていた筆者が、生まれて初めて中村屋で「ソフトクリーム」なる極楽美味の夏菓子を口にしたのは、たしか一九六〇（昭和三十五）年前後、黒光逝きて五年後あたりのことだったかと思い出すのである。

山口瞳『血族』

山口瞳『血族』をあるく。

『血族』は、作家山口瞳である「私」が、ちょっとしたきっかけから自らの出自に疑問を抱き、自分を生んだ母が五十六歳で死ぬまでの生涯をつぶさに調べ、追跡し、やがて「私」という人間がいつどこで、どんなふうにこの世に誕生したのかという真実に辿りつくまでの物語である。直木賞受賞作『江分利満氏の優雅な生活』や、週刊誌の人気エッセイ『男性自身』などで知られる山口瞳だが、この作品も一九七九年に文藝春秋から刊行された直後から評判をよび、第二十七回菊池寛賞を受賞した。

人間は（だれでもそうだとはかぎらないが）、きまって幼い頃に一どや二ど、「この親は自分の本当の親だろうか」とか、「自分にはべつの親がいるんじゃないだろうか」とかいった妄想（？）にとらわれる生きモノらしい。かくいう筆者にも同じような経験があるのだが（ここではくわしくはふれないけれども）、たいていの場合は、幸か不幸かやっぱりその親が正真正銘の実の親であり、自分がじつに平凡で当り前な父親と母親のあいだに生まれた子であることを知って、半分がっかりしたり、半分幸せに思ったりするものである。

だが、この『血族』の「私」は、そうしたことまで疑っているわけではない。

「私」は、母が自分の母であることには少しも疑念を抱いておらず、むしろ晩年までとびぬけた美貌で才気にあふれていた母を誇りに思っていたようである。部分によっては、「母自慢」ではないかとさえ思われる箇処がたくさんでてくる。

では、「私」は母の何に疑念をもったのかというと、それは「母は自分が想像している母とはべつの生き方をしてきた人なのではないか」、「母が自分を生んだのには自分の知らない何かべつの事情があったのではないか」という疑いである。

「自分さがし」という、筆者があまり好きではない流行言葉があるけれども、いってみればこの『血族』は、山口瞳にとっての「母さがし」を語った小説ではないかと思う。

物語は、一九七六（昭和五十一）年の秋、「私」が五十歳をすぎたある日、深夜机にむかっていたとき、ふと空襲で焼いてしまった家の写真帳《アルバム》のことを思い出して、妙なことに気づくところからはじまる。

私は、奇妙な事実に突き当ったのである。まさかそんなことがあるはずはないと思い、それはおかしいと思うのだが、どうしても思いだせない。それは、まったく私の記憶に残っていない。——つまり、そのこととは、あの戦災で焼けてしまった一冊のアルバムに、父と母との結婚式の写真がないということなのである。母の角隠《つのかく》しの花嫁姿がない。どうしても思いだせない。私は、戦前において、そのアルバムを何度も見ているから、結婚式の写真がないというのは、疑うことのできない事実なのである。

父も母も写真が好きだった。当時の写真は、写真館へ行くか写真技師を呼ぶかして撮る以外にはない。カメラを持っている人は稀であったに違いない。父も母も、写真館へ行くのが好きだったのだと思う。おそらく、写真館へ行くということは、一種の贅沢であり、モダーンな行為であったのではないかと思われる。

それが、父方のアルバムであるとすれば、もう一冊、母方のアルバムがあった。それには、主に母の娘のころの写真が貼りつけてあった。母は、公平に見て、かなりの美人だった。目が大きくて鼻筋が通っている。スタイルも悪くはない。横須賀の海岸で、最初に海水着を着た女性として写真入りで新聞ダネになったこともあるのである。母の顔には、全体として、利《き》かぬ気があらわれていた。

二冊のアルバムは、昭和二十年五月二十五日の東京の山の手一帯を襲った爆撃で焼失してしまった。母方のアルバムは、母だけで終始していたが、やがて、母の写真は、父方のアルバムに移行することになる。しかし、私の言うところの、一冊のアルバム（父方のアルバム）における母の写真については、私は、おぼろげな記憶しか残っていない。

父の青年時代の写真、母の娘時代の写真、私の赤ん坊の時の写真、私が生まれてから後の父母の写真、そういう写真についての私の鮮明な記憶とおぼろげな記憶が残っているが、当然、私の赤ん坊の時の写真の前にあるべきところの父母の結婚式の写真が無いのである。披露宴の写真が無い。新婚旅行の写真が無い。もっと言えば、私の生まれる前の何年間かの写真が一枚も無いのである。

私は、そのことに、ずっと気づかないでいた。

これも筆者が「親さがし」の体験者だからいえるのだが、いったん出生に疑問を抱いた子にとって、家族のアルバムは一級資料である。「出生の秘密」は、だいたいにおいてアルバムから足が付く。筆者も幼少期から自分の出自を疑いはじめ、何年がかりかで実際の親をつきとめた特異な経験をもつ者なのだが、やはり最初は家のアルバムに「出生時の自分の写真」、つまり赤ん坊のときの写真が一枚もないことに気づいたことが、両親（私の場合は養父母）への疑惑をふかめるきっかけになったのである。

が、筆者のケースとはちがって、「私」の家のアルバムのおかしなところは、「私」は自分が赤ん坊のときの写真があったのは記憶しているのだが、両親の結婚式の写真、披露宴の写真、ともかく「二人の結婚」を証明するような写真が一枚もなかった点である。

「私」はここで、自分の誕生日について疑問をもつ。

大正十五年十一月三日に私は生まれた。戸籍上はそういうことになっている。生まれた場所は大森の海岸寄りであり、当時は大田区ではなく、東京府荏原《えばら》郡入新井町大字不入斗《いりやまず》八百三十六番地になっていた。

十一月三日は明治節である。この佳《よ》き日である。一般に、明治生まれの人間には明治天皇信仰といったものがあるように思われる。

私は、早くから、この生年月日に疑念を抱いていた。そんなに都合よく、めでたい日に生まれるわけがないと思っていた。たぶん、私は、十月の末か十一月の一日あたりに生まれて、戸籍上は、いかにも清々しい感じのする、また記憶しやすい明治節の日の生まれとして届けられたのだろう。

私は、ずっと、ながいあいだ、そう思っていた。

私はこんなふうにも言った。

「ぼくは、十月の末か、あるいは十一月の一日か二日に生まれたんでしょう。それで、おぼえやすいように、縁起をかついだりして、三日生まれで届けたんでしょう」

そうすると、やっと、母は、安堵したように笑いだすのである。

「バカだねえ。あんたは、ほんとに十一月三日に生まれたんだよ。子供はね、そんなバカなことを考えるもんじゃないよ」

「私」は、そんなふうに母を問いつめながらも、どこかでそんな自分に嫌悪感をもつ。「なんでこんなにヒネクレた陰気な子に育ったんだろう」「どうしてこうやって物事を裏ガワから考える習慣を身につけてしまったんだろう」、「私」は素直に自分の誕生日を信じようとしない自分をしきりと責める。このあたりの記述もまた、経験者にはじつに心当りのあるところだ。

それと、これは母に対する直接的な疑いではないのだが、自分の赤ん坊のときの写真のなかに、もう一人、同じような生後三ヶ月ぐらいの赤ん坊が写っていたことに、「私」はギクリとする。こわくなる。

突如として、生後三カ月ぐらいの赤ん坊の写真が出てくる。それが私である。学生時代の父の写真の後に出てくるのがそれである。

それだけだったら、そのことも、それほどにはこわくない。私は、故意に隠して書いてきた。実は、同じ一葉の写真のなかに、生後三カ月の私とほぼ同じぐらいの赤ん坊がいるのである。それが私の兄である。この二人の赤ん坊は双生児ではない。

私は、絹の綿入れのような大柄の着物を着ていた。柄は違っているが、兄も同じような、お七夜に着るような着物を着ていた。おそらく、これは熨斗目《のしめ》だろう。私が右側で、兄は左側にいた。私のほうが目が大きかった。どうかすると、私のほうが先きに生まれたかのようにも見えた。どちらが兄であり、どちらが弟であるかという見分けがつかなかった。

アルバムにおける私の写真は、そこで跡切《とぎ》れてしまっている。兄の場合もそうだ。次に出てくる写真は（別のアルバムになるが）私の小学一年の入学のときの写真である。このとき、兄はいなかった。兄だけは別の所に住んでいた。

何やら、不吉なドラマの幕開けをしらせるような、ふしぎな写真との出会いである。二枚の赤ん坊の写真が別々に並んでいるのならともかく、同じ一葉の写真のなかに、二人の似たような赤ん坊が写っているのである。それが「私」の兄だという。ミステリアスというか、怪談めいているというか、「私」がこわくなったというのもわかる。

そして、つぎに「私」が疑いの眼をむけたのは、母静子の美貌についてである。

とにかく母は美しいのである。アルバムに娘時代のが何枚か貼ってあったのを覚えているが、鼻筋が通り、眼がパッチリと大きく、色白で、スタイルも良く、まるでモデルのようなのだ。しかも母はそうした美貌に加えて、かなり才気煥発な女だったのではないかと、「私」はにらむ。

才気煥発でなければ、大正時代の終りに生まれてきたわが子に、「瞳」などという名を付けるはずがない。

「瞳」という名は、女の子ならいざしらず、男の子には大変珍しい名である。「私」の調べでは、大正の末には菊池寛の新聞小説が大ヒットしていた。大正のモダーンを象徴するような内容の小説で、主人公は都、梢、瞳の三姉妹だったから、母はあの小説を読んでヒントを得て、「私」に「瞳」という女名前をつけたのにちがいなかった。母は小説中の「瞳」が気に入って、それが女名前であることを承知のうえで、生まれてきた男の子の「私」に、「瞳」と命名したのである。

こういうところにも、「私」の母静子が、きわめて才気にあふれた女であることがでている。小説に登場する女名前をみて、一瞬ぱっと、自分の生まれた男の子の名前にしてみようと思い立ったひらめき、そういう才能をもった女が母親だったのではないか、と「私」は推量する。

「私」は、そんな母親の才気や美貌が、どこからきたものかをつきとめるべく調査をはじめる。そして、そのときはじめて、美貌なのは母親だけではなくて、母親をとりかこむ一族郎党、とりわけ女たちがみな美貌であることに気がつくのである。


私は、自分の女房になる女を、昭和二十一年四月に知った。女房は、その年の夏ごろから、私の家へ遊びにくるようになった。

女房は、私を取り巻く家族や親類の者が、いずれも美男美女であることに驚いたという。私のことではない。——いや、もしかしたら、女房は、私もそのなかの一員に数えていたかもしれない。そのころ、私は十九歳であったし、なにしろ、私たちは恋愛中であったのだから。まあ、しかし、私のことはどうでもいい。

二人の妹が美女であるかどうかという判断は、私にはつきかねるのである。たとえば、女優を妹にもつ男に、きみの妹はキレイかと訊いたならば、彼は、たぶん、さあと言って確答を避けるだろう。あるいは、あなたの判断にまかせるよと言うだろう。しかし、女房が、私の二人の妹について、普通の少女とは違うもの、あるいは、別の世界に住む少女といったものを感じたのは事実であると思う。気圧《けお》されるように思ったかもしれない。尊敬の意味が少しはあったかもしれない。

また、鎌倉で旅館を営んでいた叔母、つまり「私」の母の妹も大変な美人なのだ。

叔母は、実際に、美人だった。絶世の美女だと言っても、大きな誤りをおかしたことにはならないと思う。

叔母は、顔貌が水谷八重子に似ていた。人によくそう言われていたし、自分でもそう思っていたような節がある。水谷八重子は、女優としては、気位の高い女だったと私は考えている。叔母にも、そんなところがあった。私は、この叔母が怖かったし、ちょっと苦手でもあった。

叔母は、やや小柄で色白だった。そこのところが、私の母とは少し違う。母は、明治生まれの女としては、小柄ではなかったし、妹と較べれば浅黒い顔をしていた。叔父は、終戦後、旅館の営業を再開したのであるけれど、三年か四年で廃業してしまった。しかし、叔母は、ずっと旅館の内儀であったのだから、かなりの厚化粧であったし、いつでも身形《みなり》を整えていた。この、厚化粧であるということと、叔母が色白の美人であったということとは無関係である。素顔の叔母も美しかった。化粧ばえのする顔だった。

母静子、叔母君子ともども、かなりの美貌だったことがつたわってくるのだが、君子の三人の娘（「私」の従妹）もそろって美人で、「私」は「きっと女房は適齢期の彼女たちが一種強敵のように思えたにちがいない」なんて自惚れている。ともかく「私」は、そうした母親の血縁のだれもかれもが美形男女であることに気づき、ますます母の過去について関心をふかめてゆくのである。

母といい、叔母といい、美人であっただけでなく、多くの文学者や文化人たちに人気があったことも「私」の鼻を高くさせた。鎌倉で旅館を営んでいた叔父叔母のところには、歌人の吉野秀雄も出入りしていたし、川端康成や久米正雄もよく顔をみせた。小島政二郎などは、たびたび小説のなかに叔母を登場させた。そういう、文士に好かれる体質（？）のようなものは母静子にもあって、母もまた「私」が小説家になってからは、家にやってくる川端康成やドイツ文学者の高橋義孝らと対等に口をきき、少しも物おじするところがなかった。

母は昔のことをほとんどしゃべらなかったが、「私」には日頃から、自分は横須賀の老舗旅館の娘であるといっていた。しかもその旅館は、家で凧《たこ》をあげられるくらい大きな旅館で、国定忠治や清水次郎長もよく泊まりにきたという。叔母の君子は養女に出され、そこから鎌倉の旅館の長男のもとへ嫁いだのだそうだ。

『血族』はこんなふうにしるす。

女学校時代の母の弁当箱についている箸は、銀製の振りだしであって彫金がほどこされていたという。母はその箸を大事にしていた。たしか、結婚後も持っていて、何度かの引越しで紛失したのだと思う。私は、その話を聞いたとき、それは贅沢過ぎると思った。もしかしたら、母の家は旅館業ではなくて、もっと特殊な職業ではないのかという、最初の、いささかの疑いが生じたのも、この話を聞いたときである。こういう疑いは、泡のように生じては消えていった。もっとも、子供であった私には、特殊な職業と言ったって、まるで見当がつかない。

母は声楽家志望であったようだ。第一回の帝劇の女性コーラス募集に応募している。このとき、合格したのか落第したのか、合格したうえで家で反対されたのか、どうも後者のようであったらしいが、正確には知らない。母は帝劇で何度か歌ったことがあると言っていた。また、結婚後、私が生まれて後のことになるが、短期間、女学校の音楽教師をしていた時代がある。むろん、ピアノは上手だった。母の親友であった尾原浪子は、新響（いまのN響）のヴァイオリニストと結婚している。だから、母は多くの音楽家を知っていた。

晩年にいたるまで、母は、ソプラノで「宵待草」を歌うことがあった。それは、格調のある正確な音程であることを失わなかった。声楽家志望であった母が、長唄のほうへ進むことになった。母が名取りになったのは昭和十四年頃ではなかったかと思う。芸名は吉住小志ほで、先代吉住小三郎には心酔していた。

少女時代の母、結婚以前の母について私が知っているのはそれくらいのことであるにすぎない。

本当に母は多くを語りたがらなかった。語らないばかりでなく、昔のことを知っている人たちを近づけまいとするふうがあった。

要するに「私」の母は、ちょこちょこっと部分的に生いたちを話すことはあっても、それはきわめて断片的なものであり、とうてい母親の過去の全体像を把握するには情報が少ないのだった。

ただここで、「私」が初めて「母の家は旅館業ではなくもっと特殊な職業なのではないか」という疑いをもったということは重要で、それがやがて、この『血族』の大きなテーマとなる。

それと、もう一つフに落ちないことがある。「私」は小学校五年の頃、はじめて鎌倉の叔母のところに連れて行かれるのだが、それまで「私」は叔母の家は大金持ちだと思っていた。しかも待っている三人の娘は全員美女、「私」は竜宮城にゆくみたいな気分で朝からウキウキしていた。だが、元日には数片の餅と三、四個のミカンしか食べられなかった当時の貧しい自分の家と、裕福な暮しをしている鎌倉の家とが、ふだんほとんど行き来をしていないのをふしぎに思った。妹の家が本当に金持ちなら、貧乏な姉の家をもう少し助けてくれてもいいはずなのに、と幼な心に思ったのである。

叔父は「私」をずいぶん可愛がってくれた。叔父は多芸な人で、将棋は二段、囲碁は三段をもち、謡曲も鎌倉彫もプロ級で、八十歳をこえてからもオートバイを乗りまわすスポーツマンだった。大きな旅館で経済的にもゆとりがあったから、そんな道楽もできたのだろう。叔父は最初に「私」に将棋を教えてくれ、次にヨット遊びや釣りにも連れていってくれた。子供心に「私」は、叔母はいい人のところへお嫁さんにきたなと思ったものだ。それだけに、いよいよ、母の家と妹の家が長いあいだ絶交状態だったことが気になってくるのである。

あの時代に、男の子である自分の子に「瞳」という名をつけたくらい、母は才気煥発というか、機智にとんだ女だったと「私」はいうのだが、そこにもう一つ、女としてはケタ外れな奔放な性格だったことも、『血族』では明かされている。

山口瞳という作家は、いっぽうでは大変な競馬好きとしても知られ、スポーツ紙の競馬欄などにも健筆をふるっていたが、「私」と仲の良い蔵田正明という競馬評論家がよく山口家に遊びにきていて（その頃の山口家には長唄や日本舞踊の師匠、学校の教師、編集者、プロ野球の選手などがよく出入りしていたという）、その蔵田氏がある新聞に「私」の母静子のことを書いた。それを読んだ「私」は、腰がぬけるほどびっくりする。

私と瞳さんとの出会い、それは確か昭和十八年ごろだったと思う。私は毎日新聞社会部に勤務し、宮内省（現宮内庁）を担当していた。瞳さんはまだ旧制中学三年か四年ぐらいの少年だったから直接の交際があろうはずがない。ありていにいえば瞳さんの厳父正雄氏が私の麻雀のカモだったのである。

当時山口邸は麻布三の橋近くの高台にあった。

ある日私が訪れると、あいにく正雄氏は不在。広い邸に瞳さんの母上ただ一人が留守番をしておられた。私が帰ろうとすると母上は、

「蔵田さん、お上がんなさい、お上がんなさい。コイコイでもひきましょう」

といわれる。私も図々しいもので、上がりこんでコイコイをひきだしたが、そのうち、

「お風呂が沸きましたよ、入りましょうよ」

とのこと。軽く聞き流して風呂場におもむいたが、なんと「入りましょうよ」は「一緒に入りましょうよ」だったのである。恐縮しながら背中など流していただいたわけだが、それが全くイヤらしさがないのだ。天衣無縫とでもいうのだろうか。自然にあんなふうにふるまえるなんて、これこそ人生の達人であろう。

これを読んだ「私」が、腰をぬかしたのも当然だろう。

「私」の読後感はこうである。

夏の昼さがり。夫はいない。子供もいない。女中も、昼間は工場で働いている。そこへ夫の友人が来る。その男と花札を打つ。蔵田さんが書いているように、物静かなお屋敷町である。その気怠《けだる》いような午後。そうして、誰もいない家で、夫の友人と二人で風呂に入ってしまう。それが昭和十八年であるとすれば、母は三十九歳か四十歳である。まだまだ母は美しかった。瑞々《みずみず》しさを失ってはいなかった。蔵田さんは驚いたと思う。主人のいない家で、主婦と博奕を打って金のやりとりをするだけでも、いくらかの疚《やま》しさを感じていたと思う。だから、三十数年を経ても、そのことをハッキリと憶えているのである。蔵田さんにとってもショッキングな事件であった。私は、蔵田さんの書いたものを読んで胸騒ぎをおぼえた。その胸騒ぎは、いまになっても止むことがない。

ただ、この一件によって「私」が、母を自堕落な性にだらしのない女と考えたかというと、そうではなかった。

「私」はそんな母静子について、「そういうところが好きなのだ」といい、それは「母が性に対して潔癖だったからこそ起ったこと」と考える。「私」は、母のあまりに奔放な行動に仰天しながらも、ごく自然にそのような行動をした母に、「聖女のような、類のない女」を感じるのである。

『血族』には、その他にも、母がいかに「類のない女」だったかが紹介されている。

母はひどく気が短く、「私」をつれて活動写真館に「キング・コング」を見に行ったときは、まだ映画の半分も終っていないのに、キング・コングが摑《つか》ったシーンでさっと立ち上って帰ってきてしまった。映画はそれからが面白かったのだから、「私」は不平をいったが取り合ってもらえない。後で、キング・コングが摩天楼の上で飛行機と戦っているシーンを写真でみるたび、「私」は「そんな場面はみてなかった」とくやしがるのだ。それと、天プラをあげるのが早く、母の得意はトンカツと精進揚げだったが、トンカツなどは十人前を五分間で作ってしまった。一つや二つ、衣のついたのを床に落しても、平気な顔で拾いあげて油の中に放りこむ。母が台所に立つと、早いの何のって、まるで戦争でもしているような勢いだった。

それから、母は若い人が好きだった。出入りしている者のなかに若いのをみつけると、やたらと小遣いをあげる性分があった。一ど、母は兄のズボンを、兄に無断で遊びにきた近所の青年に呉《く》れてしまったことがあった。翌朝兄は会社にゆくのにズボンがなく、ワイシャツにネクタイ、しかし下はモモヒキという奇妙な姿で母と大喧嘩していた。家も貧乏していた頃で、まだ衣類の乏しい時代だったから、兄が逆上するのもムリはなかった。

そんな具合で、ともかく母は気が大きいというか、大ざっぱというか、「私」の眼からみれば「類のない女」にちがいないのだった。

そして、さらにもう一つ、母静子には思いがけない天賦の才能があたえられていた。それは、美術品、とくに陶磁器類の古いものに対してかなりの眼利きだったことである。

『血族』にある。


終戦後、母は北大路魯山人と親しくしていた。私は一度だけ北大路さんのところへ母と一緒に行ったことがあるが、この陶芸家のもてなしようは大変なものだった。そのとき、母は、魯山人の作品を一窯《ひとかま》そっくり買ってしまった。だから、一時、私の家では、大皿から箸置にいたるまで、食卓では全部が魯山人のものだったことがある。

嫁にきた女房は、山口の家にはキタオジサンという陶芸家の伯父さんがいるのだと思っていたという。この食器類の大半を壊してしまったのも女房である。女房は低血圧気味であるので、特に朝は手許のおぼつかないときがあった。

台所で、ガチャンという音がする。

「やったわね、あんた、また……」

母が悲鳴をあげた。

「ほんとにしょうがない人だわねえ、それ、キタオジサンよ、ほんとに困った嫁だわねえ、治子っていうのは……」

女房の治子というのは、「私」の女房。

ところが、一どは顔色をかえて叱りとばすのだが、そのあとかならず母静子は「いいのよ、気にしないでちょうだい。陶器なんて壊れるところが面白いんだから……」とつけ加えたというのだ。

私は、母の炯眼《けいがん》には驚くよりほかにない。三年前、京都の骨董屋のウインドウに、魯山人のグイ呑み一箇が四十二万円で出ているのを見た。現在ではもっと高価になっているかもしれない。おそらく、終戦直後のことだから、母は、一窯を十五万円か二十万円ぐらいで買ったのだろう。魯山人は、異端者であり、性格的な面が嫌われていたので、急に値が出るようになったのは、十年前あたりからではなかろうか。母も、魯山人の女性関係などを嫌っていて、自分でも警戒していた。母が買ったのは、魯山人の芸であったと思う。芸については無条件で尊敬してしまう。そこが母の弱点であるとも思う。

それにしても、あの終戦直後というときに、魯山人の窯を一窯そっくり買うという母の度胸の良さには、とうてい私などは及びもつかない。いや、それよりも、美術品めいたものを嫌って、日常に使えるものばかりの窯を選んだところが凄い。そうして、実際に、自分で壊れるまで使い、家族にも使用人にも使わせたのである。いま、高級料亭でも、魯山人の作品は蔵にしまってしまって、模造品でまにあわせているというのに……。

母は、終戦後の一時期、半年も保《も》たなかったのであるけれど、鎌倉で大仏屋という骨董屋を経営した。小林古径や速水御舟《はやみぎよしゅう》が好きで、そういう軸や、堂本印象の初期の大幅《たいふく》があった時期がある。母が川端康成と親しくしていて、川端さんも母と話をするのを好んだのは、こういうことがあったためであるに違いない。

『血族』には、このほか母は長唄の名人だったとか、相当な読書家だったとか、その女傑ぶり、異能ぶりの数々が語られているのだが、そうしたことについての引用はこれくらいにしておきたい。『血族』が書かれたのは、「私」の母親がどんなに美しく才覚ある女だったかを著わすのが目的ではなく、その母親が「私」の眼にはどうしても、何か暗い事情を背負って生きてきた女のように思えて仕方ない、というところにあるからである。

ただ、『血族』が並の自伝とちがうのは、「私」が入念に調べあげつきとめた数多くの事実を、たんに時系列で書きつらねるのではなく、長い時間かけて知った現実の体験や会話を、繰り返し繰り返し語りながら、その随所にポイントとなる重大証言や重大情報を埋めこんでゆき、それがあるときとつぜんモザイク模様のように一つの真実をあぶり出す、という手法をとっていることだ。それ一つとっても、これまで筆者が手にした自伝のなかでも、『血族』は出色であり魅力的だと思う。「私」にとっては何とも愛すべき、奔放にして才に長けていた母静子の、もう一つの姿がしだいにうかびあがってくるのは、「私」が初めて母の出身地である横須賀を訪ねるあたりからである。

私は、ずっと、横須賀市内へ行ったことがなかった。私が横須賀へ行ったのは、母の従弟である勇太郎の七回忌が行われた昭和五十二年六月が最初になる。法事が行われたのは、母方の菩提寺である妙栄寺である。この妙栄寺へ行ったのも、それが初めてのことになる。

子供のとき、横須賀市の馬堀海岸、大津海岸で一夏を過ごしたことがある。そのときでも、母は、決して私を市内に連れていこうとはしなかった。

父も母も、横須賀で生まれ、横須賀で育った。それぞれ、そこの中学校、女学校を卒業している。親類縁者も多いし、友人たちの多くはそこに住んでいる。馴染みの店も少くはない。もっとも懐かしい土地でなければならない。

横須賀は、東京駅から電車に乗れば一時間半で達することのできる近い町である。私は、鎌倉と葉山には何度も何度も行っている。横須賀より遠い浦賀にも久里浜にも何度も行っている。なぜ、母は、私を横須賀市へ連れていこうとしなかったのだろうか。私は、子供のとき、お母さんの生まれた家を見せてくれよと一度か二度は言っていたはずである。

いや、それよりも、なぜ、母は妙栄寺へ墓参りに行かなかったのだろうか。母は信心深い女だった。宗教には関心が強く、その方面の知識も豊富だった。私はそれが不思議でならなかった。しかし、子供のことだから、墓参りに行こうと言うようなことはない。それよりも、妙栄寺という存在は、私にとって稀薄だった。


「私」の心に、母と横須賀の関係に対する疑問が生じた瞬間である。

勇太郎というのは、母の父親羽仏豊太郎の妹カメ（昭和十九年に他界した）と徳次郎のあいだに生まれた一人息子で、姓が母と同じ「羽仏」なのは、徳次郎が婿養子だったため。その勇太郎の七回忌が横須賀の妙栄寺で行なわれたために、「私」は母が死んで二十年近くも経った一九七七（昭和五十二）年六月に初めて横須賀なる地を訪れたわけだが、そのときあらためて「なぜ母は自分を横須賀に連れてこなかったのか」という疑問を再燃させるのである。

つけ加えれば、母親の父羽仏豊太郎はどうにもならない怠け者かつ無気力な男で、周りからは「ポータロー」とか「ポータ」とかよばれて軽蔑されていた。その豊太郎の四どめの妻は、丑太郎、静子、君子、保次郎の四人をもうけたあと、出入りの電気技師といい仲になってどこかへ逃げてしまった。豊太郎がそんな甲斐性なしだったから、彼女のほうにも言い分はあったのだろうと「私」は察する。が、母静子は死ぬまで自分の母を許そうとせず、「私」にむかって祖母が生きているということさえ教えようとしなかった。丑太郎、君子、保次郎はよく祖母と会っていたようだが、とうとう「私」は母の母を知らないまま育った。自然な流れで、母は従弟の勇太郎のことも良くいわなかったし、父豊太郎については話をするのもイヤだといった顔をしていた。

が、なぜか「私」は勇太郎が好きで、勇太郎とはいくら話をしていても飽きなかった。話が面白かった。勇太郎は中学時代は、借りた金で遊廓に入りびたるような不良だったらしいのだが、府立一中から早稲田大学（因みに「私」の父正雄も早稲田で、「私」自身は国学院大卒だったが、早稲田の第一高等学校を出ていた）にすすんで、東宝の興行関係の社員になった。映画館の支配人になることが多く、若いじぶんは全国各地の映画館を転々としていた。だが、定職ももたずフラフラしている男の多い羽仏の家系のなかで、東宝映画のような安定した会社に入っているのは勇太郎ぐらいだったから、「私」は勇太郎には信頼を寄せていた。

その勇太郎から、こんなことをいわれたのをおぼえていた。

「そのうちに、何もかも教えてやるよ。お前は小説家なんだから、お前だけは知っていたほうがいい」

と私に言ったのは勇太郎である。

「そのうちに教えてやるよ。いまにね、いつか、きっと教えてやるよ。……うちに乳母がいた訳もね」

「えっ？　乳母がいたの？」

「いたんだ。だって、ほら、お前んところのお母さんのお母さんていう人がね……。あっ、いけねえ、これは駄目だ。いつか、きっと精しく教えてやるよ、お前だけにね」

かなり意味シンな物言いだが、けっきょく羽仏勇太郎は、これ以上のことは何も「私」にはつげぬまま、一九七一（昭和四十六）年六月に胃癌で死んだ。

前にも少しふれたが、勇太郎がいいかけた「お母さんのお母さんという人」のことは、「私」の耳にも色々とどいていた。夫の豊太郎を裏切って、若い電気技師とデキて逐電した祖母のことで、母が一生許すことのなかった母親である。その祖母は、戦後自分の家にパンパンを住まわせていたときいたことがある。当時の横須賀には、そんな置屋兼娼家のような家がいっぱいあった。「私」は祖母と一ども会っていなかったが、いつも白粉《おしろい》の匂いをプンプンさせた、一目で水商売とわかる女だったという。

しかし、勇太郎がいった「乳母がいた」の意味が今一つわからない。ことによると祖母にはもう一人隠し子がいて、その世話に乳母を置いていたということなのだろうか。あるいは家にいた子もちのパンパンが客をとっているあいだ、その乳母が子の面倒をみていたということなのか。「ほら、お前んところのお母さんのお母さんていう人がね……」といった勇太郎の言葉は、妙にザラついた感触で今も「私」の心にのこっている。

それにしても、どうして母方の人々にはそんな人間が多いのだろうと思う。祖母だけでなく、母の父親豊太郎も怠け者だったというし、従弟の勇太郎も少年期にはずいぶん荒れていた。兄の丑太郎は豊太郎に劣らぬ放蕩者というか、遊び人で、事業もあちこち手を出して失敗した。妹の君子だけは養家先から鎌倉の裕福な旅館に嫁いだが、弟の保次郎は顕正寺というお寺に養子に出され、そこからまた他の寺へ入った。何だか、母方の縁者のぜんぶが、何となく落ち着きのない人生をおくっているのである。

それはともかく、『血族』のクライマックスはとつぜんやってくる。もっともこれは、終戦の翌年だったから、「私」がまだ十九、二十歳だった頃のことで、なぜだかわからないが、「私」はそのことをふいに思い出すのである。ある日の深夜、寝つかれずにいると、廊下をへだてた洋館のほうから母と兄の声がきこえてきて、「私」はそれを盗み聞きしてしまうのだ。


一時間ばかり前から、洋館のほうから聞こえてくる話し声が耳についていて、なかなか寝つかれなかった。とっくに十二時を過ぎていた。

「……だって、そんなこと言ったって」

それは母の声だった。涙声になっていた。自分のことでは、めったには泣くことのない元気な母が泣いていた。

もう一人の声は兄である。そっちのほうも声を震わせていた。

「ひどいじゃないか、ぼくは……。ぼくは、こんな家なんか、出ていきますよ」

兄が呶鳴るようにして言った。昂奮の極に達しているようだった。これは、もう、親子喧嘩というようなものでもなかった。兄は、縁を切りたいと言っていた。宣戦布告という感じだった。

聞いていて、だんだんに、様子がわかってきた。

兄は、戦後は、闇商売のようなことをしていた。危険な商売だった。それで二度失敗して、母が尻ぬぐいをしていた。あるときの兄は、顔一面を腫《は》らし、上衣もワイシャツもびりびりに破いて帰ってきたことがあった。取引先といっても、相手は暴力団である。品物を受けとっておいて金を払わない。そのあげくに、殴る蹴るで追い返されてきたのである。

たまりかねた母が、家中の者が寝しずまるのを待って、兄を応接室へ呼んで意見をしたところが、兄が出生のことを持ちだして反撃に出たのである。


「そんなこと言ったって、お母さん、あなたに不公平な扱いをしたことがありますか」

「………」

「一度だって、そんなことがありましたか」

二人とも昂奮していて、涙声になっているから、よくは聞きとれない。そのくらい、その応接室が広かったということも言える。私は、取り乱している母を見たのも、そのときだけである。

「だって、さ……」

兄の声が弱々しくなっていった。

「私は悪い女ですよ。あなたのお母さんからパパを取った女ですからね。……だから、覚悟をしていたんですよ。京子を背負いこんで一生面倒を見るのは、私の業だと思っていたんですよ」

京子というのは、兄の姉であって、精神薄弱児だった。昭和三年十二月に、五歳で死ぬまで、口もきけず、歩くこともできず、垂れ流しだった。

「私、瞳がお腹にいて、臨月でふうふう言っているときに、生まれたばかりのあなたが届けられたんですよ。私、あなたっていう人がいることは知らなかったの。……お母さん、ほんとに、知らなかった」


「ねえ、よく考えてちょうだい。私の身になって考えてちょうだい。お母さん、まだ若かったのよ。若い女が悪いことをしたんですから、覚悟はしていたのよ。……でもねえ、京子のことは知っていましたから、京子をしっかり育てれば、いくらかは罪をつぐなえると思っていたのよ。……そこへ、赤ん坊のあなたが来たのよ。京子でしょう、あなたでしょう、そこへ、私、はじめての自分の子供が生まれるのよ。……いっぺんに三人の赤ん坊を育てることになったのよ」

「………」

「ねえ、いいこと、私、若かったのよ、よく考えてみてちょうだいよ。お母さんだって辛かったんだから……」

私は、聞いていて、母に女を感じた。そんなことも、そのとき一度かぎりのことである。

「私ねえ、仕方がないから、あなたを私の子として届けたのよ。ねえ、わかる？　そのとき、私には生まれそうになっている自分の子供がお腹のなかにいたのよ。ねえ、こんなことってある？　私の気持、わかる？」

何だか、テレビのサスペンスドラマでもみるような急展開ぶりである。これまで「私」が抱いていた疑問が、この兄と母とのやりとりで一気に溶解してゆく。

つまり、こうだ。

父山口正雄は、一九二三（大正十二）年六月に、尾崎千枝という女と結婚していた。千枝の父親の尾崎甫助は、正雄の中学時代の恩師で、その娘を正雄はもらったのだ。翌年一月に、障がいをもった長女の京子が生まれてくる。早産だったのか、今でいう「デキちゃった婚」だったのかは、わからない。

父と千枝とは、その翌年三月に離婚した。そのとき、千枝のお腹には「私」の兄がいた。父と母との婚姻届が出されたのはその年の十月二十二日。「私」が生まれたのが翌一九二六（大正十五）年一月だったから、そのとき母のお腹は臨月に近かったろう。

そうだ、母は妻子ある男と駈け落ちをして、そのあいだの子が「私」だったのだ。アルバムに結婚式の写真、披露宴の写真がないのはそのためだった。

そういえば、と「私」は思い出す。

あるとき、勇太郎が私にこんなことを言った。

「正雄さん（父）から電話が掛ってきてね、いま、渋谷の旅館にいるって言うんだ。すぐ来てくれって……。行ってみると、シーちゃん（母）が一緒にいるんだ。……で、どうにもならないって言うんだね、これが」

勇太郎は、頭のいい男にありがちな、嘲笑するような、意地の悪いような顔つきになっていた。

「そのとき、あんたが、お腹のなかにいたんだね。そんでもってさあ、千枝さんには実家に帰れって言ったんだね。千枝さんっていうのは、あんたの兄さんのお母さんだがね、これが、実家に帰れるっていうんで喜んで帰っちゃったんだね。そいでもって、正雄さん、速達で離縁状を送ったんだ。ひでえことをするじゃねえか。……もっとも、昔はそれで通っちゃったのかもしれないけれども」


ここで少し、「私」の兄についてもふれておきたいのだが、どうも「私」には兄の記憶は不鮮明だったようである。というか、思い出はそんなに多くなかったようである。

「私」と兄は幼い頃から仲が良く、同じ幼稚園に通い、母がいうように二人は分け隔てなく育てられた。チャンバラゴッコをしたり、将棋を指したり、近所の子とチームをつくって野球をやったりした。将棋も野球も、「私」のほうがはるかに腕前が上で（「私」は小学三年から正式の野球部員だったし、将棋は今の制度でいえば二段くらいはとれるくらい強かった）、勝負はいつも「私」の勝ちだったが、兄は絶対に自分の敗北をみとめず、オレのほうがうまいといい張った。でも、「私」は、兄のいうままにしておいた。さすがに勉強だけは、小学校までは圧倒的に「私」が上で、中学に入ってからもつねに「私」は上位をおさめていたから、兄は頭があがらなかった。兄の成績では、二流校の合格もおぼつかなかったろうと思う。

それより困ったのは、夜中になるとフトンに入ってきて、「ぼくのお母さんは別にいるんだ。お母さんはぼくの本当のお母さんじゃないんだ」と、「私」をゆり起して涙ぐむことだった。「私」はどうしていいかわからなかったし、うるさくて仕方ない。寝つきの悪い兄に背をむけて、さっさとフトンをかぶった。そんな邪慳な「私」の態度には、「自分は本当のお母さんに育てられているんだ」という優越感も多少あっただろう。

終戦の翌年の、深夜の母と兄の諍《いさか》いからも察せられるが、当時兄は戸越銀座を見下ろす高台に父が初めて建てた大きな屋敷と、横須賀に住んでいる父方の祖父山口安太郎、祖母ナヲの家のあいだを行ったり来たりしていたようだ。いかに女丈夫の母であっても、精神薄弱児の京子と、生まれたばかりの兄と「私」を同時に育てるのは困難だったのだろう。兄の生活の半分は祖父母の家にあり、ナヲと母の仲は、犬猿の間柄といっていいほど険悪だった。ナヲからすれば、目に入れても痛くないのは兄のほうで、その母親千枝を追い出して妻の座に居すわったのが母静子である。「私」は母の占有物だった。海軍の職業軍人だった安太郎は鷹揚な性格で（この祖父と母は仲がよかった）、べつに何とも思っていないようだったが、ナヲは時々兄が荏原町戸越の家にゆくだけでも、何となく愉快な気分ではなかったにちがいない。

ついでにいっておくと、その頃父正雄は三十一歳、人生最初の絶頂期にあった。

父は一九一七（大正六）年に早稲田大学理工科に補欠入学し、卒業後、京都の島津製作所に入社した。専門は石油関係のパイプで、早稲田に在学中にいくつかの免許を獲っており、当時としては大変な高給取りだった。一九二四（大正十三）年に独立し、機械製作所を設立するのだが、これも急成長し、工場の規模は一時、東京芝浦製作所（東芝）だとか中島飛行機製作所と伍するほどだったという。戸越銀座を見下ろす高台に数百坪の敷地を買い豪邸を建てたのもその頃だ。

だが、一九二九（昭和四）年に世界大恐慌が勃発、栄華を誇った会社はたちまち倒産し、一転債鬼に追われる身となった正雄は、しばらく川崎市南河原の外れに身をひそめるのだが、その後一年間くらい行方不明になる。母は「私」に、「父は外国旅行に行っている」といっていたが、そんなことは信じられない。あとになって、兄からそっと「オヤジは刑務所に入っている」と知らされる。その頃、下の妹が生まれているから、妹が生まれたときには父はそばにいなかったのだろう。

しかし、正雄は不死鳥のように立ち直る。

一九三一（昭和六）年に満州事変、翌年には上海事変が起こり、ふたたび軍需産業が活況を呈するようになった。一九三五（昭和十）年に新潟鉄工所に就職した父は、またたくまに出世し、東京麻布の一等地に居を構えるようになる。その頃「私」は、小学校三年の二学期だった。昭和十年二月に生まれた末の妹は、まだ麻布に引っ越す前の川崎市柳町で生まれており、生来の虚弱体質から一歳になる前に死んだ。

一九三七（昭和十二）年、日中戦争に突入、父親は新潟鉄工所を退職して、鶴見にあった鉄工所の支店長として迎えられ、四年後そこをやめて関製作所の社長となった――。

ともかく、そんなふうに、結果的にいえば父は事業の成功者といってもよかったのだが、それにしても山あり谷あり、浮き沈みの多い人生にはちがいなかったのである。

「私」は物心つく頃から、そうした父のもとで、折り合いの悪い父方の祖母ナヲと母静子を傍観してきたわけだが、ナヲが時々口にする妙な言葉が気にかかっていた。

『血族』にもどる。

祖母と母とは、徹底的に相容れなかったが、母のほうで、面と向って祖母にさからうというようなことはなかった。私はそういう場面を見たことがない。母は、祖母の前に出ると、母らしくなく、しおらしい感じがしていた。喧嘩は常に一方的であり、祖母の言い方は陰険だった。母は、あきらかに、祖母に対しては自分の罪を意識していた。

祖母は、最後には、こう言うのである。

「なんだい、柏木田の女の癖に……」

それが、祖母のほうのキメテになっていた。あるいは、柏木田の出の癖に、と言った。それを言われると、母は顔を赤らめて、引きさがるよりほかはなかった。時には、蒼白になって、顔が引き攣《つ》る感じになった。母は耐えていた。

これも私にはわからないことのひとつだった。いったい、柏木田の女とは何なのだろうか。

「柏木田」「柏木田の女」——新しいキーワードの登場である。

この言葉を吐き出すように母静子に投げつけた祖母のナヲは、一九五〇（昭和二十五）年五月に八十七歳で死んだ。「私」の兄は、かけがえのない身元引受人を失なった。

母の兄丑太郎の長男の羽仏幹雄が、いつか「私」に、「ウチの先祖は旅館業と女郎屋の二足の草鞋《わらじ》を履いていた」といっていたのを思い出した。これまで、母の生家は家のなかで凧があげられるほど広く、国定忠治や山本長五郎や宮様までが泊った老舗旅館だったことは、何どか母自身からきいたことがあったが、「女郎屋」という直接的な言葉をきいたのは、そのときが初めてだった。幹雄は、「横須賀から大滝町にかけてその一帯は、ぜんぶウチの地所だったんだって」ともいっていた。丑太郎は万事オーバーな言い方をする男だったが、当時の母の生家が相当な資産家であったことだけはたしかなようだった。

しかし、幹雄の証言だけでは、母が「女郎屋」に生まれた女であるとはきめつけられなかった。それは一種の「貸座敷」のようなもので、赤線廃止以前の地方都市にはよくあった話ではないかと思う。昔、田舎の宿屋には飯盛女とよばれるそのテの女がいたものだ。大きな旅館となれば、そうした副業をもつのは当り前のことで、いわば公然の秘密であり、それだけで母を「女郎屋の娘」とするわけにはゆかない。

だが、と「私」は思う。


私は、次第に、母を知ることは自分を知ることだという思いが強くなっていった。これは、決して、必ずしも、母の秘密を発《あば》くことではないと思った。いつかは、どうしたって、やらなければならないことだった。

私には、母のような女が、どういう筋道でもって出来あがっていったかということにも興味があった。

また、私はどうやって生まれたのかということを知りたいとも思った。父と母との恋愛は、どんなふうなものであったのだろうか。

祖母が言っていた、柏木田の出とか柏木田の女というのは、どういうことなのだろうか。母の負い目は、実際は何だったのだろうか。それで、どうやって、ああいう、さっぱりとした、陽気で物事に拘泥しない女になっていったのだろうか。そして、その母が多くの人たちに慕われたのはなぜだろうか。そのモトは何なのだろうか。

それは、結局は、私が自分を知ることとの手懸りにならないだろうか。

いや、それよりも、私は、母の生まれた家が見たかった。母の生まれた場所に自分の足で立ってみたかった。それもまた、ひとつの止みがたい感情だった。

「私」は、自分が一歩一歩「知りたくない事実」、「そうあってほしくない事実」に近づきつつあることをどこかで予感しながら、それだからこそ「母のことを知りたい」と念じ欲求している。そして、そのことがとりもなおさず、自分という人間を知ることなのだと自らにいいきかせているのだ。

筆者も似たような経験をもつといったが、このくだりは『血族』のなかでも際立って哀切にみちる。ここにいたった、「私」のやむにやまれなさがあって、心うたれる。もちろんそれは、「私」が小説家であるということにも起因しているのだろうが、人間が自らの「生」と向い合おうとするとき、何をおいても直視するのは「母」の存在（断じて父ではないのだ！）であるということに気づかされ、何だか粛然とするのだ。

一歩一歩何かに近づく、といったが、『血族』は、おびえたように「貸座敷」の解説に入ってゆく。

貸座敷というのは紛らわしい言葉である。私は、白状すると、つい最近まで、貸座敷というのは、出合茶屋、すなわち、男女の密会する部屋というように解釈していた。ラヴホテルである。旅館業であるならば、そういうことに利用されるのは当然のことである。これは、自分にとって都合のいいように解釈したいという気持が働いていたように思われる。……母は女郎屋の娘ではない、貸座敷の娘である。貸座敷というのは旅館業にとって免れ難い一種の副業であるといったように……。

ただし、貸座敷という言葉を母が口にしたことはなかった。

　この貸座敷という言葉よりも、もう少し頻度が多くなるが、父、母、丑太郎、保次郎、勇太郎が、藤松という言葉を口にすることがあった。これも、滅多には聞くことのない言葉なのであるが、このほうは、母は、割合に大っぴらに言う感じがあった。しかし、私の知るかぎり、誰も、藤松楼と言うことはなかった。


　藤松というのは屋号である。私は、藤松旅館であると思い、ずっと、そう思いたがっているようなところがあった。父も母も、その他の親類の者も、藤松という言葉を発するときに、妙にその言葉の響きを懐かしむような感じがあった。……そうなのだと私は思う。藤松というのは、彼等にとって、大いなる誇りであり、同時に、生涯消すことのできない恥の部分であったのである。


だいたい「貸座敷」というのも、あまり耳慣れない言葉だが、ここでもう一つ、「藤松」という名が出てきた。

「藤松」という名を口にするとき、なぜか父も母も、親類の者たちはみなその名を懐かしむようすをみせる。おそらくその名は、一族のだれの耳にも、ある特殊な感慨をもたらす響きをもっていたにちがいない。

「私」はそれを「藤松旅館」と解した（解したいと思った）ようだが、とてもふつうの旅館ではなかったことが、一九七七（昭和五十二）年八月に羽仏丑太郎の十三回忌で妙栄寺を再訪したとき、そこに祀られている母方の墓碑をみてわかった。二ヶ月ほど前、同じ妙栄寺で勇太郎の七回忌が行なわれたときにも、「私」は母方の墓碑をみることはできたのだが、そのときは何となく勇気がもてずに帰ってきてしまっていたのだ。

墓碑には、羽仏徳次郎（没齢六十歳）、かめ（六十四歳）、勇太郎（六十五歳）という羽仏一家の俗名、戒名をはじめ、母の祖父である羽仏藤造、祖母であるヱイ（母方の最高の傑物だったという）らの俗名、戒名がならんでいたのだが、その傍らの小さな墓の戒名をみてぶったまげた。

「紅顔院妙裏日艶信女」

何とも艶っぽいというか、エロティックな戒名である。こんな戒名、みたことない。

そのつぎのが、もっとスゴイ。

妙超信女、快楽恒然信士、貞純信女、妙法妙相信女……いくら何でも、「快楽恒然信士」とは何ゴトか。

「私」は頭がクラクラして、よろめいた。

四字名前の戒名は、無宿者、行路病者といった人につけるものだときく。これこそぜんぶ、いわゆる女郎とよばれた商売女性の戒名ではないか。

長寿院快楽日仙信士、芙蓉院妙粧日寿信士、智徳院妙健日勇信女…………嗚呼。

……「私」は観念した。

うすうす感づいてはいたのであるが、それが何時ごろからのことであるのか、どの程度に知っていたのか、誰に教えてもらったのかということになると、私自身、はなはだ漠然としているのである。

こういうことは、他人に理解してもらうのが困難な事柄に属すると思う。いつでも、暗黙の諒解とでも言うような空気が支配していた。知られるようになったら知られてもいい、知りたくなければ知らないほうがいいとでもいったような……。

ともかく、母は私にそのことを言わなかった。私も母に訊いたことはなかった。母が何かを隠しているという感じはわかっていた。訊くことは怖しいという感じがあった。訊くべきではないとも思っていた。ある時期まで、それは私にとってどうでもいいことであった。出生の秘密を探って、それが現在の私にとって何になるのだろうか。

母の死後、私は推測をふくめて、その周辺のことを何度か書いてきてはいる。それは、推測の域を出ないのであって、間違いが多いのである。あるときは、母を、単に、横須賀の資産家の娘と書いた。私が初めて書いた小説ではそうなっている。私は、実際には、何も知らないのと同じことだった。近い親類の者でも、私よりもっと何も知らない人間が多いはずである。

母は昔話をするのが嫌いだった。そうして、そういう性格であったとしても、そろそろ昔のことを懐かしんでもいいような年齢に達する前に死んでしまった。私からするならば、お母さん、もういいじゃないか、別にどうってことはないのだから本当のことを教えてくれよと言うべき機会を失ってしまったことになる。

この気持ちは痛いほどわかる。

母静子の生家「藤松」が、案じた通り「女郎屋」とよばれても仕方のない施設であることが判明したとき、「私」はようやく真実に辿りついたという歓びよりも、何とも名状しがたい喪失感のようなもの、孤独感にさいなまれたはずである。

それは、むつかしい理クツからではない。真実がわかったときに「母がそばにいなかった」という寂しさではなかったか。母がそこに健在なら、「私」はやさしくその肩を抱き、「そんなことは大したことじゃない。別にどうってことはないのだから」といいたかったのだ。(気丈な母は絶対にそんなことはなかったろうが)もし母が泣き出したら、胸にひきよせ「ごめん、ぼくがよけいなことをしてしまって」と一言わびたかったのだ。

古い諺に「墓にフトンは着せられぬ」とか、「親孝行したいときには親はなし」というのがあるが、まったくその通りだった。「私」は母を愛していた。だれよりもその人となりを尊敬し、誇りに思っていた。生家がどんな職業であっても、そんなことは関係なかった。かりにそれが世間から糾弾される商いであろうと、軽蔑される職業であろうと、そこに生まれついた母に何の罪があるのか。母は自分という人間を産んでくれたではないか。自分がここにいるのも、母がこの世に存在してくれたおかげではないか。

しかし、小説家の業はふかい。

「私」は「柏木田」をより知るために、執ように母の出自を追いもとめる。「柏木田の女」を徹底追跡する。まるで、自分自身を追いつめるように、聞き書きを再開する。

「私」がつぎにインタヴューしたのは、「私」の曾祖母の従弟の子で、今は横浜に住んでいるアル中の男である。男は小説を書いていたことがある。

「そんなことがわかったとして、それが何になるんです」

私は、小説が書きたいのだと言った。

「知らなくてもいいことをほじくりだして、それを書いて、金儲けをしようっていうんですか」

彼は、二年前に、胃潰瘍の手術をしていた。急に痩せてきて、人相が変ってしまったことを知った。

「父を斬り、母を斬り……」

そんなことを呟くようにしていった。私は、初めて書いた小説で、父を罵倒していた。こんな奴は人間ではないと書いた。その頃、勤務先の部長から、山口くんもいいけれど、お父さんの悪口を書くことだけは止めてくれないか、と言われたことがある。

「父をぶった斬り、こんどはお母さんを斬ろうっていうんですか。……それで、最後には、自分は切腹する気なんですか」

男はのっけから、半ばケンカ腰で、「私」が生業にしている「小説家」という仕事について罵詈雑言をあびせる。「小説家」についてというか、「小説を書くこと」のエゴイズムを排撃する。べつに誰にもとめられてもいないことを、根ほり葉ほり暴き出し、それで原稿用紙を埋めて金を稼ぐ。それによって、どんなに親族や周辺の者が傷つき迷惑を蒙ろうと、まったく意に介さず、自分だけは勇気ある仕事を成し遂げたかのような満足感にひたる。とくにあなた(「私」)は、これまでにも父を書き母を書き、親族のあれやこれやを書いてきたが、これ以上だれを泣かせようとするのか。男の物言いは、自身もまた「小説を書く」という業に身を浸した経験があるだけに、きわめて説得力があるのだった。

しかし、やがて男は、半分あきらめたような眼で「私」をみてから、ビールをグイと飲みほしたあと、ゆっくりとしゃべりはじめた。

「柏木田っていう地名は、いまはないんですよ。……さあ、あれは佐野町になるのか、不入斗町になるのか、それとも上町の三丁目あたりになるのか。なにしろ、あのへんは入り組んでいるからね。俺にもわからない」

彼は、ビールが無くなると冷蔵庫からワンカップ大関を持ってきた。

「柏木田っていうのは、吉原みたいなもんでね……。だから、その地名が残っていると、まずいんだね。たぶん、そうだと思うよ。はじめはね、遊廓は大滝町にあったんだ。……大滝町っていうのは、京浜急行の横須賀中央という駅に近いあたりで、まあ、一番の繁華街だよ。市役所や郵便局や、ああそうだ、さいか屋っていうデパートがあるだろう、あの近所なんだ。むかしは、そこらあたりまでが海だったんだよ。その海岸に遊廓が出来たんだ。……それが、たしか、明治二十年頃の大火で全焼するんだよ。ああ、遊廓全部が焼けてしまったんだ。藤松……？　藤松って言ったね、それも、むろん、焼けちゃった」

「……で、遊廓全体が移転することになったんだ。だから、海岸の村だった大滝町もかなり賑やかになってきたんだろう。そこじゃ、まずいんだろう。住民運動があったのかもしれない。まあ、吉原田圃と同じことさ。……柏木田っていう地名も、いかにもそんな感じがするだろう。山をきりひらいた新開地で、ほんとに田圃だったんだね。移転のときに問題があってね、ええ、汚職ですよ。

つまり、柏木田に移転するっていうニュースを聞きこんだ役人が田圃を買い占めたんだ。これは、まあ、関係ないか」

彼は立ちあがって、二本目の酒を持ってきた。

「それで、その藤松だけれど、一年間のブランクがあって、柏木田へ移ったんだね。大きな家だった。柏木田には大門があってね、ああ、ちゃんと大門があるんだ。それに、見返りの柳もある。柳の木はいまでもあると思うよ。それで藤松は、大門を入って、すぐ右手、つまり、一番端なんだ。これがいけなかったんだね。なぜって、そういうもんじゃないか、遊廓なんていうのは。入ってすぐのところはよくありませんよ。きみの行く銀座の酒場だってそうじゃないか。表通りの一階なんていうのは駄目だ。地下一階とか、あるいは二階とかね……。それにね、大門を入って右手に交番があってね、ほら、海軍の軍人が多いから、喧嘩になるんだ。不入斗の練兵場に陸軍もいたからね。海軍と陸軍で喧嘩になる。だから、始終、憲兵がうろうろしている。で、交番があって、その隣というか裏というか、ここに藤松がある。こりゃあいけませんよ、はあはあはっ……」

何しろ、二年前に胃潰瘍の手術をして、すっかり人相が変ってしまったという、酔っぱらいの話である。呂律のあやしい男の言葉が、「私」にはよけい生々しい「証言」にきこえる。男の言葉が、おそろしいスピードで、「私」を何十年も前の「柏木田」の風景の方向へとひっぱりこむ。

「きみのお母さん？　え？　もちろん、藤松のその家で生まれたんだよ。柏木田のね。……そこで生まれて、そこで育ったんだ。……いや、別の場所じゃない。シイちゃんは、そこで生まれて、遊廓のなかで育ったんだ。俺、会ったことがあるもの」

私は、母は藤松で生まれたにしても、違う町で育って娘になったのだと思っていた。そう思いたがっていた。金がないわけではない。兄の丑太郎と一緒に別の町で、女中をつけて暮していたと考えたかった。

「だけどね、県立横須賀高女へ行ったろう。そのときは寄留したんだ。なぜってね、柏木田の人は高等教育は受けられなかったんだ。まあ、差別だね。そういう差別があったんだ。だから、誰でも、義務教育だけ。それで寄留するんだけれど、きみの言う別の町内っていうのは、その寄留先のことなんじゃないかね。シイちゃんは藤松にいましたよ、ちゃんと……」


そうか、そういうことだったか。母が県立横須賀高女に通っていたことは前から知っていた。てっきり「私」は、そのあいだは当時世帯をもっていた兄丑太郎を慕って名古屋にでも出ていたのかと思っていたのだが、どうもそれも形式上の「寄留」であって、母は「藤松」を離れたことはなかったという。そんな環境のなかで県立横須賀高女へすすんだ母は、それだけでもかなりインテリジェンスのある女だったことはたしかだろう。

「私」は、自分の「母さがし」が、いよいよゴールに近づいていることをどこかで意識しはじめる。もうこれ以上、自分は何を知りたいというのか、とも思う。

しかし、どうしても「私」がこだわるのは、母が生まれたという「柏木田」なる場所に、自分の足で立ってみたいという止みがたい欲求なのだ。そこの空気と匂いのなかに、自分を立たせてみたい。

これもまた、「私」が小説家であるということと無関係ではないと思うのだが、「私」はこの『血族』

の終章を、何としてもそこに立つ自分の姿を書くこと、あるいはそれを実感する自分の心理を書くことでしめくくりたいと希《ねが》うのだ。

「柏木田」は、横須賀市内でもっとも古く、しかも公然と認められた遊廓だったという。一八八八（明治二十一）年十二月に、大滝町（今の三笠通り）の豊川稲荷付近で大火があったため、翌年六月に現在の土地に移転した。大火後、僅か半年ほどで復活したというのは、それだけの需要と必要があったからなのだろう。概して、当時の銘酒店（娼妓が男客に酒を飲ませてもてなす店）や遊廓に対する地元住民の反響は良好で、そうした店が一ヶ所にあつまることは、風紀問題や風俗犯罪について重点的に警察取り締りが行なえるという都合の良さもあった。「柏木田」は、地元にはむしろ歓迎されていた。

アル中の男の話によれば、母静子の生まれた「藤松」は、その「柏木田」のなかでも一番はじに近い、「見返り柳」のすぐそばにあったという。母は県立横須賀高女に通っているあいだは、寄留（戸籍上だけの町外移転）の届けを出しているが、正真正銘、その「藤松」で生まれ育った娘であることにまちがいはないと男はいった。

「私」は、そこに自分の足で立ってみたかった。

その欲求は、強まるばかりだった。

だが、ここで功を急いではならない。ここで先を急ぐあまり、手あたりしだいに人にきいてみたりするのはやめたい。たとえば妙栄寺にきたとき、住職をつかまえて、

「柏木田はどのあたりなんですか」

と一コトきいてしまえば楽なのだろうが、「私」はそれをよしとしない。

「私」はどこかでぐうぜん、自分がバッタリそこに出食わすとか、気づいてみたらそこがその場所

だったとかいうのが、一番のぞましい「柏木田」との出会いであると考えている。出来るなら、自分が苦労してそこに辿りついたというのではなく、見えない糸にひっぱられてそこにつれてこられた、といったような場面を期待している。

ある暑い朝、「私」はとりあえず、アル中の男がいった大門近くの「見返り柳」をめざすことにし、横須賀でタクシーに乗って「鶴久保小学校」まで行って下さいといった。「鶴久保小学校」の名は、幼い頃から耳に馴じんでいた。そこを左折して少し行ったあたりが大門らしいのだが、そのあたりできけば、元「藤松」の場所はすぐわかるとアル中はいっていたのである。

私は、勇太郎の法事のときと同じように、鶴久保小学校のそばの歩道橋の手前でタクシーを降りた。角に文房具屋があり、その隣にソバ屋があった。私は、小学校があるんだから文房具屋があるんだなと思いながら、そこを左に曲った。文房具屋の裏に土蔵があり、道の右側に大きな柳の木があった。記憶に誤りがなかった。樹齢百年は越えていると思われた。一抱えでは無理だろうと思われるくらいに幹が太い。

私は、その大通りを何度も往復し、写真を撮った。福助ホテル、スナック大美、大坂屋不動産、アパート菊美といったような、いかにも関係のありそうな家を見たが、もはや、遊廓の面影は跡かたもない。藤松が震災で倒産したとしても、それから五十五年を経過しているのである。

私は、さきほどから、私のことをいぶかしそうな目で追っている青年がいることに気がついていた。何度目かの往復で目が合ったときに、青年が声をかけた。

「山口瞳さんじゃないですか……」

TVCFに出演してから、ときどき、こういうことがある。うるさい奴にみつかったと、一瞬、そう思ったが、思い直した。私は青年に近づいていった。

「そうですよ」

「なにをしているんですか」

妙なところを写真に収めているので、奇異に感じたのだろう。

私たちは、ソバ屋へ入って、サイダーを飲んだ。私は、わけを話した。


ここは、「私」が多少顔の知れている小説家だったゆえの僥倖だっただろう。「私」の作品を読んでいたかどうかはわからぬが、テレビのCMは見ていたらしい。どちらにしても、「私」はツイていたといわねばならない。


その青年を、かりに、S青年と呼ぶことにしよう。新婚そうそうで、まだ三十歳にはなっていないと言った。彼は郷土史に興味をもっているという。協力を約束してくれた。私は、後に、彼にどれだけ助けられたかわからない。幸運だった。

大門のあたりを撮影しているときに、見えなくなったS青年が戻ってきた。

「ここが藤松です」

彼は、藤松を、フジマッチュに近く発音した。県道に面した篠原写真館で聞いてきたと言った。

篠原写真館の息子と彼とは、青年会での仲よしであるそうだ。

「この三軒分が藤松だそうです」

大門から数えて、ホンダオートバイの販売店、仕舞屋《しもたや》、江戸屋という染物店、この三軒分が藤松だということであった。私は、そこをまた歩いてみた。私の歩幅で、四十歩だった。間口十間というが、それよりも広く、だいたい、店の幅が、三十六メートルぐらいになるだろうか。

私は、ついに、やっと、藤松の、母が生まれて育った地点に立ったのだった。


そのときの私の気持は、すべての証拠をつきつけられ、現場検証の場に連れてこられた犯罪者だと言っていいような気がする。私は、うすうすは知っていた。次第にそれがまぎれようもない事実だと知らされてもきた。しかし、その期に及んでも、私には信じたくないような気持があった。

いまや、それは、どうすることもできない。私は、いま、母の生まれたその場所に立っているのだった。それは、間違いなく、柏木田遊廓の大門を入った右手のその場所だった。母は、ここで生まれ、ここで育ち、ここで少女になり、ここで娘になったのである。そうして、母は、五十六歳で死ぬまで、そのことを私には言わなかったのである。言わなかったばかりでなく、母は、ついに、その場所を訪れることはなかったのである。私は、いま、そこに立っていた。

念願成就。

ついに「私」は、母静子が生まれ育った「藤松」の跡に立ったのである。母が終生「私」に隠していた、また母自身も一ども足を踏み入れることのなかった生家の跡に、「私」はたしかに立ったのである。

であるとすれば、これで自伝『血族』は一件落着、目出度し、目出度しとなるわけだけれども、なかなかそうはいかない。

「私」の心にもう一つ、どうしても知っておきたいことがわきあがる。

それは、「藤松」がどうして潰れたかということである。もちろんそこには、一九二三（大正十二）年九月の関東大震災があったわけだが、「私」は曾祖母ヱイの従弟の子であるアル中の男から、『藤松』は震災ではほとんど被害を免かれ、軒がほんの少し傾いたくらいだった」ときいていた。じゃあ、なぜ「藤松」は潰れたのか。

アル中老人は、「藤松」が左前になった理由として「表通りを入ってすぐのところに店があり、おまけに近くに交番があった」という立地条件をあげていたが、その後の話ぶりでは「曾祖母のヱイという人がヤル気がなかったからだ」ともいっていた。「ヱイおばあさんは、とにかくエライ人で近寄るのも怖かったが、商売についてはまるっきりダメだった」というのである。

再度、アル中男に取材を申しこみ、色々と質《ただ》したところ、つぎのようなことが判明した。

親族間では「女傑」とよばれていた羽仏ヱイは、「私」の曾祖母であり、母静子の祖母にあたる。嘉永四年二月に生まれ、大震災の五年後の一九二八（昭和三）年九月に、七十八歳で死んだ。

どこが「女傑」だったかといえば、ともかく悠揚せまらぬ貫禄があり、銀座の資生堂で食事をして二階から降りてくると、思わずボーイが駈け寄って、「御後室様、お手をどうぞ」といって手を引いたというほどの威厳があった。村雲尼公という皇室出の尼僧が泊まったとき（そのときはふつうの旅館だった）、その尼公に対してまったく間違いのない言葉遣いと態度で接し、柏木田の人をびっくりさせた。ヱイと何どか面談した日蓮宗の総本山大明寺の大僧正は、すっかりヱイの人柄が気に入って、常々周辺に「あんな大人物をみたことがない」といっていたそうである。

「私」はひそかに、そのヱイの血が母にもながれていたのではないかと推測する。川端康成や吉野秀雄に伍してビクともしなかった態度や、早くから北大路魯山人に眼をつけていた眼利きの才能もまた、曾祖母のヱイからもらったものにちがいなかった。つまり、母もまたヱイと同じように「女傑」だったことになる。

しかしながら、天は二物（三物？）を与えなかったらしい。

ヱイは父専蔵の養女だったが、同じ町の遊廓出（と思われる）藤造という男を婿にもらった。ところがこの藤造が、とんだ道楽者で、十五歳のときに家をとび出して各地を流連し、二十歳をすぎてからやっと家にもどってきたのだが、ていよく家を追い出される。旅館や遊廓では、男はしょせん余り者だったのである。

ヱイと藤造のあいだに長男豊太郎（母の父親）が生まれたが、豊太郎がどうしようもない怠け者だったのは先にしるした通り。

これでは、ヱイが先頭に立って「藤松」を切り盛りするしかなかったのだが、どうやらそのヱイにも「遊廓経営の素質」だけは欠けていたようで、毎月毎月赤字の連続で、その穴埋めに質屋通いをするうち、火のクルマ状態になった。

「藤松」は震災前には、もういけなくなっていた、とアル中はいう。

私は、また、ワンカップ大関の遠縁の老人を訪ねることになった。

「おヱイおばあさんが実力者であって、ずっと店をやっていたということは間違いがないんでしょう」

「まあ、そういうことになるね。しかし、カメさんに跡をつがせようという気はあったらしいね」

「豊太郎の妹ですね」

「そうそう。これが徳次郎を婿に貰ってね。二人に店をまかせようと思ったらしいね。そこで生まれたのが勇太郎さ」

「ちょっと待ってください……。そうすると、カメさんは、ずっと藤松にいたんですか」

「そうだよ。豊太郎があんな調子だからね」

「それは知らなかったなあ。……じゃあ、勇太郎は藤松の家で母と一緒に育ったんですね」

「そうですよ」

私は、勇太郎が、時に母の弟だと言い、時には従弟だと言った筋道が見えてきた。そう言うときの、勇太郎のニヤッと笑う顔を思いだした。おそらく、彼自身、ある年齢に達するまでは弟だと思いこんでいたのだろう。

私には、この唯一の頼りにしていた勇太郎が、自分の生家を遂に明かさなかった意味が見えてきた。

「で、カメさんはどうだったんですか」

「これが遊び好きで、派手好きで……」

「駄目ですか」

「まるで駄目だった……」

「徳次郎は?」

「頭が悪い。計算というものが出来ない。弟のほうが、ずっとよかった。ただし、弟は、阿漕《あこぎ》なことをずいぶんやったらしい」

「弟っていうと……?」

「なんだ、それも知らないのか」

「知りませんよ、誰も教えてくれないんですから」

「大玉楼だよ」

「え?」

「徳次郎の弟が大玉楼の跡をついで、徳次郎が藤松の婿養子になったんだ」

私は、しばらくは声が出なかった。漠然と、一族という言葉が浮かんできた。ヱイからすると、夫は放蕩者で、長男は廃人同様で、長女は遊び好きの派手好きで、婿養子は低能の役立たずで、孫の丑太郎は十五歳で情婦のいるような遊び人で……ということになる。丑太郎の妹(私の母)は妻子ある男と駈落ちをしてしまった。……私は、頭が混乱してきた。

このへんになると、読むほうの頭も混乱してくる。

「大玉楼」とは、当時「藤松」の隣で営業していた大店《おおだな》で、徳次郎の弟が「大玉楼」の跡継ぎとなり、徳次郎が「藤松」の婿養子となったということは、「大門」の見返り柳のそばの遊廓二店は、いづれも羽仏関係の経営だったということになる。

それにしても、ここまでロクでもない連中がそろう一族も珍しいのではないだろうか。アル中男のいう徳次郎、豊太郎、丑太郎、カメばかりではない。男をつくって逃げた豊太郎の妻ヨシだってそうだ。だれもかれもが、マトモな社会生活をおくれないほどの欠落者ばかりである。それはやはり、「遊廓」という特殊な生活環境からあたえられたものなのだろうか。それともこの一族（そこには「私」も入るのだが）には、何か運命づけられた神の祟りのようなものがあるのだろうか。

「私」はますます、立ち停まるわけにはゆかなくなる。こうなったらもっと徹底的に、自分ら一族のもつダラシナサ、ふしだらさ、いい加減さを追及しないわけにはゆかなくなる。そうでないと、母静子がもっていたあの人間的な矜持というか、女としての誇りというか、何をするにも凜としていた姿の説明がつかなくなる。

そりゃたしかに、母は妻子ある「私」の父と駈け落ちしたかもしれぬが、それは母が試みた「藤松」からの脱走にちがいなかった。母は「藤松」、いや「藤松」をとりまく欠落者の群れから逃げようとしたのである。いや、それでは「私」が可哀想すぎる。母はたしかに正雄に惹かれ、「私」という子を生んだのだが、そうした愛する夫と子のためにも、過去の自分との決別を心にきめたのだ。だから母は、自分の出自をけっして人に明かそうとはしなかったし、生まれ育った柏木田の地に一ども足を踏み入れようとはしなかったのだ。

それから「私」の調査、聞き書きはいっそう熱をおびてゆく。市役所の資料室を訪ねたり、戸籍謄本を取り寄せたり、新聞社のサービスセンターで過去の記事を読みあさったり、正直「ここまでやるか」といった『血族』追求をつづける。鬼気せまる調査をかさねる。

そして、そうやって調べてゆくうちに、「私」はさらに驚愕の事実を知ることになるのである。結論から先にいっておくと、どうやら母の妹君子もまた、柏木田のなかの「遊廓」で働いていたらしいということ。

それを証言したのは、S青年がみつけてきてくれた八十四歳の老女性で、今も柏木田に住んでいる人だった。多少記憶はおかしかったが、話しているうちにだんだん当時のことを思い出してくれた。

藤松っていうのは、角にあったの、大門のそばの……。ここが交番で、ここが藤松なの。その隣が岡泉でね、藤松と岡泉とは仲よしだったの。

（その岡泉ですが、親類だと教えられていたんですが、そうじゃないんですか）

親類じゃありませんよ。隣同士でね、庭続きで、とても仲よくしてましたよ。それで、潰れるときも一緒でね、一緒に裁判所のほうへ行ってしまったのよ。一番に店がかしがったのは藤松のほうでしたけれどね。岡泉もすぐに駄目になって……。ずっと、その後も親類みたいな付きあいをしていたって聞いていましたね。

藤松の隣が岡泉、その隣がいろは、これは大井鉄丸っていう人のお妾さんがやっている店だったんです。市長の……。

（市会議員をやってた人がいると聞いたことがありますが）

市会議員もやったけれど、市長もやったんです。髭を生やした立派な人でした。いろはの隣が紀伊国楼。いま、駐車場になっているでしょう。あれがそうです。その隣が大美楼で、そのまたこっちの隣が中田です。それから寿楼。

ええ、それで、藤松の向い側が永盛、いま八百屋になっています。その隣が大玉楼、ええと……その隣が金村楼で、いま、トルコになっていますよ。金村の隣が大坂楼、そのこっちが、ええ、なんだっけな、ああ、川があって、こっちが角蔦です。

（朝日楼というのは……）

朝日楼は並びじゃなくて、少し離れてたんです。いま、花月っていう旅館になっているところです。

この老女は昔何をしていた人なのか（文中には書いていないが）、ずいぶん柏木田の遊廓にくわしい人である。

岡泉、紀伊国楼、永盛、大玉楼、金村楼、大坂楼、角蔦……そして朝日楼。「私」はそれまでに、あちこちの資料を当って、だいたいの「遊廓」名は調べていたのだが、老女の話をきいていると、当時の「柏木田」界隈の賑わいぶりがうかんでくる。色街にただよう白粉の匂いが鼻をついてくる。ただ、立地上客の多くは入港する軍艦の水兵たちだったから、季節によって売り上げは大きく変動したという。店が多いぶんだけ、どこの店も経営には苦労していたようである。

藤松ってのは、震災の前《ぜん》から、終りかかっていたんです。かしがっていたんです。それで、震災でもって、こんどは、みいんな、かしがっちまったんです。栄えたのは、金村楼だけですね。

もう、昔の人は一人もいませんね。いるのは植木屋の爺いぐらいでね、みんな、かしがっちゃっているから……。植木屋の爺いだけは生きていますよ。今日も、鳥打帽かぶって、杖ついて歩いていましたよ。この人は、この土地に七十四年いるっていいますからね。

（へええ、おいくつですか）

九十だよ。その人の連れあいが八十五だって。

（昔から植木屋さんですか）

さあ、昔は何をしていたのかねえ。いま、植木屋ですよ。小さいけれど、喧嘩の強い人でね。


柏木田ってことはねえ、みんな隠したもんですよ。

娘をね、秋田、山形、越後から買ってきたんです。馬を買う、家を買うで娘を売ったんですよ。娘を売って家を建てた。

このへん、秋田、山形の兵隊が多かった。なんで俺《お》らほうの娘ばかりいるんだって、兵隊が泣いて怒ってねえ、おめえら、みんなやめろって……。その兵隊、泥こねろって言や、泥こねるんだねえ。左官屋だったんだ。

このへん、桜並木でねえ、大通りもなんも桜ばっかり……。その桜、みんな切っちゃった。うちの前にも三本あったんだけれど、三本とも切っちゃった。

……そいでね、花魁が病気になってもね、納戸っていうのか、何ていうのか、暗闇に押しこんでね、病院へは入れないの。虫がわいても蛆《うじ》がわいても医者には診せない。別に突っついて殺すわけじゃないけれど、蛆がわくまで放っとくんだもん。そいで、死ぬと、そうっと裏から青竹で担いでね、そこの谷戸に焼場があったんですよ、そこに無縁様があって、みんな無縁に埋めたんですよ。だから、この土地は生き霊《りょう》が祟っているんですよ。医者に診せないで殺しちまうんだから……。

（藤松は、どうして倒産したんですか）

さあ、とにかく、藤松が一番先きに傾いた。金貸しに金借りて失敗したって聞いたねえ。オンダっていう金貸しだけれど、オンダに家を取られたって……。借金が積もり積もったんじゃないかねえ。五十年も六十年も前のことだから、わかんねえなあ。

ヱイさんを知りたければ、お寺へ行けばわかるんじゃねえかなあ。何でも過去帳にうたってあんだんべ。


八十四歳の老女が、六十年以上前のことを思い出すのには自ずと限界がある。記憶と記憶がうまくつながらず、話があっちへ行ったりこっちへ行ったりする。しかし、あの賢かった曾祖母のヱイが、オンダだか何だか知らないが、そこいらの金貸しに家を取られるなんて、どうしても信じられない。「藤松」が潰れたのには、もっと他の事情があったんじゃないか。あれやこれや聞いてみたいことがあるのだが、「私」は言葉をのみこむ。

ただ、「柏木田」の女が強いられてきた悲惨な人生には、胸をえぐられる。いつでも時代の犠牲になるのは地方だ。地方の貧農は、馬を買い、家を買うために娘を売った。その地方の兵隊が客として「柏木田」を訪れ、そこに故里の娘たちが働いているのをみて泣いたというのだ。

「柏木田」の遊廓にかかわった人たちが、一様にその事実をかくしたがるのは当然だろう。

つぎに訪ねたのは、老女が教えてくれた「この土地に七十四年いる」という九十歳、八十歳ちょっとの植木屋夫婦の家だった。「喧嘩に強い」といっていたが、今は九十歳である。とつぜん殴られることはないだろう。「私」はノート係のS青年をともなって、植木屋夫婦を訪ねる。

植木屋夫婦の家は、柏木田の中心地に近く、大通りの裏にあった。階下が六畳と四畳半で、玄関脇に糸瓜《へちま》の棚があり、いかにも、新派や歌舞伎の世話物で若旦那が身を寄せるといった感じの構えになっていた。

まだ夏が終っていない。

植木屋の老人は、チヂミのシャツにステテコという姿であったが、それでも、なかなかに立派な刺青《いれずみ》が、はみだして見えていた。細君のほうも、下着だけをつけていて、乳房というほどのものはないが、ふたつの乳頭が見えていた。驚いたことに、彼女も、筋彫りではあるが、全身の刺青である。

私が、こっちへきたのは十七のときですよ。東京の向島のほうにいてね、横須賀の下町のほう、大滝町のあたりを見物していたんですが、横須賀の柏木田って遊廓があるって話には聞いていたけど、どんなところだろうと思って、ぶらぶら歩いてくると、池の端って、この近所なんですが、私は腰に鋏《はさみ》をさしていたもんだから、あんた、植木屋さんですか、植木屋さんなら、うちが忙しいから手伝ってくださいって、そこに十年いました。ええ……。

廓内《なか》の用心棒みたいなことになってねえ、その時分には悪い奴がいましたから……。土方が徒党を組んで歩いていやがって、番頭に因縁つけるんですよ。こっちが見廻っていないと、おちおち商売ができない。毎晩、午前二時まで、ひけるまでですね、毎晩、歩いていた。で、帰ってくると起こされるんです。何かあるんですね。寝てらんないんです。

酒は飲めなかったのに、ほうぼうで酒を呉れるでしょう。飲むようになって、一升酒になって……。交番で、あんた、酒飲むと癖が悪いねえ、なんて言われて。毎晩、二時に引けるまで、廓内を歩いていた。うちになんぞ満足に帰ってこなかったですよ。

火事がありましてね、寿、中田、近江、それに、もう一軒焼けてね、寿、中田、近江は建ったけれど、もう一軒は建たなかった。それで、十八軒が一軒欠けて、十七軒になったんです。

寿、中田、近江、紀伊国、いろは、岡泉、藤松の順です、ええ、向っ側はね、こっちから数えてゆくってえと……。

藤松ですか？　藤松はね、このかみさんが来たときは、すでに、ちょいとおかしかった。震災の後に、藤松を壊して空地になっていて、そこで相撲を取ったことがありますよ、ええ、私は三浦相撲の名取りだったんですから。

海軍とよく喧嘩してねえ。だけど、私は、警察では悪く言われなかった。理窟にならない喧嘩はやらないから。


いうまでもなく、この火事は一八八八（明治二十一）年十二月三日の「大滝町の大火」である。それまで大滝町の海っぱたにあったという（海面を埋めて設けられたという）「藤松」も、その火事で柏木田に移転する。前にものべたが、約半年後の再オープンである。十八軒のうち一軒が欠けて、十七軒がのこったというから、「藤松」にもまだその頃は再起の体力があったのだろう。

「その、さっきの藤松なんですが、おヱイさんという人がいたんですが」

「さあねえ、知りませんねえ」

「なにか、ご存じじゃないですか」

「藤松も、ひとしきりは盛んだったんですが、私の来た頃は駄目になっちまって、この人が言ったように、サラ地になってしまって、相撲取ったり……」

「徳次郎という人がいたんですが」

「聞いたことはあるわねえ」

「徳次郎の内儀《かみ》さんがカメですが……」

「さあ……。わからない」

こういうことは、よくあることである。遊廓や花柳界では、隣同士で全く交際がないということさえあるのである。


そういう知識があったから、私は、これ以上、何か訊いてみても、藤松のことはわからないと思った。このあたりに七十四年間も住んでいる植木屋の老人、震災前に嫁にきたという細君が、藤松のヱイのことを知らないようでは、何を質問しても無駄であろう。

しかし、それでも私は執念ぶかく、最後の質問を試みた。

「丑太郎というのがいたんですが、藤松に……」

「丑太郎さんねえ、知らないねえ」

「ウッちゃんと言うんですが。羽仏丑太郎……」

「………」

「そうかもしれません。中学生のときに家を出てしまっていますから」

「………」

「では、その丑太郎の妹で静子っていうのがいたんですがね。それが私の母なんです」

「………」

「シーちゃん、シーちゃんって呼ばれていたらしいんですが」

老人は首を振った。

「シーちゃんていう、目の大きな娘なんですが」

足を投げだして、煙管で煙草を吸っていた細君が、こっちを見た。思いだしたようだった。

「シーちゃん？　知っていますよ。よく知っています」

「本当ですか？」

「ええ、もう、とっても綺麗な人でした」

帰らないでよかったと思った。

「きれいでしたか」

「なにしろね、柏木田小町って言われたくらいですから」

「………」

「あんなに綺麗な人は、めったにはいませんよ。小柄で、色が白くって……。そんじょそこらの美人というのとわけが違うんですよ」

「………」

「立派な婚礼でねえ」

「……婚礼？」

私は、がっかりしてしまった。母と父との結びつきは、結婚式のあげられるようなものではなかった。そのことは、すでにわかっていた。そのことに間違いはなかった。母と父と二人で、渋谷の安宿へ逃げたのである。


そうである。

それは母ではない。母静子は父正雄と駈け落ち同然で柏木田を出ている。結婚式なんて挙げていない。いつか勇太郎がイジワルそうにいっていたが、ある日父から電話がかかってきて、渋谷の旅館に行ってみると、そこには弱りはてた正雄と静子がいて、「どうにもならない」と勇太郎にうったえたという。それは、たしかな話だろう。

とすると……と考えて、「私」は思わず押し黙った。

そして、一回ツバをのんだあと、九十歳の植木屋にこう質した。


「思いだしてくれませんか。それは私の母ではないんです」

「………」

「君子と言いませんでしたか」

「………」

「母は、それほどの美人ではなかったんです。母は静子です。母の妹が君子です」

「君子さん？」

「君ちゃんと言ったかもしれません」

老夫婦が顔を見合わせた。細君のほうが笑いだした。

「そうよ、あんた、君ちゃんよ……朝日楼の君ちゃんよ、ここからお嫁に行ったのは」

「朝日楼の……？」

咄嗟《とっさ》に、これは体に悪いと思った。

「朝日楼の君ちゃんってねえ、評判の美人だったのよ。柏木田小町だって……。それが鎌倉の大金持のところへお嫁に行ったんですから、よく憶えていますよ。大変な婚礼でねえ」

私は、叔母は、仙台のほうの資産家に養女に貰われたと思っていた。戸籍面でも、そういうことになっている。そこは由緒のある家柄であると聞かされていた。

「君子は……。君子は、ですから、私の叔母になるんですが、どこか遠い所へ養女に行ったと聞いていたんですが」

「いいえ、藤松から朝日楼へ貰われてきたんです。乳母をつけて……。朝日楼の君ちゃんですよ」

「………」

「私」は呆然とするしかなかった。

良家に養女に出され、そこから鎌倉の老舗旅館に嫁いだといわれていた君子もまた「朝日楼」の女郎で、そこから客に身受けされて鎌倉に行ったのだ。勇太郎がいっていた「乳母がいた」という意味もわかってきた。母の兄妹弟のなかではエースともいうべき君子が、やはり同じ「柏木田の女」だったことはショックだった。それが「柏木田小町」とよばれるほどの美女であったことが、かえって君子の生いたちを哀しく冥《くら》くさせているように思われてならない。

これで、母と叔母とのあいだにあったモヤモヤの理由もわかった。家が貧しくて正月にロクに餅も食えなかった頃でも、母がけっして鎌倉の家に頼らず、ほとんど妹の家には行こうとしなかったわけがのみこめた。あれは「仲違《たが》い」というより、両者が承知のうえで「柏木田」を隠蔽していた一種のカムフラージュだったのだろう。寺に養子に出た弟の保次郎や兄の丑太郎を嫌っていたのも、かれらが嫌いというより、同胞《はらから》のすべてと縁を切ろうとする母のつよい意志のあらわれであったといったほうがよかった。母は一族がバラバラに暮し、いっさいの交流を断つことによって、「柏木田」の記憶を抹消しようとしていたのだ。

思えば、「柏木田」チームの結束はすばらしかった。母はもとより、丑太郎も勇太郎も幹雄も「私」には何もいおうとしなかった。そこには小説家である「私」に、よけいな詮索をさせまいという意識があったかもしれない。ことによると、母は物心ついてからの「私」をずっと警戒していたのではないか。

母山口（旧姓羽仏）静子は、一九五九（昭和三十四）年十二月三十一日午前七時十五分に死んだ。五十六（数え五十七）歳だった。

「私」と妻治子と息子とで朝食の膳についていたとき、とつぜん母はたおれた。後ろにのけぞるように崩れおち、それきり意識を取りもどさなかった。

遺書が発見されたが、内容は「葬儀は質素に」とか、「寺におさめるお布施は保次郎と相談して」とか、「費用はなるたけ保険金で間に合わせるように」とかいったもので、あとには「私」の上の妹や下の妹、妻に対する感謝が綴られており、ごく僅かな真珠やアクセサリーを兄の妻に形見分けしてくれと書かれてあった。「私のかたみなんかほしがらない人の方が多いよ」ともあった。

ありふれた、というか、それ以上のこともそれ以下のことも書かれていない遺書だった。

「私」をこれほど苦しめ、悩ませ、せつなくさせた母は、何もいわずあっさりと世を去った。

「私」が三十三歳のときだった。

ある日、「私」は父方の祖父である山口安太郎の故郷、佐賀県藤津郡塩田町の久間《くま》村を訪ねてみようと思い立つ。

「血族」追跡の締めくくりとして、父親の正雄の父であり、あの静子に負けず劣らずの「女傑」だった祖母ナヲの夫、安太郎の生まれ故郷を訪れてみようと考えたのである。安太郎は、元治元年九月九日に久間村冬野に生まれ、父は山口佐七であり、母はタキ。東京芝の出である中島巳之助の養女ヨシの婿養子になったが、数年して離別し、海軍の職業軍人として日清戦争に参加、終戦後にナヲと結婚したのだった。佐賀県塩田町の辺境の田畑をきりひらいたのは、ガンバリ屋だった安太郎の異父弟の孫七で、「私」らはその孫七の家を「本家」とよんでいた。

ややこしいので、『血族』にある家系紹介をそのまま引用する。

安太郎の母タキは、夫の佐七死亡後、田中万七に嫁し、明治七年五月一日、孫七が生まれた。明治十七年、タキは万七と離婚し、同年、山口遅吉と結婚している。このとき、タキは孫七を携帯入籍しているが、長男である安太郎の動向は詳《つまび》らかではない。タキは四十五歳であり、夫の遅吉は三十九歳である。

孫七は、明治三十二年七月に、山口善吉の五女ワカと結婚、正雄、ミヱ、惣平の三人が生まれた。この山口正雄は私の父と同姓同名で、安太郎が子供に正雄という名をつけたので、面倒だから同名にしたということだそうである。ミヱは寺田蔦枝（筆者註・佐世保市に在住し、以前一ど「私」の取材を受けたことがある）の母である。

孫七は、昭和三十九年四月十三日に、久間村で死んだ。九十一歳である。ワカは三年前まで生きて、数え齢の百歳で死んだ。

山口孫七の長男の正雄は、大正十三年三月十日に、石橋善助の長女シナと結婚、哲夫、剛、良平の三人が生まれた。長男の哲夫は、昭和二十年七月二十九日に台湾で戦死している。このために、家を出ていた剛が呼びもどされて跡を継いだ。すなわち、山口剛が現在の本家である。

剛は、昭和二十二年十月十三日に桑原熊市の四女ミヱと結婚、初美、正治、久代という三人の子供が生まれた。長男の初美はマチ子と結婚して、昭和五十一年十月に勉が生まれた。勉が生まれたころ、山口さんちのツトムくんという歌が流行し、看護婦がその歌で赤ん坊をあやしたので勉という名になったという。現在、山口家では彼が最年少である。

三男の良平は、秀子と結婚して、良彦、紀子、公平の三人が生まれた。

良平は、昭和十一年に孫七の兄の安太郎が私の家で死んだときに上京している。戦後も三度上京して、私の家に泊っている。従って、私にとって、もっとも親しい人である。

「私」が「血族」追跡の最後を、祖父安太郎の故郷である佐賀県藤津郡塩田町を訪れるシーンで飾ろうとした心境を、筆者はこうみる。

「私」はもう疲れていた。

自分の「血」を追いかけることに疲れていた。

「私」の疲労度は、親族一人一人の人品骨柄や出自があきらかになるたびに上ってゆき、母が貸座敷「藤松」の娘だったことをつきとめたときに最高潮に達した。そして、妹の君子もまた「朝日楼」から鎌倉へ嫁いでいったときいたときに、さらに疲れがヒートアップした。神サマ、助けてください。

「私」には休養が必要だった。

そこで思いついたのが、祖父の故郷を訪ねることだったのだ。「私」は直感していた。母の出自にふりまわされ、傷つき、思い悩んでいた「私」の魂を癒やす場所は、もはや祖父安太郎一族の住む藤津郡塩田町久間村の里をおいて他にないと思われた。変な言い方だが、まだそこは手つかずの場所だった。これまで「私」があるいてきた「血族」図の外れの外れに位置する、母や君子の「血」のとどかない場所だった。「私」は自分の疲れた心身を、その土地で休めてみたかった。その土地は、これまで「私」が塗りつぶしてきた「血族」の塗り絵のなかで、唯一まだ何も塗られていない空白の聖地だったから。

『血族』には、あまり自然や風景についての描写はでてこないのだが、この、「私」が祖父安太郎の出生地、佐賀県藤津郡の久間冬野という小さな村落を訪れたときの文章は、しみじみとしている。

タクシーに乗って、冬野だと告げた。

兄を除いて、父も母も、同胞も、誰一人としてそこを訪れた者はいないのである。私は、自分には故郷はないものだと思っていた。母は、本来、田舎や田舎の人が好きだった。旅行好きでもあった。母が九州へ行こうとしなかったのは、やはり、親類とはあまり交際したくないという神経が働いていたのだと思う。戦前戦後の食糧事情の悪いときでも、田舎に頼るということをしなかった。田のなかに、良平に言われた標識が見えてきた。そこを左に曲るのだと教えられた。私は、しかし、そこでタクシーを降りた。

久間冬野は八十戸であって、そのうちの六割強の四十九戸が山口姓であるという。山懐のその村が見えてきた。

私には、漠然と、故郷というときのイメージがあった。南面する草葺《くさぶき》の農家が点在する。家は日だまりになっていて暖い。その家の一軒一軒に柿の木がある。家と家とを縫うようにして小川が流れている。裏山がある。その裏山は蜜柑山である……。

私の目の前にあらわれた風景が、まさにそれだった。それは田舎であり、故郷だった。私は、いま、いくら田舎だと言ったって、武雄温泉と嬉野《うれしの》温泉との中間というのでは、銀行がありマーケットがありパチンコ屋があるという、町にちかい村を想像していたのである。その町は汚れていた。

これは後でわかったのであるけれど、冬野には店屋が一軒もなくて、全部が農家であるという。また、孫七の代から、家々の変動のない村であるという。私が叫び声にちかい声で県道を自動車の運転手にストップしてくれと言ったのはそのためである。歩いてみようと思った。

県道から、村のなかでもっとも近い良平の家までの田のなかの道は、四百メートルの距離になろうか。そこから本家の剛の家まで百メートルである。

私は、何か、ゆったりとした気分で、わざと、のろのろと歩いていった。信じられないような気持だった。私にも故郷があった。私にも安らぎに似た生活が残されているはずだと思った。

「私」がゆっくりと弛緩し、ほどけ、湯戻しされるように自分に還ってゆくようすがわかる。そうだ、自分にも故郷があった。眼にする鄙びた田舎の風景が、ながれる空気が、「私」を「私」にしてゆく。

やがて、「私」は本家の前にズラリとならんで、手を振って自分をむかえる親族たちの姿を発見する。

映画のシーンをみるようである。

剛の家の軒下に老人が坐っていた。それが、中気で体の動きが不自由になっている正雄だろう。その老人は、しきりに、私のほうを見て、膝を手で摶《う》っていた。

正雄は言語も不自由で、体も動かないのだろう。そう思ったときに、私は、両手の荷物を地面におろした。左手に旅行鞄を持っていた。右手に、剛の妻のミエと、良平の妻の秀子のために買ったハンドバッグの箱を持っていた。そのほかに、羊羹《ようかん》やワサビ漬や吉備《きび》団子や、新幹線のなかで手当り次第に買った土産物の風呂敷包みを持っていた。

私は、荷物をおろし、正雄に向って手を振った。すると、それを待っていたかのようにして、シナとミエとが手を振った。やっぱり、そうだった。

マチ子が抱いている勉に何かを言って、こちらを指さした。勉が母親の手から滑りおりて、こっちへ走ってくる。

私は、眼鏡をはずして胸のポケットにいれ、両掌で顔を覆った。両掌の指の間から、涙がしたたり落ちた。私は、泣いている自分をあやしむということがなかった。それは、むろん、快いものだった。

「おおい、ツトムくん……。山口くんちのツトムくん」

私は畦道《あぜみち》を走ってくる子供に叫んでいた。

ふだんは東京に住み、新聞や雑誌に小説をのせたり、テレビのCMに出たりしている「私」は、佐賀県藤津郡の山間部でひっそりと暮す親族にしてみれば、めったに会うことのない珍客である。なおかつ「私」は、かれらが敬愛している孫七爺さんの兄の孫である。しかも、初めての帰郷だ。そんな「私」からとつぜん「みなさんとお会いしたい」という手紙がとどいたので、かれらはさぞびっくりし、隣近所で連絡を取りあい、朝から緊張して待っていたのにちがいない。

そうした人々の歓迎の輪にむかってあるきながら、「私」の眼からとめどなく涙がながれる。その当り前の、どこにも特別なもののない、自分をむかえる人々の無垢な姿をみて、「私」はただ噎泣《むせびな》くのである。

そして、ふたたび思う。

自分にも、こんなふうに自分を待ちうける故郷があったのだ、と。

やがて、「私」は本家の仏壇のある大広間で、そうした親族たち総出のもてなしを受ける。三々五々、正雄、ミエ、剛、良平、秀子、勉を抱いたマチ子たちが集ってきて、少しおくれて勤めから帰った初美も加わる。台所には近所のおかみさんも駆り出され、ひっきりなしに酒肴が運ばれ、座敷には陽気な笑い声がひろがった。


私は笑ってばかりいた。みんなも笑った。

剛はツヨシとよむこと。それが鏡山親方（柏戸）と同じ訓《よ》みであること。山口正雄から山口正雄宛の手紙がきたことがあったこと。そんなことでも笑いを誘った。新幹線で来たのは飛行機が怖いからだと言うと、それも笑いのキッカケになる。

本家の田は一町二反（三千六百坪）で、そのほかに畑と蜜柑山があるという。それがどの程度の農家になるのか、私には見当がつかないが、それでいて、ゆったりとした気分になるのはどういうわけだろうか。すべて、孫七爺さんの功績である。私が歓待されるのも、孫七爺さんの兄の孫であるからである。

「おい、良平、糞したら手を洗えって言われたろう」

「そうじゃなかです。お便所へ行ったら手を洗いなさいって言われたんです。……ばってん、そういう慣習がなかかですもんねえ。こっちは便所は外にあるし、水は井戸水ですもんねえ。……手を洗う人はいなかったんです」

「おおい、ツトムくんよう……」

私は、台所へ向って、叫んだ。私から、この夏の不気味な感じが消えていた。ここは、ともかくも、共謀も隠しごともない世界だった。怖しいことはひとつもなかった。

勉は、私のほうへ来ないで、剛の膝のうえに坐った。

私の顔を見ていたミエが、

「惣平おじさんにそっくり……」

と言った。

「弱っちまうなあ、母方のほうへ行っても誰かに似ているって言われるんですよ。どういうわけでしょうか」

「釣をしているときの惣平おじさんにそっくりですよ。血はあらそえんもんですねえ」

「そんなに似ていますか」

「知らん人が見たら間違えますよ」

良平が、男たちの顔を見廻してから言った。

「頭の恰好がですね、佐賀の頭です。それから、体つきが、ずんぐりむっくりでですね、まちがいない、佐賀の人間です」

「そうかなあ……」

私は、剛の膝のうえの勉を見て、ついに、ここまできたと思っていた。

「ここまできた」の言葉に、「私」の万感がにじむ。

「この夏の不気味な感じ」とは、母静子や君子の出自のヤミがつぎつぎに明らかになった暑い、暑い夏をさす。いつのまにか、「共謀」と「隠しごと」にみちていた夏が去り、「怖しいこと」など一つもない秋がきている。

『血族』の末尾は、一行おいて

私は、大正十五年一月十九日に、東京府荏原郡入新井町大字不入斗八百三十六番地で生まれた。しかし、私の誕生日は同年十一月三日である。母が私にそう言ったのである。

そもそも、「私」が最初に疑念を抱いたという、この印象的な一節でむすばれている。だが、筆者もわがままである。自伝『血族』の最後には、つぎの文章をもう一ど引用したいと考える。

私は、次第に、母を知ることは自分を知ることだという思いが強くなっていった。これは、決して、必ずしも、母の秘密を発《あば》くことではないと思った。いつかは、どうしたって、やらなければならないことだった。

「自傳」とはなにか

「自傳」ほどアテにならぬものはない、といった作家がいる。本人のことを本人が書くわけだから、都合のいいことは誇張するし、不都合なことはかくす。時々ウソもまじる。「自傳」くらい信用できないものはない、というのである。

いわれてみればその通りで、有名な作家の「自傳」のなかにも、作家の死後調べてみたらずいぶん事実と違う箇処が出てきたり、なかには出生年や出身地も違っていたなんて例もあるそうだ。その意味では「自傳」は、本人しか知らない（他人には確かめようのない）虚実を綴った自筆の履歴書であるといってもいいだろう。

しかし逆をいえば、だからこそ「自傳」は面白いともいえる。何しろ、本人が本人の出自や体験について、根ほり葉ほり、あることないこと書くのである。言い方は変だが、刑事に取り調べられている犯人が、訊かれもしない事実を、ペラペラ自分から白状している状況に似ているといえなくもない（そういう犯人が一番油断ならない）。

つまり、「自傳」ほど、読み手にとって作家の余罪（？）を追及する娯《たの》しみのあたえられている読みものはないのである。

では、書くがわにとっての「自傳」とは、どのようなものなのか。

まず第一に、作家を生業とする人間にとっては、たとえそれがフィクションであろうと仮想の物語であろうと、そこにはかならず「自傳」的要素がひそんでいるということだ。画家は花を描いても山を描いても、何を描いても「自画像」であるのと同じように、作家もまた何を書いても「自傳」なのである。

一見荒唐無稽のフィクションであっても、そこに登場する人物は「どこか心当りのある」人物であり、そこに展開される物語は、作家がどこかで出会ったり体験したり、見聞した出来ごとがモトになっている。いくら頭のなかで勝手にこしらえた話といっても、それは作家が日常考えていること、夢想していることの集積にすぎない。

逆説的にいえば「自傳」もまた、作家が自らを主人公にして書く究極のフィクションであるともいえるだろう。

とにかく作家というものは、「自分を書かずにはいられない」生き物なのだ。

で、ここにあげた四つの「自傳」は、そうした「自分を書かずにはいられない」作家たちの、その病弊の一覧である。

大岡昇平の『幼年』『少年』は、幼少期をすごした渋谷という町の変遷にあわせ、自らの「自意識」と「性」の成長過程を入念に掘りおこした小説だけれども、作品全体にながれるストイシズムとも自己抑制ともつかぬ文章の諧調に魅了される。作家にいわせれば、それは生来作家の身についていた一種の「スノビスム」――「自分をカッコよく上品ぶってみせる」教養病の一つだったというのだが、それだけではなかろう。

『野火』や『レイテ戦記』を書いたこの作家は、「自らを書くこと」においても、一言たりとも詭弁や不正確を許そうとしないのである。

室生犀星の『性に眼覚める頃』は、もう少し古典的で寓話的な匂いをもつ作品だけれど、筆者としてはこの作家にある倒錯的な性向や、今でいえば超引き籠りともいえる内省的で嗜虐的な生活に奇妙なシンパシィを感じる。生母を知らぬまま育った生いたちからきたものだろうが、この作家のもつ「抒情」や「郷愁」や「女人憧憬」は、モトを正せば「母恋し」という永遠の宿痾のなかにあるのである。

三つめの相馬黒光『黙移』だけは、本人が執筆したものではなく、第三者が聞き書きしたものであるという点で、他の三作とはおおいに異なる。だが、本文中にも記したように、それが聞き書きであるところが、この「自傳」のすこぶる美味な魅力であるように思われる。

往々にして「自傳」には、少なからぬ自己韜晦や自己欺瞞が見えかくれするものだが、この『黙移』にはそれがない。言葉一つ一つが、少女の手紙のようにまっすぐに読み手にとどく。大正、昭和という時代に自由を求めて生きた一人の女性烈士の「自傳」が、このように初々しく胸を打つのは、それが、つねに「一人語り」の告白として発せられているところにあるのだろう。消しゴムと鉛筆で、書いては消し書いては消して綴った「自傳」だったら、こんな直截な言葉のひびきは伝わってこなかったにちがいない。

山口瞳『血族』もそうである。

「母」についての新しい情報を得るたびに、作家は溜め息をつくように、己が「出生年月日」をくりかえす。そこには血の真実にむかってあるく「書かずにはいられない」作家の業の悲しみがある。「母」を追うことは、自らを追うこと。昔の流行歌じゃないが、こんな私にダレがした、という作家の、まるで落魄者のような後ろ姿がみえてせつないのだ。

『血族』は、「自傳」中の「自傳」だと思う。

もっとも、こうまで執ように他人の「自傳」を尾行し追跡する筆者も、「自傳という病」に冒された人間の一人に他なるまい。

余罪を追及する娯しみ、などといったが、じつは余罪を暴かれるのは、「自傳」を読んでいるこちら側かもしれない。上質な「自傳」は、ときとして読み手にも同量の「かくしごと」をあたえるものだからだ。性、愛、家族、友、人生いろいろ。読み手が書き手と同じ悩みや苦しみを共有することもまた、「自傳」の醍醐味なのである。

「自分を書かずにいられない」病者がいるように、人の歩いた道を「追いかけず（読まず）にはいられない」病者もいるのだ。

著者略歴

一九四一年東京生まれ。

印刷工、酒場経営などを経て一九六四年、小劇場の草分け「キッド・アイラック・アート・ホール」を設立。

一九七九年、長野県上田市に夭折画家の素描を展示する「信濃デッサン館」を創設。

一九九七年、隣接地に戦没画学生慰霊美術館「無言館」を開設。

二〇〇五年、「無言館」の活動により第53回菊池寛賞受賞。

おもな著書に『「無言館」ものがたり』（第46回産経児童出版文化賞）、『鼎と槐多』（第14回地方出版文化功労賞）、『「無言館」への旅』、『粗餐礼讃　私の「戦後」食卓日記』『父　水上勉』『母ふたり』など。

「自傳《じでん》」をあるく

二〇一五年一一月一五日 印刷
二〇一五年一二月一〇日 発行

著者 © 窪《くぼ》島《しま》誠《せい》一《いち》郎《ろう》
発行者 及川直志
印刷所 株式会社理想社
発行所 株式会社白水社

東京都千代田区神田小川町三の二四
電話 営業部〇三（三二九一）七八一一
　　 編集部〇三（三二九一）七八二一
振替 〇〇一九〇—五—三三二二八
郵便番号一〇一—〇〇五二
http://www.hakusuisha.co.jp

乱丁・落丁本は、送料小社負担にてお取り替えいたします。

株式会社松岳社

ISBN 978-4-560-08472-4

Printed in Japan